JN095731

# 氷の副社長に㊙任務で溺愛されています

有允ひろみ

*Hiromi Yuuin*

Eternity

EB

エタニティ文庫

# 目次

# 氷の副社長に㊙任務で溺愛されています

「えらい事になった！」

佐藤芽衣《さとうめい》は、社長室のドアを閉めるなりそう呟いた。

廊下を足早に歩き、非常扉を開けて外階段の踊り場に立つ。

「私みたいな平社員にできるかな？　いや、できなくてもやらなきゃだよ！」

そう口にする芽衣の身体が、ぶるりと震える。

「うわっ……これって、武者震いってやつ？　ちょっと、落ち着かないと……。今は階段を転げ落ちて怪我なんてしてる場合じゃないんだから」

芽衣は非常階段の手すりをしっかりと持ちながら、慎重に階段を下り始めた。

佐藤芽衣、二十五歳。

大学卒業後、都内にある大手化粧品メーカー「エゴイスタ」に入社し、すぐに広報部に配属された。

広報部は部長をトップに七人の社員がおり、芽衣はその中で一番の年下であり下っ端だ。

　それゆえに、回ってくる業務は主に雑用で、自分が主体となってする仕事は、まだ一度もした事がない。

　そんな芽衣が、五月の連休明け早々に社長室に呼び出され、井川優子《いがわゆうこ》社長直々《じきじき》に特別な業務を仰せつかった。

　曰《いわ》く――

『我が社の常務取締役副社長である、塩谷斗真《しおやとうま》の密着取材をしてちょうだい』

　塩谷斗真とは、井川社長の一人息子だ。苗字が違うのは、両親が離婚して父方の姓を名乗っているからであるらしい。

　今年三十五歳になる彼は、ビジネスにおいては他の追随《ついずい》を許さないほど優秀であり、将来は会社のトップに就くと目されている。

　いわば、斗真は「エゴイスタ」の未来を担う人物であり、社長とともに八千人ほどいる社員すべての期待を背負う方なのだ。

『これは、私からの特命――いわばあなたに課せられた一大プロジェクトよ』

『どうせなら、仕事面だけでなく、プライベートも掘り下げてみるといいわね』

『取材に協力するよう、私から副社長に言っておくわ。とりあえず、どんなふうにプロジェクトを進めるか、できるだけ早く計画書を出してちょうだい』

優子は微笑んでそう言い、激励の言葉をかけてくれた。

つまり、副社長を公私にわたり取材して、それを社内報に載せろ、という指令だった。

提示された取材期間は一カ月。

つい一時間前までは、こんな大役を任されるなんて夢にも思わなかった。

けれど、指名されたからには必ずやり遂《と》げて、期待に応《こた》えたい。

(憧れの社長から、直々《じきじき》に依頼されるなんて嬉しい〜！)

「エゴイスタ」は日本を代表する化粧品メーカーであり、創業二十一年と社歴は浅いものの、すでにその名は広く知られ世界中に愛用者がいる。

思い起こせば三年前の春——

本社にいる新入社員全員が一人ずつ社長室に呼ばれた。

待っていたのは、優しい微笑みを浮かべる優子その人で、彼女は大きく両手を広げて新入社員を歓待し、手を握り目を見つめながら「これから一緒に頑張っていきましょうね」と語りかけてくれたのだ。

優子は「エゴイスタ」の創業者であり、現在五十八歳。品があり凛《りん》として美しい彼女は、日本を代表する女性経営者として以前からメディアによく顔を出していた。

もともと入社前から優子に憧れていた芽衣は、それを機にいっそう彼女のファンになり、尊敬の念を抱き続けているのだ。

（井川社長からの特命だなんて……。きっとこれは一生に一度あるかないかの大チャンスだよね。だけど……）

芽衣の実家はよくあるサラリーマン家庭で、自身もごく普通の庶民だ。

そんな自分が、いきなり雲の上の人の取材をするなんて、それだけでも腰が引けてしまう。

それに加えて、塩谷斗真は次期経営者として有能であるのはもちろんの事、頭脳明晰で化粧品の開発者としても超一流であるエリート中のエリートだ。

彼が「エゴイスタ」に入社して以来、業績は右肩上がり。手掛けた商品は、すべて某コスメティックサイトで上位を獲得し、消費者の信頼も厚い。

おまけに、超がつくほどの美男で、そこにいるだけで周りがたじろぐほど強いオーラを纏《まと》っている。

しかも、性格は冷淡で毒舌だという噂だ。

気軽に近づけるような相手ではないし、ましてやプライベートまで掘り下げた取材を本当にさせてもらえるかどうか……。

考えれば考えるほど、不安になってくる。

果たして彼は、自分のような平社員を相手に、まともに受け答えをしてくれるだろうか？

だいぶ前になるが、芽衣は社内のエレベーターで一度だけ斗真と乗り合わせた事があった。挨拶《あいさつ》したが、高身長の斗真に対して、芽衣の身長は一六〇センチに満たない。周りには何人もの社員がいたし、存在に気づいてもらえる可能性はゼロに等しかった。

けれど、エレベーターを降りる間際に、彼が何気なく芽衣のほうを見た。

時間にして一秒にも満たなかったように思うが、芽衣はその美形ぶりに心底衝撃を受けた。

おそらく、向こうは覚えてすらいないだろう。しかし、芽衣にとってはかなりインパクトのある出来事だったし、今もなお記憶の中にはっきりと残っている。

あれほど美男でハイスペックな斗真だ。

当然恋人になりたがる女性は引きも切らないし、噂では世界を股にかけて活躍するトップモデルや女優もその中にいるとか。

(だけど、それもこれも噂の域を出ないし、副社長って、いろいろとミステリアスだよね)

社内でも特に女性から注目を浴びている彼だが、直接仕事で関わる者は役職者に限られているし、プライベートについては謎に包まれている。

しかし、斗真が稀《まれ》に見る優秀なビジネスパーソンであるのは間違いなく、だからこそ多くの社員が彼に興味を持ち、実際はどんな人物なのか知りたいと思っているのだ。

かくいう芽衣もそのうちの一人だし、今や広報部員としての使命もある。

階段を下りる足を止め、芽衣は拳《こぶし》を硬く握りしめた。そして、空を仰いで力強く宣言する。

「この仕事を見事やり遂《と》げて、万年雑用係から脱出するぞ！」

突き上げた拳《こぶし》が陽光を浴びて、きらきらと輝いて見える。

芽衣は大きく深呼吸をしたあと、意気揚々《いきようよう》と自席に戻るべく階段を駆け下りるのだった。

「エゴイスタ」が入っているビルは、日本有数の繁華街の中心から少し離れた位置に建っている。

七階建ての建物の一階は自社製品を扱うブティックになっており、社員は日々消費者を身近に感じながら業務に励《はげ》む事ができる仕組みだ。

ビルは外壁内装ともに会社のイメージカラーである白をメインとした色使いが施《ほどこ》され、化粧品メーカーにふさわしい清潔感のある外観になっている。

街中を探しても、これほどスタイリッシュな建造物は他にない。

中でも芽衣のお気に入りは、ビルの裏手にある鉄製の外階段だ。普段めったに使われる事はないものの、まるでアメリカのソーホー街にある建物のような独特の趣《おもむき》がある。

『佐藤さん、一階搬入口に荷物が届いてます』

二階受付から内線が入り、芽衣は急いで四階にある広報部からエレベーターで建物の裏手にある荷物搬入口に向かった。

業者から荷物を受け取り、台車を押しながら四階に戻る。

届いたのは、今月分の社内報だ。

広報部では、毎月十日頃に社内報を発行している。

主な目的は、社員に対して会社の経営理念や事業戦略を的確に伝える事。それと同時に、経営者を含めた社内のコミュニケーションを活性化させるという役割も担っている。

聞くところによると、もとは井川優子社長が個人で発行していた、いわば私信のようなものだったようだ。しかし、会社の規模が大きくなって、広報部が設立されたのを機に社内報の発行は同部署の担当業務になった。

以来、十五年にわたって全社員の手元に届けられている。

芽衣は、広報部の隣に位置する総務部横の社内向け郵便ボックスの前で台車を停め、部署ごとに冊数を確認しながら社内報を仕分けていく。いささかアナログなやり方ではあるが、毎回楽しく読んでもらえる事を願いながら配っていた。

(これで、今月分の社内報の配布は終わりっと)

とはいえ、全員が内容をくまなくチェックしているというわけではないし、八年前から同時配信しているウェブ版社内報の閲覧数も伸び悩んでいた。

広報部では社員の反応を知るために、常時紙面でアンケート調査を行っている。

それによると、閲覧数が伸び悩んでいる最大の理由は、記事に面白みがなく知りたいと思う情報と掲載内容に大きなズレがある事だとわかった。

これについては、早急に改善策を講じようと話し合っていたところに、今回の「副社長密着取材」の話が持ち込まれたのだ。

部内は大いに盛り上がり、芽衣は皆に〝広報部の期待の星〟と呼ばれるようになった。

（きっと一筋縄ではいかないだろうけど、ぜったいにやり遂《と》げる！）

皆の期待に後押しされ、芽衣はますますやる気をアップさせている。

もともと、簡単にへこたれる自分ではない。

全力を尽くし、必ずや結果を出してみせる——芽衣は、そう固く決心していた。

「部長、これから社長のところに行ってまいります！」

特命を受けた翌週の月曜日、芽衣は取材計画書を手に社長室に向かった。

作るにあたり、アンケートの内容を充分に加味したし、この取材が成功すれば社内報の閲覧数がアップする事間違いなしだ。

広報部のアンケートでは、社内報の感想や要望はもちろん、会社に関するちょっとした疑問や質問なども受け付けている。

とはいえ、社内報への期待が下がっている中、アンケートの回答数もかなり少ない。

そんな中、少し前に「井川社長に聞く」と銘打って優子の特集記事を組んだところ、それまでにないほど多くの反響があった。

「社長の事がよくわかった」「また社長の特集を組んでほしい」など、送られてきた回答も多く、今でもウェブ版で歴代一位の閲覧数を誇っている。

もともと美意識の高い社員が多い「エゴイスタ」だ。

美しく年を重ねる優子に対する関心は高く、第二弾の特集記事の企画も進んでいる。

そしてもうひとつ。その記事の中に、一枚だけ副社長である斗真が写っている写真が交じっていた。

それに、驚くほどの反響があったのだ。

「副社長、さすがのかっこよさですね！」「血は争えないという感じ」「副社長の写真、引き伸ばしてパソコンの背景にしたい」「他にも副社長の画像、ないんですか？」などなど、以後の回答でも、斗真の写真への感想の他、「今度は副社長の特集記事を組んでほしい」という要望が多数届いた。

広報部としては社員の声を無視できず、一度副社長秘書の黒川《くろかわ》を通して斗真にお伺いを立ててみた。しかし、斗真は秒で企画を却下し、せっかく集まった要望は企画会議にかける前に見送られた。けれど、それからも斗真に関する要望は、アンケートを通して充分すぎるほど集まっていた。

（アンケートの回答の中で誰かが書いてたっけ。「副社長は自社の枠を遥《はる》かに超えたワールドクラス級のイケメンです！」「副社長ならハリウッドデビューも難しくないでしょう」って）

身につけているものはどれをとってもゴージャスかつシック。女性のみならず、男性社員も斗真に興味を持つのは、そんな彼のインフルエンサー的吸引力もあってだと思われる。

あれこれと考えつつ七階の役員用のフロアに下り立ち、社長室のドアをノックした。

許可を得て中に入ると、優子が微笑みを浮かべながら芽衣を迎え入れてくれる。

「思ったよりも早かったわね。やる気があって結構よ」

「はいっ、社長のご下命ですから、張り切って準備させていただきました！」

応接セットのソファに導かれ、彼女と向かい合わせに座る。

憧れの優子を前に、芽衣は緊張の面持《おもも》ちで企画書を提出した。

彼女はそれを受け取り、時折頷きながら読み進めている。

表紙にデカデカと「塩谷斗真副社長密着取材企画案詳細」と印字された企画書には、大きく分けて三つの項目が書かれている。

・その一、副社長って、どんな生活をしているの？
ミステリアスなイメージがある副社長の私生活を可能な範囲でつまびらかにし、質問を交えながら社員の知りたいポイントを深掘りする。
・その二、副社長のワードローブを拝見！
副社長のファッションに対する考え方やポリシーを伺い、クローゼットのラインナップと、特にお気に入りのものを紹介する。
・その三、副社長のプライベート、ここが知りたい！
お気に入りの場所や店など、副社長のとっておきを紹介。実際に現地を取材し、副社長の人となりを徹底調査する！

若干ノリが軽すぎると思わなくもないが、アンケートの回答をすべて盛り込んだ結果、こうなった。

それに、せっかく任されたのだから、多少なりとも自分のカラーを出したいという思いもある。

「いいわね。とても面白いと思うし、私自身も、これが記事になるのが楽しみだわ」

「ありがとうございます！」

優子のお墨付きをもらい、芽衣は満面の笑みを浮かべた。

「副社長は、『冷淡』で『毒舌家』で『気難しい』――そんな話を、佐藤さんも聞いた事があるでしょう？」

優子が指折り数えながら、そう訊《たず》ねてくる。

「は……はい。ですが、私は直接お話しをした事がありませんし、本当のところはどうなのかわかりません」

実際そうだし、芽衣は昔から人を見かけや噂だけで判断しない主義だ。

「その考え方、とても素晴らしいわ。是非、佐藤さん自身の感性で副社長がどういう人間なのか判断してちょうだい。きっとそれが、いい記事を完成させる事に繋がると思うわ」

優子が、ふんわりと笑った。

その笑顔につられるようにして、芽衣もにっこりする。

「彼には、確かにそういう傾向があるし、扱いづらいところもあるわ。辛辣《しんらつ》な言い方をするし、物事を斜めに見ていたりする。ビジネスにおいては鬼のように厳しいし、研究に関しては完璧を求めるあまり寝食を忘れがちね。でも、本当はとても優しい子なの」

最後の言葉を発した時、優子が目尻を下げて微笑んだ。

「この件については、私が全面的にバックアップするし、ここに書かれているものはすべてやってもらって構わないわ。たぶん、彼から多少の不満は上がると思うけど、ぜんぶ社長命令という事で片づけてちょうだい。――黒川室長、ちょっといいかしら？」

優子が秘書室に内線で連絡し、副社長秘書の黒川富夫《とみお》を呼んだ。

ほどなくしてやって来た黒川が、芽衣を見て軽く頷いた。そして、優子に促《うなが》されて彼女の隣に腰を下ろす。

「副社長への取材については、黒川室長にもすべて把握しておいてもらうわ。もちろん、私同様取材には全面的に協力するから、何かあれば必要に応じて彼に相談してね」

優子より三つ年下の黒川は秘書室長を務めており、彼女から厚い信頼を受けているようだ。

「わかりました」

芽衣が頷くと、優子もまた満足そうに頷いた。

「いろいろ大変だと思うけど、頑張ってね。佐藤さん、あなたには期待してるわ。是非、ここに書かれているとおり、副社長をとことん深掘りして」

握手を求められ、芽衣は前のめりになってそれに応じた。

握った優子の手は思いのほか小さい。しかし、掌《てのひら》からは並々ならぬ熱量が伝わってくる。

「はい、承知いたしました！　佐藤芽衣、心して社長の特命を実行させていただきます！」

社長室を辞したあと、黒川に相談して、取材は明後日《あさって》からスタートさせる事になった。

優子から、とても面白い企画だと褒《ほ》められ、取材中の不満はぜんぶ社長命令で片づけていいという言葉をもらった。

これ以上力強い後押しはない。事実上、芽衣は「社長命令」という免罪符を手に入れたのだ。

（それにしても、さっきの笑顔は素敵だったなぁ）

優子はビジネスにおいて、他の追随《ついずい》を許さないほどの辣腕《らつわん》を振るう。しかし、物腰や口調は柔らかで、常に微笑んでいるイメージがあった。

けれどさっき、彼女が自分の息子について語った時の微笑みは、今まで見た中で一番柔らかで優しかったように思う。

優子の期待に応《こた》えるためにも、彼女が優しいと言った〝塩谷斗真〟という人の本質をしっかり見極め、記事に反映させてみせる。

（よし、やるぞ～！　塩谷斗真副社長、待っててくださいね！）

イケメン副社長だからといって、容赦なんかしない。

芽衣は、非常階段で己の士気を上げてから自席に戻り、企画がすべて通った事を上司に報告した。

いよいよ、明後日《あさって》から密着取材がスタートする。

芽衣はウキウキした気分で、やりかけていたファイリングの仕事に取り掛かるのだった。

その二日後、芽衣は意気揚々《いきようよう》と出社して、早々に斗真の秘書である黒川に内線電話をかけた。

優子に言われたとおり黒川は非常に協力的で、芽衣が訊《たず》ねる前に斗真のここ一週間のスケジュールを教えてくれた。

それによると、斗真は今日、午前中いっぱい会議に出席し、午後は取引先などを訪問するために外出する予定らしい。

芽衣は黒川と相談の上、会議終了後に今回の企画の顔合わせを兼ねた打ち合わせの時間を設けてもらう事にした。

時計を見ると、あと十分で会議が終わろうとしている。

芽衣は席を立ち、広報部部長の相田《あいだ》のデスクに向かった。

「佐藤芽衣、副社長の密着取材に行ってまいります！」

芽衣が小さく敬礼をすると、相田もそれに応《こた》えて同じポーズを取る。

「よろしく頼むよ。社長直々《じきじき》の依頼だ。これが成功すれば、広報部の未来は限りなく明るくなる」

現在五十八歳の相田は、優子が「エゴイスタ」を立ち上げた頃からの古参社員だ。芽衣と同じで明るく前向きな彼は、今回の大抜擢《だいばってき》を自分の事のように喜び、応援してくれている。

「任せてください！」

芽衣は、にっこりと微笑み、くるりとうしろを振り返った。見ると、部内の同僚達が、残らず芽衣を見て頷いてくれている。

「頑張れよ」

「期待してるぞ〜」

課長の武田《たけだ》が声を上げ、主任の西《にし》と佐川《さがわ》がそれに続く。

広報部のメンバーは、ぜんぶで六名おり、芽衣以外の全員が男性で、主任以上の役職者だ。

「京本《きょうもと》くんには、連絡をしたか？」

「はい、昨日メールを送って、返事がきています」

京本という男性主任は、一昨日《おととい》から妻の親族の祭事に出るため有休を取っており、明日出社する予定だ。彼は部内でカメラマンを担当していて、今回の取材でも、必要に応じて同行してくれる事になっている。

「では、ご挨拶《あいさつ》に行ってまいります！」

芽衣はそれぞれの視線に応《こた》えながら広報部をあとにする。途中、更衣室に立ち寄り、ロッカーから外出用のバッグを取り出した。鏡の前に立ち、そこに映っている自分を隅々までチェックする。

「エゴイスタ」には制服がなく、優子の方針により社員達は常識の範囲内であれば比較的自由にファッションを楽しむ事ができる。

芽衣も化粧品メーカーの社員らしく、トレンドから外れない恰好をするよう心掛けていた。

ただ、もともとの感性に難があるのか、好みの着こなしをすると、なぜかアンバランスになる傾向にある。

何事も最初が大事だ。

今回の企画が無事に終わるまでは、我流のファッションは封印しようと決めた。

急な事で洋服を新調する暇はなかったが、手持ちの中から一番フェミニンなクリーム色のワンピースを選んだ。メイクも普段より念入りにし、髪の毛も整えてきた。

（これで少しは女らしく見えるかな？）

しかし、服装はともかく、顔立ちは大きく変えられない。

芽衣は目と鼻が丸っこく、どちらかといえば童顔だった。そのせいもあり、あまり派手なメイクは似合わない。だが、色白なのでルージュを引くだけで充分と言えなくもなかった。

肩までの緩いウェービーヘアを指で梳《と》き、眉の位置で綺麗に切り揃えた前髪を整える。

（メイクよし、服装よし。準備オッケー！）

芽衣は襟《えり》元のフリルを摘まんで形を整え、鏡の中の自分に向かってコクリと頷いた。

社長室に呼ばれた時もそうだったが、平社員の芽衣は役員クラスの部屋に行くと思うだけで緊張してしまう。

「社長命令」という免罪符を持っているとはいえ、雲の上の存在である斗真を相手にするのだ。そう思うと、いやが上にも緊張する。

（もう少し、副社長の人となりが事前にわかっていればなぁ……）

取材に先駆けて、秘書の黒川から斗真の簡単な経歴を教えられていた。

それによると、斗真は幼少期より優秀で、中学三年に進級するタイミングで渡米。同国のセカンダリースクールに入学し、卒業後は帰国して国内最難関の大学に入学したそうだ。六年間、化学とバイオテクノロジーについて探求し、卒業後は再度渡米して世界的に有名な製薬会社に入社。そこで二年間さまざまな研究成果を上げたのちに退社し、「エゴイスタ」に入社した。

しかし、芽衣が知りたかった斗真の内面については、やんわりとはぐらかされ、なんの情報も得られずじまいだった。

『私は佐藤さんのサポートをする立場ですが、これ以上の情報は、かえって取材の邪魔になりますので』

なるほど、それも一理あると納得した。

今回の案件は、社長自ら斗真に伝えているそうなので、安心して取材をスタートできるし、過剰に心配するのもよくないだろう。

（せっかくの、キャリアアップのチャンスだもの。ぜったいにいいものにしてみせる！）

自分に気合を入れ直すと芽衣はおもむろに両肩の上下運動をして、目や口を大きく開けたり閉じたりし始める。

社長室を訪ねた時もそうだったが、大事な局面の前には、芽衣は必ず顔中の筋肉を動かして心の緊張を緩めるのだ。

たまたまそうしている時の顔を見た人は、もれなく「変顔」と言って笑うが、芽衣は至極真面目に取り組んでいる。

「あ、え、い、う、え、お、あ、お。ぱ、ぺ、ぴ、ぷ、ぺ、ぽ、ぱ、ぽ――」

小さく呟きながら表情筋を動かし、それが済むと足早に更衣室を出て廊下を歩く。

目指す副社長室は七階にある。

芽衣は誰もいないエレベーターに乗り込み、目当てのフロアに下り立つ。一歩進むごとに、緩んだはずの緊張が再びジワジワと高まってくる。

緊張の度合いは、社長室に向かう時よりも格段に高い。

芽衣は無意識に表情筋をほぐしながら、副社長室のドアの前に立った。そして、ノックしようと拳《こぶし》を前に振り下ろした途端、ドアが開いて握った手が何か柔らかなものに当たる。

「え？」

目の前にあるダークグレーの壁を見つめながら、芽衣はパチパチと目を瞬《またた》かせた。よく見ると、自分の手が触れているのはスーツを着た男性の胸元だ。

芽衣はあわててうしろに下がりながら男性の顔を見上げた。

「ふ、副社長っ！」

「部屋の外でおかしな呻《うめ》き声がしたから何事かと思えば……人の執務室の前で百面相か」

不機嫌そうに顰《ひそ》めた眉と、射るような目つき。

それでいて、正面から見た斗真の顔は、一言では言い表せないほど魅力的だった。

図らずも胸がときめいてしまい、芽衣は咄嗟《とっさ》に頭を下げて挨拶《あいさつ》をした。

「お、お初にお目にかかります！　広報部の佐藤芽衣です！　社長直々《じきじき》の命を受けて、副社長の密着取材をさせていただく事になりました！」

「ああ、その話か」

斗真が眉間に縦皺《たてじわ》を寄せながら、そう言った。

「とりあえず、中に入れ。話はそれからだ」

彼は、いかにも面倒そうな表情を浮かべて芽衣を部屋の中に招き入れる。

「失礼します」

芽衣は一礼して中に入り、促《うなが》されるまま黒革の応接セットのソファに腰を下ろした。

斗真がテーブルを挟んで、芽衣の正面に座る。これほどの美男と接した経験がない芽衣は、瞬《まばた》きをするのも忘れて彼の顔に見入った。

「君もとんだ災難だったな。芸能人じゃあるまいし、僕のプライベートなんか誰が興味を持つというんだ？　記事を書いても、骨折り損のくたびれ儲《もう》けになるのが関の山だ」

斗真に企画をバッサリと切り捨てられるなり、芽衣は思わず立ち上がって大きく首を振る。

「そんな事はありません！　社内報のアンケートでは副社長に関する要望がどっさり届いているんですよ」

芽衣は両手を大きく広げて、量の多さを示した。

「僕に関する要望とは？」

斗真が指でソファを指して、立ち上がった芽衣に座るよう指示する。

「はい。たとえば、着ているスーツやネクタイはどこのメーカーなのか。お気に入りのブランドとか……あと、好きな女性のタイプは、とか――」

「くだらない。それを聞いてどうする？　もっと建設的な質問かと思えば、低俗すぎて答える気にもならない」

話の腰を折られ、芽衣は秒速で怯《ひる》んで固まる。彼の冷ややかな言動は、あっという間に芽衣のやる気に冷水を浴びせかけた。ビジネスにおいては鬼のように厳しいと聞いているので、こういった質問を快《こころよ》く思わないだろう事は予想していた。

　芽衣は、出鼻をくじかれたままではいられないとばかりに奮起する。

「副社長は『エゴイスタ』全社員の注目の的《まと》なんです！　ビジネスパーソンとしてだけでなく研究者としても超一流の副社長は、我が社の誇りであり、社員の憧れの存在です。だからこそ、いろいろな事を知りたいと思うし、知る事で副社長をもっと身近に感じられるようになるんだと思います」

　芽衣は斗真の冷めた視線に対抗するように、声を大きくする。

「『会社は、ひとつの家族』――これは、社長が『エゴイスタ』を創業した当初から掲げてきた社訓なので、副社長もよくご存じだと思います。社員が副社長を深く知る事で距離が縮まり、会社という家族の結束が強くなる……社長は、そうお考えになって今回の企画を私に依頼してくださったんです。そういう事ですので、お忙しいとは思いますがこれからどうぞよろしくお願いいたします！」

　話し終えても、斗真は不機嫌な表情のまま、芽衣を見つめている。その視線の強さと冷たさに内心で震え上がりながらも、芽衣は彼から目を背《そむ》けなかった。

（目を逸らすな！　今、逸らしたらこっちの負け！）

　そんな芽衣のしつこさを厭《いと》わしく思ったのか、斗真が表情をいっそう険《けわ》しくして口を開いた。

「ふん……好きにしろ」

彼は、そう言うなりソファから腰を上げた。

「ほんとですかっ⁉」

「本当だ。以後、僕の答えをいちいち確認するのはやめろ。二度手間になるし、時間の無駄だ」

斗真がくるりと背中を向けると同時に、芽衣は勢いよく立ち上がって声を上げた。

「承知しました――ってか、やった！　副社長の許可、しっかりいただきました！」

「うるさい！」

自分では抑えたつもりだったが、思ったよりも大声を出してしまったみたいだ。

一喝《いっかつ》され、芽衣はすぐに振り上げた両手を下ろし、その場でかしこまった。

「すみません！　つい――」

「ここは山の中じゃなく執務室だ。今のようにやたらと声を張るのはやめてくれ。神経に障《さわ》る」

デスクに着いた斗真が、強い視線で芽衣を睨《にら》みつけた。

芽衣は極力小さな声で「はい」と返事をして、小さくなる。

「君が提出した企画書を見たが、いろいろと問題がありすぎる。取材内容がくだらない週刊誌並みに低俗だし、君がやろうとしている事は、まるで芸能人を追いかけ回すパパラッチと同じだ」

斗真が、テーブルの上に置いてあった企画書を指で弾《はじ》いた。

「ですが、さきほどお話ししたとおり――」

「君の言い分はもう聞いた。同じ話を繰り返すのもやめろ。理由はさっきと同じだ」

ぴしゃりと言われ、芽衣は即座に口を閉じた。

はじめが肝心だというのに、これ以上機嫌を損ねたら、今後の取材に支障をきたしかねない。

「まったく馬鹿馬鹿しい。ただでさえ忙しいのに、一カ月もこんな幼稚な企画に付き合わされるとはな。社長の意向だから、取材は許可する。ただし、僕の半径三メートル以内には入るな。大声を出されるのは迷惑だし、不要なオーバーアクションも目障《めざわ》りだ」

強い口調で言われ、芽衣はさすがに目を伏せて返事をするだけに留めた。

勢い込むあまり、いろいろやらかしてしまったらしい――

（失敗した……）

芽衣が反省して肩を縮こめた時、開いたままになっていたドアの向こうから黒川が入ってきた。彼はにこやかな顔で二人の真ん中の位置で立ち止まる。

「まあまあ、ここは穏やかに行きましょう。社長から仰せつかった密着取材です。佐藤さんが意気込むのは当然ですよ。ねえ、佐藤さん」

「は、はい……」

芽衣は、顔を引き攣《つ》らせながらもなんとか笑顔を作った。一方、斗真の顔には苦虫を嚙み潰したような表情が浮かんでいる。

「社長から、あなたの提出した企画書を見せていただきました。とてもいい内容だと思いますし、是非これに沿って副社長を公私にわたり暴きまくってください」

「黒川！」

「はい、副社長」

黒川が手に持った企画書を振って、にっこりする。斗真よりも二十歳年上の秘書は、直属の上司のしかめっ面《つら》をさらりと受け流す術《すべ》を心得ている様子だ。

(よかった！　黒川室長、感謝しますっ)

思った以上に力強い味方の存在に、芽衣は救われた気持ちになる。

「……もう勝手にしてくれ」

斗真がそう呟き、諦めたようにため息を吐いた。

「承知しました。さて、この件に関しては、私も社長から話を伺い、企画のスムーズな進行を見守るよう言われております。まずは、取材にあたって大まかなルールを決めておく必要がありますね。副社長、企画書はご覧になりましたね？　佐藤さん、一応ここで読み上げてくれますか？」

「は、はいっ……！」

黒川に企画書を手渡され、芽衣はそこに書かれた文字を読み始める。

「その一、副社長って、どんな生活をしているの？　その二、副社長のワードローブを拝見！　その三、副社長のプライベート、ここが知りたい！　あの、もし可能であれば、塩谷斗真副社長に聞く百の質問！　をプラスさせてください――以上です」

芽衣が読み終えるなり、斗真が呆れたような顔でフンと鼻を鳴らした。

その直後、デスクのそばに立った黒川が、大きく頷く。

「いいですね。すでに社長の承認も得ている事ですし、百の質問も合わせて、このままスタートして問題ありません。副社長、取材に際しての注意事項はございますか？」

芽衣は黒川とともに、デスクについている斗真を見た。

「確認するが、取材と称して僕の自宅に押し掛けてくる気か？」

斗真が企画書を指で突《つつ》きながら、そう訊《たず》ねてきた。

ついさっき「うるさい」と言われてしまった芽衣は、声を出していいものかどうか躊《ちゅう》躇《ちょ》する。

すると、それを察した黒川が、芽衣に向かって微笑みかけた。

「大丈夫ですよ。副社長は威圧感がありますが、こう見えて結構優しい方ですから」

黒川がそう言い終えるなり、斗真が拳《こぶし》でデスクを叩く鈍い音が聞こえた。

「黒川！」

「ははっ、すみません、余計な事を言いました。佐藤さん。副社長の質問に答えてあげてください」

軽く笑い声を上げると、黒川が芽衣に向かって話すよう促《うなが》してくる。

芽衣は企画書を手にデスクの正面に向かい、そこで立ち止まった。

「と、当然、副社長のご自宅も取材させていただきます。そうでなければ、密着取材とは言えませんし、ワードローブを見せていただくには、そうする必要があります。もちろん、お邪魔する際はカメラマンとして男性社員が同行しますので、その点はご心配なく――」

「ちょっと待て。その点とは、どの点だ？」

斗真が訝《いぶか》しそうな顔で口を挟む。

「えっと……私も一応女性ですので、副社長と二人きりになるのは、よろしくないのではと――」

「その心配は無用だ」

斗真は、そう言うと芽衣の全身に視線を走らせる。

「たとえ、密室に二人きりで閉じ込められるような事態に陥《おちい》っても、君が心配するような事には決してならないから安心したまえ」

失礼な！

さすがに今のは、カチンときた。

なるほど、美人でもなくスタイルもイマイチな芽衣を相手に、色っぽい間違いなど起こりようがないという事だろう。

だが、いくら立場に天と地ほどの差があろうと、今の視線は失礼すぎるのではないだろうか。

けれど、斗真の機嫌をこれ以上損ねては、元も子もない。

芽衣は、強張《こわば》りかけた顔を笑顔に変えると、努めて冷静な態度を装《よそお》った。

「ですよね～。では、もしカメラマンがなんらかの理由で同行できなくても、安心して取材を敢行させていただきます！」

若干言い方に棘《とげ》があったかもしれないが、このくらいの反撃は気にも留めないだろう。

案の定、彼は特に反応する事もなく、再び話し始めた。

「取材に際しての注意事項だが、仕事中はもちろん、プライベートでも極力僕の視界に入らないようにしてくれ。必要以上に話しかけたり、気が散るような行動を取るのも禁止だ。それと、目障《めざわ》りだから、そういう意味もなくヒラヒラした恰好は今日を限りにやめてもらいたい」

斗真が芽衣の服を指さしながら、キッパリと言い放った。

「承知しました。では、明日からは黒子のようにひっそりと、なおかつピッタリと副社長に張りついて取材をさせていただこうと思います」

芽衣も負けじとそう言い返し、にっこりする。

「とにかく、できる限り早く終わらせるように。時間がもったいない」

どうしてこうも突き放すような物言いをするのか——

思っていた以上の塩対応に閉口しつつ、芽衣はどうにか憤《いきどお》る気持ちを抑え込んで「はい」と返事をした。

「わかったなら、もういいだろう。黒川、出かけるから車の準備をしてくれるか」

そう言ったきり、斗真はもう芽衣を見ようともせず外出の準備を始めた。

冷遇の次は、無視を決め込むつもりらしい。

「かしこまりました。佐藤さん、では明日からよろしくお願いします」

黒川に見送られ、芽衣は副社長室をあとにした。

急ぎ足で廊下を歩き、エレベーターホールを突っ切って外階段に続くドアを開ける。

「何よ！　イケメンだからって偉そうに！　せっかく、おしゃれしてきたのに目障《めざわ》りだなんて失礼しちゃう！　ほんと、感じ悪い！」

芽衣は怒りに任せて、一歩一歩踏みしめながら階段を下りていく。

外見に惑わされ、うっかりときめいてしまったのは一生の不覚だ。しかし、これほどわかりやすく冷淡な対応をされると、むしろ清々《すがすが》しい気もしてくる。

「そっちがそうなら、こっちだって遠慮なくいかせてもらいますからね！」

芽衣は立ち止まり、さっき目《ま》の当たりにした斗真の顔を思い浮かべた。そして、さらに悪態をつこうとして、なぜか頬が熱くなってあわてる。

腹が立つし、これまでに会った人の中で最上級に感じが悪い人であるのは確かだ。けれど、美男なのは否定できないし、まっすぐこちらを睨《にら》みつけてきた目力の強さには参った。

「悔しいけど、認める。あんなにかっこいい人、他にいない……」

とはいえ芽衣は面食いではないし、男は顔ではなく内面が大事だと思っている。

いずれにせよ、こちらの予想どおり取材は一筋縄ではいかなそうだ。

それでも、決して途中で投げ出すまいと心に誓う芽衣だった。


次の日から、芽衣の「副社長密着取材」が本格的に始まった。

昨日同様、朝一で黒川秘書に連絡し、副社長のスケジュールを確認する。それによると、今日の斗真は、自宅から直接取引先に出向き、出社は午後二時の予定だそうだ。その後は一時間ほどデスクワークをこなし、午後三時から市場調査に向かうらしい。

スケジュール調整の結果、芽衣は午後の市場調査に同行し、そこから取材をスタートさせる事になった。

『出かける前に、一度社長室に寄ってください』

黒川にそう言われ、芽衣は指定された午後二時四十分の五分前に席を立ち、七階に向かった。歩きながらジャケットの皺《しわ》を伸ばし、掌《てのひら》で髪の毛を撫でつける。

（着慣れないから落ち着かないな……。でも、取材が終わるまでスカートは封印するって決めたんだから）

芽衣は今日、ダークグレーのパンツスーツを着ている。

普段はスカートを穿く事が多いが、ヒラヒラはやめろと言われたため昨日急遽デパートで購入したのだ。

髪の毛は耳の高さでまとめてお団子にしているし、メイクは最小限にして、ルージュも落ち着いたベージュブラウンにした。

（なんだか、前にドラマで見た女性ＳＰみたいじゃない？）

そう思ったら、心なしか背筋がシャキッとする。

これで準備はバッチリだ。

ただ、取材に同行する予定だった京本が、出社を前に体調を崩し今日も有休を取って休んでいる。これについては、黒川を通して斗真と優子に報告済みだ。

（一日目だし、とりあえず今日のところはカメラマンなしでもいけるよね）

一人二役になるが、もともと自分でもオフショット的な写真を撮るつもりでいたし、問題はないだろう。エレベーター内の鏡の前で表情筋をほぐしたあと、社長室の前に立ってドアをノックする。

「どうぞ」

促《うなが》されて中に入ると、優子が部屋の窓際に立って観葉植物に水をやっているところだった。

デスクの横には黒川が控えており、互いに挨拶《あいさつ》を交わす。

「いらっしゃい。あら、今日は、雰囲気が違うのね。もしかして、副社長に何か言われた？」

「はい、ヒラヒラした恰好はやめるように、と」

「だから、そんな勇ましい恰好をしているのね。でも、それはそれで素敵よ」

「ありがとうございます！」

優子に褒《ほ》められた事が嬉しくて、芽衣は晴れやかな笑みを浮かべた。

「今日は午後から副社長と出かける予定だそうね。取材、頑張ってちょうだい」

「はい、心して取り掛かります」

水やりを終えた優子が、芽衣をソファに誘導する。

黒川は彼女の斜め前に、芽衣は優子の正面に座り、背筋をピンと伸ばした。

「副社長とは、昨日はじめて会話したって感じかしら？」

「はい、そうです」

「どうだった？　噂どおりのいけ好かない人だったでしょう？」

「い、いえ……そんな──」

「隠さなくてもいいわよ。今のあなたの顔を見れば、昨日副社長がどんな対応をしたのか想像がつくわ」

「えっ？　顔っ……」

芽衣は、自分の顔を手で触った。

昔から感情が顔に出やすいと言われていたし、自分でもそれはわかっている。だからこそ、昨日今日と表情管理をしていたつもりだったが、効果はなかったようだ。

「黒川からも、大体の様子は聞いているわ。本当に、しょうがないわね。もっと人当たりをよくしてもらわないと……。そのために、取引先巡《めぐ》りをさせているのに、効果がないようね」

優子曰《いわ》く、ここ何カ月かにわたり、自分がやってきた仕事を少しずつ斗真に引き継いでいるのだという。内容は主に対外的な交渉などで、以前より外回りの仕事が増えたのはそのためであるらしい。

「放っておくと、研究所に入り浸《びた》るから困ったものだわ。将来、この会社を背負っていく者として、いつまでも今のままじゃいけないのに。……やっぱり、大々的に意識改革をする必要があるようね」

優子が、微笑んだまま小さく肩をすくめた。

彼女に手招かれ、芽衣は立ち上がって優子のすぐそばに立った。座面を掌《てのひら》で示され、彼女の隣に腰かける。

「佐藤さん、ここからは社長としてではなく、斗真の母親として話すんだけど――」

優子が唇に人差し指を添えて〝内緒〟のジェスチャーをした。

「はい、なんでしょうか」

芽衣が居住まいを正すと、優子はやや声のトーンを落として話し始める。

「先日も話したとおり、斗真は『冷淡』で『毒舌家』で『気難しい』。彼自身もそれをわかっていると思う。でも斗真は、この間も言ったとおり本当は優しい子なの。だけど、基本的にあまり人が好きじゃないのよ。人間嫌いと言うのか……女性を嫌っているの。もちろん、ビジネスをする上ではうまく隠しているし、今のところ支障ないわ。でも、うちは化粧品メーカーだし、社内外ともに女性と接する機会が多いでしょう?」

「エゴイスタ」は男性化粧品も扱ってはいるが、メインは女性向けのラインナップであり、世間的にもそちらのほうがよく知られている。

それに、化粧品メーカーの多くがそうであるように男性社員よりも女性社員の比率が高い。

「普段から私以外の女性は、必要がない限りそばに寄せ付けない。それもあって、斗真が直接関わっている部署に女性社員は一人もいないの。うちの会社には優秀な女性がたくさんいるのにもかかわらず、よ」

「エゴイスタ」は事あるごとにメディアに取り上げられるほど、女性にとって働きやすく活躍の場が多い会社だ。実際に、役員の五割近くが女性であり、役職者も多い。

「もちろん、男尊女卑思想ってわけじゃないのよ。意図的に遠ざけているというのも違う気がするし……なんというか……斗真のあれは、嫌いを通り越して恐怖を感じていると言ってもいいくらいなの」

「恐怖……ですか？」

「そうよ。大袈裟《おおげさ》かもしれないけど、『女性恐怖症』のようなものなんじゃないかと思ってるの。誰が見てもそうだってわかるレベルではないけれど、よく見ていたらわかるわ」

優子の顔には、いつもどおりの微笑みが浮かんでいる。しかし、眉尻は下がっており、強い憂《うれ》いが感じられた。

「あの子もいい年だし、これまで何人かの女性とお付き合いはあったみたい。だけど、誰一人本当の意味で斗真のテリトリーに入れた人はいなかったようね。しかも、年々女性と縁遠くなって、ここ二年くらいは仕事ばかりしてデートなんか一回もしてないんじゃないかしら」

　突然斗真のプライベートの話になり、芽衣は少なからず面食らった。斜め前に座っている黒川は、すべてを承知しているのか穏やかな表情を浮かべたまま微動だにしない。

「それでね、佐藤さん。あなたには、今回の密着取材のついでに、是非やってもらいたい事があるの」

　真剣な表情で言われ、芽衣は緊張で顔が強張《こわば》るのを感じた。そんな芽衣の手を、優子が取ってしっかり握ってくる。

「……はい。私でできる事なら、なんなりとお申し付けください」

「ありがとう。そう言ってくれて嬉しいわ。では、改めて依頼するわね。佐藤さん、あなたに斗真の『女性恐怖症』を治してもらいたいの」

　突拍子《とっぴょうし》もない事を言われ、芽衣は思わず驚きの表情を浮かべた。

「私が、副社長の『女性恐怖症』を治す!?　で、でも、いったいどうやって……」

「それは、あなたに任せるわ。手段は選ばないし、あなたのやりたいようにやってくれて構いません」

「ですが、私、あまり男の人に詳しくなくて……というか、まったく知らないし、もっと言えば、今まで男性と付き合った経験がなくて、つまり恋人がいた事がないんです」

　まさか、こんなところで自分の恋愛経験ゼロを暴露する事になるとは……

芽衣は恥じ入って、肩を窄《すぼ》めた。

彼氏いない歴二十五年の自分に、そんな大役が務まるはずがない。何より、普通の男性ならまだしも、斗真はハイスペックである上に超がつくほどのイケメンなのだ。

自分程度の者がそんな人の「女性恐怖症」を治そうなど、おこがましいにもほどがある。

芽衣の戸惑いをよそに優子は満足そうな表情を浮かべて頷いた。

「実はね、話していて、そうじゃないかと思っていたの」

「へ……？　そ、そうじゃないかって——」

「男性を知らない——だからいいのよ。もしあなたが、男性を知り尽くしているような女性なら、こんな事頼まないわ」

「で、ですが——」

「斗真の『女性恐怖症』が治れば、彼の人間嫌いも自然と解消されるだろうし、それは『エゴイスタ』の明るい未来にも繋がると思うのよ。佐藤さん、あなたの肩には、我が社の将来がかかってるわ。心して取り掛かってね」

今一度ギュッと手を握られ、にっこりと微笑まれる。

「は……はい、最善を尽くします」

期待を込めた顔で目をじっと見つめられ、さすがに断る事などできなかった。

「でも、どうして私に、そんな大役を任せてくださるんですか？」

「もちろん、佐藤さんと話してみて、あなたならお願いできると判断したからよ。あなたは、人を見かけや噂だけで判断しないと言ったわ。それに、あなたの事は、入社してすぐここに来てくれた時から、強く記憶に残っていたの」

「えっ？　あの時の事を、覚えていてくださってるんですか？」

「もちろん。素直で元気いっぱいで、明るくて前向き。それもあって、今回の企画を佐藤さんにお願いしようと思ったのよ」

一平社員の自分に、それほどの信頼と期待を寄せてくれているとは……

芽衣は大いに感動し、自分を見る優子を見つめ返した。

「私、精一杯頑張ります！　きっとやり遂《と》げてみせますから」

芽衣がそう言うと、優子が嬉しそうに微笑み、手をギュッと握ってきた。

「よかった。あなたなら、そう言ってくれると思ってたわ。これは『副社長密着取材』と並行して行われる極秘任務よ。どちらも仕事の一環であり、斗真自身の未来を大きく左右するかもしれない重大な任務だという事を忘れないで」

にこやかだった優子が、そう言いながら、ふいに真剣な表情を浮かべた。

「それと、念のため言っておくけど、斗真に恋愛感情を抱いたりしないようにね。『女性恐怖症』を治す方法はあなたに任せるけれど、間違っても恋をしちゃダメよ。これは、あくまでも任務である事を忘れないで。そうでないと、あなたが傷つく事になりかねないわ。いいわね？」

「わ、わかりました……」

「結構。では、よろしくお願いね。——黒川室長、あとは任せたわ」

「はい、社長。では、行きましょう」

黒川がソファから立ち上がり、芽衣もそれに続いた。彼に連れられて社長室を出て、そのまま副社長室に向かう。

「黒川室長……。私、大丈夫でしょうか？」

やり遂《と》げると啖呵《たんか》を切ったものの、芽衣は今さらながら不安になり、黒川にそっと訊《たず》ねた。彼は芽衣を見て、微笑みながら頷く。

「社長の人を見る目は確かですし、きっと大丈夫です。何かあれば私に相談してください」

「はぁ……、よろしくお願いします」

芽衣がそう言った時、黒川が副社長室のドアをノックした。中に入り、デスク前に立っている斗真と対峙する。

「遅い。時間ギリギリまで、何をしていたんだ？」

彼はそう言い放つと、二人の間をすり抜けてドアに向かった。

芽衣は黒川とともに彼のあとを追い、エレベーターホールでようやく追いついて立ち止まる。

「お待たせして申し訳ありません。今日は車でお出かけになって、そのまま直帰なさるんでしたね」

「そうだ」

階下に向かうエレベーターが到着し、芽衣は先に乗り込んで斗真を待つ。彼が芽衣の横を通り過ぎて、エレベーターの奥に進んだ。

「承知しました。では、私はこれで。佐藤さん、あとはよろしく――」

エレベーターホールに立つ黒川が、閉じたドアの向こうに消えた。見送ってくれた彼の表情が、やけに意味ありげだったような気がする。

それにしても、沈黙が気まずい。

元来お喋《しゃべ》りな芽衣は、誰かといると用がなくても何かしら話しかけたくなる性分《しょうぶん》だ。しかし、必要以上に話しかけるなと言われている以上、迂闊《うかつ》に口を開くわけにもいかない。

エレベーターは止まる事なく下降し続け、地下一階の駐車場に到着する。先に降りた斗真のあとをついて歩き、黒いセダンタイプの車の前で立ち止まった。

「乗って」

斗真が短く言い、助手席のドアを開けてくれた。

「あ、ありがとうございます」

芽衣は礼を言い、運転席へ回る彼の背中を目で追った。斗真の態度はこの上なくそっけない。しかし、ドアを開けるタイミングや座るよう促《うなが》す動作が、実にスマートで紳士的だ。

（きっと、女性をエスコートし慣れているんだろうな）

確かに、冷たい感じはする。けれど、優子から聞かされていなければ、とてもじゃないけれど彼が女性を嫌悪し、恐怖を感じているとは思わないだろう。

シートベルトを締めた芽衣を確かめたのち、エンジンをかけた車がゆっくりと動き出した。二人とも一言も喋《しゃべ》らないまま車は走り続ける。

ものすごく気づまりだが、斗真からの言いつけだから致し方ない――

芽衣は固く口を結んだまま、沈黙を守った。車が赤信号で止まると同時に、芽衣のほうを見た斗真が、おもむろに口を開く。

「今日は、昨日とまるで印象が違うな。服装もヘアメイクも簡素だし、視界の端にあっても、さほど邪魔にならない」

「恐れ入ります」

「昨日僕が言った事を的確に捉《とら》えて実行に移しているのは評価に値する」

斗真に褒《ほ》められた！

ホッとした芽衣は、朝からの緊張をいくぶん解いて表情を和《やわ》らげる。

「ありがとうございます！　このパンツスーツ、昨日デパートに寄って買ったんです」

「そうか」

「色は紺かグレーで迷ったんですけど、香苗《かなえ》が——あ、香苗って私の高校の時の友達で、デパートで働いている子です。その子が、グレーのほうが着回しがきくって言うし、紺だと就活生みたいかなって」

すでに正面に向き直った斗真が頷いて、同意する。

「ですよね？　よかった、やっぱり正解だったんですね。取材で副社長のお供をする事もあるだろうと思って、結構奮発したんです。洋服って着る人によって違って見えますよね。私レベルだと、ある程度いいものじゃないと、値段以下に見えたりして——」

「うるさい！」

一喝《いっかつ》され、芽衣はハッとして口を噤《つぐ》んだ。

「す、すみません。つい——」

「取材をするのは許可した。だが、今みたいな、くだらないお喋《しゃべ》りはご法度《はっと》だ。いいな？」

「はいっ、すみません！」

「取材は可能な限りテンポよく進めてくれ。そうすれば、一カ月かからずに仕事を終えられるだろう？　見てのとおり僕は忙しい。こんな取材はさっさと終わらせたいし、少しでも早く今の状況から解放されたい——つまりは、そういう事だ。君もそのつもりで、動いてくれ」

信号が変わり、車が再び走り出した。

芽衣は「はい」と言って頷き、早々にバッグからメモ用紙とボイスレコーダーを取り出した。

「録音してもいいでしょうか？」

「どうぞ」

許可を得て、録音のスイッチを押す。

芽衣は斗真のほうに身体を向け、彼の横顔に視線を置いた。流れる風景をバックに、彼の完璧な顔のラインが浮き上がって見える。

それにしても、なんて整った顔だろう――うっかり見惚れてしまい、芽衣はあわててメモ用紙に視線を落とした。

（何やってんの！　こんなんじゃ、百の質問をするだけで一カ月が終わっちゃうよ！）

芽衣は自分自身を叱咤《しった》し、活を入れた。

「では、始めさせていただきます。副社長は、普段ご自身で運転して外出先に向かわれるんですか？」

「そうだ」

「運転するのが、お好きなんですか？」

「そうだな。運転している間は、誰にも邪魔されずに済むし、一人になれるからな。もっとも、今は、まったくそうじゃないが――」

はい、出た。人間嫌い。

さっそく嫌味を言われて、ふと顔を上げた。

すると、ちょうど左カーブを曲がろうとする斗真と視線が合う。一瞬、流し目を送られているような気分になり、図らずも鼓動が激しくなる。

「そ、そうですか。副社長は、一人の時間を大切にされているんですね」

「人がそばにいると気が散るし、落ち着かないんだ」

「それは、誰でもですか？　例えば、家族とか恋人とか……」

「恋人なんて、一時的に関係しただけの他人だ。それに、家族といえども結局は個人の集まりだし、ただの入れ物にすぎない」

「副社長って、結構クールな考えをお持ちなんですね」

「別に、普通だろう。誰だって、自分の時間を邪魔されたくない。君だってそうじゃないのか？」

「それはそうですが……」

言われてみれば、そのとおりだ。

さっきは即、彼の人間嫌いが出たと思ったが、短絡的な判断だったと反省する。

「では、副社長が孤独や寂しさを感じる時は、どんな時ですか？」

「そんな時はないな。孤独は心の平穏を呼ぶし、寂しいという感情を持ったのは、もう遥《はる》か昔だ」

「昔……ちなみに副社長は、どんなお子さんだったんですか？」

「さあ、子供の頃の事なんかもう忘れたし、思い出したくもない」

話す彼の横顔に、さっと影が差した。

考えてみれば、斗真の両親が離婚したのは彼がまだ子供の頃だったと聞いている。詳しい事はわからないが、幼少期については触れられたくないのかもしれない。

「あの、副社長――」

「そろそろ目的地に着くぞ。インタビューは、いったん終わりだ」

斗真が、ふいにそう言って左にハンドルを切る。少々荒い運転だったせいか、シートから背中を浮かせていた芽衣は、遠心力で斗真のほうに倒れ込んでしまう。

「あっ――」

シートベルトのおかげで即座に体勢を持ち直したが、彼のジャケットの左腕にファンデーションが薄くついてしまっている。

「す、すみませんっ。袖《そで》が――」

芽衣はポケットからハンカチを取り出し、袖《そで》の汚れを拭こうとした。しかし、ちょうど車が建物の駐車場に入るタイミングと重なり、思うように動く事ができない。

車が停車し、芽衣はようやくシートベルトを外して車外に出る。先に降りて歩き出す斗真を追い、ジャケットの袖《そで》についた汚れを拭こうとした。

「副社長、待ってください。袖《そで》に汚れが——」

「触るな！」

芽衣がハンカチを持った手を近づけた途端、斗真がその手を払いのけた。

手にしたハンカチが宙を舞い、駐車場の床に落ちる。

ハタと目が合った彼の目は驚くほど冷たかった。

芽衣はたじろいで、頬を引き攣《つ》らせる。

「も……申し訳ありません……！」

芽衣は咄嗟《とっさ》に落ちたハンカチを拾おうとした。しかし、それよりも一瞬早く動いた斗真に先を越されてしまう。

「いや……すまない。急に大声を出して、悪かった」

斗真が早口でそう言い、芽衣にハンカチを差し出した。芽衣を見る彼の顔には、戸惑いの表情が浮かんでいる。

「いえ、私こそ、すみませんでした」

ハンカチを受け取る時、ほんの少しだけ二人の指先が触れた。その途端、斗真の手に緊張が走ったのが分かった。

まるで、嫌なものにでも触ったみたいな反応だ。

それに気がついた芽衣が顔を上げた時には、彼はもう背を向けて歩き出していた。そして、以後一度も芽衣のほうを見る事はなかったのだった。


「失敗したぁ……」

その日、自宅アパートに帰り着くなり、芽衣はがっくりと膝を折ってその場にしゃがみ込んだ。

「私のバカ〜！　調子に乗ってペラペラ喋《しゃべ》るんじゃなかった」

そのままの姿勢で靴を脱ぎ、のろのろと起き上がる。四畳半のキッチンを通り抜けて、十畳のリビングに入った。ガラス製のテーブルに寄りかかるようにしてラグの上に座り、深いため息を吐く。

あのあと、斗真とともにファッションビルに向かい、いくつかのコスメティックショップ巡《めぐ》りをした。

時間にして、およそ二時間あまり——

予定どおり市場調査をする彼を取材できたし、帰りは芽衣の自宅最寄り駅まで車で送ってもらった。

しかし、斗真との距離はまったく縮まらず、むしろ時間を追うごとに広がっていったような気がする。そうなったのも、すべて自分の迂闊《うかつ》な言動のせいだ。

もともと冷淡だった彼の態度が、家族の話とハンカチの受け渡しをきっかけに、はっきりとマイナス方向に傾いた。これでは、極秘任務はもちろんの事、取材の続行すら危ぶまれる。

（あの様子からすると、副社長の「女性恐怖症」って、本当なんだろうな）

優子の話を信じていなかったわけではないが、実際に今日斗真の様子を見てそう思った。

事前に話を聞いていたにもかかわらず、ウロチョロつきまとった上に家族の話を持ち出した。あげく、急に触ろうとしたら不快に思われるに決まっている。

（いっそ着ぐるみでも着る？　もしくは男装してみるとか？　ふざけるなって怒鳴られそうだよね。あ～あ、明日からどうしよう～！）

社長直々《じきじき》に頼まれて単純に嬉しかったし、広報部員としてというよりも個人的な使命感に燃えていたのは確かだ。

だが、今回の極秘任務は、それだけでやり遂《と》げられるような仕事ではない。

せめて、自分がもっとうまく立ち回る事ができていたら……。

そう思うものの、今のところ何をやっても斗真をイラつかせてばかりいる。

（張り切って引き受けたはいいけど、本当に私なんかにできるのかな……？）

不安に駆られたが、今さら「やっぱり、できません」などと言うわけにはいかなかった。

だが、今現在斗真からかなり迷惑がられている自分だ。これからどうやって取材を進めていけばいいのか……

いっそ、質問をすべてアンケート形式にして渡そうか――芽衣がそんな事を考えていると、バッグの中に入れたスマートフォンが着信のメロディを奏で始める。

画面を見ると、かけてきたのは斗真だ。

「はい、佐藤ですっ！」

秒速で出て、画面に耳を押し当てる。

『うるさい！　耳元で、そんな大声を出すな！』

いきなり聞こえてきた大音量に、芽衣は顔をしかめた。

大声を出しているのは、そっちのほうでしょ！　と言いたいのを我慢して、また耳を画面に近づける。

「すみません。あわてていたもので、つい……」

『君は、いつもあわてている印象がある。もう少し落ち着いて行動しろ。それに、声が大きすぎる。もっとボリュームを抑えてくれ』

「わかりました。以後、そういたします」

それについては自覚もあるし、素直に受け入れておく。

『明日の朝、車で迎えに行くから、午前七時にアパートの外に出ているように。いいな？』

「へっ？　あの——もしもし？」

芽衣が確認しようとした時には、もうすでに通話が終わっていた。

状況が呑み込めず、しばらくの間口を開けたまま呆ける。

「えっ……何？　副社長が迎えに来るって……私を？」

いきなりの展開に焦り、芽衣は首を傾げて考え込む。

「なんで家の場所を知ってるの？　って、人事名簿を見ればわかるか」

副社長なのだから、それくらいの権限はあるだろう。

それにしても、だ。

(どうして、わざわざ迎えに来てくれるんだろう？　もしかして、私が思っているほど怒ってないのかな？)

芽衣は、そんなふうに考えて表情を明るくする。

「それはそうと、副社長って声までイケメンだなぁ」

普通に話していてもそう思ったが、電話だとよりそれを強く感じた。

彼ほどハイクラスのイケメンに、朝車で迎えに来てもらう——そんな事が自分の身に起こるなんて、夢ではないのか。

芽衣は、立ち上がってテーブルの周りをグルグルと回り始める。途中、ベッドの角に左足の小指をぶつけ、悲鳴を上げた。

「いっ……たぁい……」

これだけ痛いのだから、きっと夢ではない。

芽衣は痛みで床を転げ回りながらも、耳に残る斗真の声を頭の中で何度となくリピートさせるのだった。


翌朝、芽衣は目覚まし時計が鳴る前に目を覚まし、身支度を始めた。

メイクをしようとテーブルの上に鏡をセットし、洗い立ての顔に自社の化粧水や乳液を、たっぷりと叩き込む。

「エゴイスタ」は、年齢や肌質によって多種多様な商品を提供している。企業コンセプトである「素肌に優しく寄り添う」を主軸に、極力肌に負担をかけない成分で作っており、今や世界規模で顧客が増えつつある。

芽衣が今使っているのは、天然の薔薇《ばら》を使用した天然素材百パーセントの「ロージィ・ローズ」というブランドだ。

少々値は張るが、割引が効くし使用感と香りがいいので、入社以来ずっと同じものを使っている。

肌を整えたあと、ファンデーションを塗ろうとして、ふと手を止めて鏡を見る。

（また昨日のような事があるかもしれないよね……）

もともと薄化粧の芽衣だが、やはりすっぴんには抵抗がある。

それに、化粧品メーカーに勤務する自分が、ほぼノーメイクで出かけるのはためらわれた。

けれど、不測の事態を回避するために、あえてアイラインを薄く引いてリップクリームを塗っただけで化粧を終わりにした。

髪の毛もお団子ヘアをやめて、きつく撫で上げて黒色のバレッタで留めるだけにする。

今日着るのは、昨日のスーツと一緒に買った黒に細いピンストライプのパンツスーツにカッターシャツだ。

アクセサリーは一切なし。メイクをほとんどしていないせいで、いっそう童顔に見えるが、昨日よりさらに女っぽさがなくなったように思う。

「これで、よし！」

準備を万端に整えアパートを出た。

時刻は午前七時十分前。昨夜、ベッドに入ってから考えたのだが、もしかしたら迎えに来るのは斗真だけではなく、黒川も一緒かもしれない。

二人きりでなければ、さほど緊張せずにすむのだが。

あれこれと思考を巡《めぐ》らせながら待っていると、道の向こうに斗真の運転する車が停まった。

芽衣は急いで車に駆け寄り、助手席のドアを開けた。

「おはようございます。……副社長、お一人なんですね」

「おはよう。そうだが、それがなんだ?」

「いえ、もしかして朝はどなたかが運転しているのかと思っていたので」

「基本的に、僕は自分で運転して移動している。専属の運転手はいないし、必要がある時は黒川に頼む」

「そうでしたか。では、失礼します」

助手席に乗り込み、シートベルトを締める。

「少し先に公園の駐車場があるな。そこに停めるから、効率よく取材を始めてくれ」

そう言うが早いか、斗真は車を発進させた。

「はい、わかりました」

さすが、できる男は何をするにも無駄がない。ほどなくして目的地に到着し、車のエンジンが止まった。

芽衣はシートベルトを外して、ぺこりと頭を下げた。

「あの……わざわざ迎えに来てくださってありがとうございます。それに、昨日はいろいろとご迷惑をおかけしたり余計な事を言ったりして、申し訳ありませんでした」

「ここは通勤ルートの途中だし、別に君は何もしていないから謝る必要はない。それに、迎えに来たのは、通勤中の今なら仕事の時間を邪魔されずに取材を受けられると思ったからだ。昨日は中途半端に取材が終わっただろう？」

ああ、なるほど——

すべては取材を早く終わらせるため。ただ、それだけ。だが、文句を言いながらも、斗真が取材の事を気にかけてくれているのはわかった。

「お心遣い感謝いたします！」

「声のボリューム！」

「す、すみませんっ」

芽衣は肩をすくめながらバタバタと取材の用意をし、身体ごと運転席を向いた。そして、ボイスレコーダーの録音スイッチを押して質問を始める。

「では、始めさせていただきます。副社長は一人暮らしをされていますが、食事や掃除などの家事はどうなさっているんですか？」

アンケートの回答から抜粋した斗真への質問は多岐にわたるが、彼の私生活に関する項目が結構な数を占めている。中にはプライベートすぎる質問もあるが、それは状況を見ながらするかしないかを決めるつもりだ。

「当然、すべて自分でしている」

「ご自身で……。副社長もエプロンをしてキッチンに立たれるって事ですか？」

「エプロンはしない。だが、割と料理はする」

てっきり料理なんかしないと思っていたのに、意外な答えが返ってきた。それを言うと、斗真がふん、と鼻で笑う。

「一人暮らしなら、自分で作る他ないだろう。外食もするが、自分で作って食べたほうが時短になる。もちろん、面倒な時は適当に買って食べたりもするが」

「ちなみに、今朝は何を召し上がったんですか？」

「白ごはんに豆腐の味噌汁。サワラの漬け焼きとサラダだ」

「私より女子力高っ」

さすがコスメティックメーカーの副社長というか、なんというか。かっこよくてハイスペックである上に、料理上手という付加価値まである。

「なんだって？」

「い、いいえ、なんでもありません。朝からすごいです。手が込んでますね」

「別に手は込んでない。魚は漬けた状態のものを産地から送ってもらって焼いただけだ」

「それでも、です。私なんか、今朝はシリアルに牛乳をかけたのを流し込んだだけです」

それを聞いた斗真が、眉間に薄く縦皺《たてじわ》を寄せる。

「昨夜は何を食べたんだ？」

「えっと……昨日は、ちょっと疲れていたし、コンビニで買った焼肉弁当で済ませました」

我ながら言い訳がましいと思ったが、実際疲れていたし、いつもよりも早寝をした。

「そうか。最近のコンビニはいろいろと充実してるからな」

「はい。うちのプチプラコスメも置いてあったりして、便利ですよね」

芽衣が普段行くコンビニエンスストアは、弁当や総菜などが特に充実している。

時間帯によっては品薄になるが、料理が得意でない芽衣にとってはありがたいし、なくてはならない場所だ。

「君は、あまり料理をしないのか？」

「あ……はい。実はそうなんです。自炊もしますけど、どうしてもコンビニに頼っちゃって」

実際、自分で作るより買ったほうが美味《おい》しいし、手間もかからない。

「そうか。人の食生活に首を突っ込むつもりはないが、それで仕事をする元気が出るのか？　だが、肌の色艶《いろつや》はいいな」

ふいに伸びてきた斗真の手が、芽衣の頬を指で摘まんだ。ムニムニと弾力を確かめられ、横にぐっと引っ張られる。

「ふむ、張りもあるし水分量も多そうだ。きめが細かいし、色白だな。とてもいい。きわめて良好な状態に保たれている」

しばし納得したような顔で芽衣を見ていた斗真が、ハッと気がついたように手を離し、運転席のドアのほうに身を引く。

「――すまない。つい……」

自覚しないまま、そうしてしまったのだろう。彼は、明らかに動揺しており、若干頬が引き攣《つ》っている。

斗真の様子を見た芽衣も遅ればせながらにあたふたして、あやうくボイスレコーダーを落としそうになった。

「い、いえっ……。その、私の肌の調子がいいのは、ぜんぶうちの会社の化粧品のおかげです！　私、入社して以来、ずっと『ロージィ・ローズ』を使ってるんですけど、香りもいいし、もう最高なんです！　あ、そういえば、『ロージィ・ローズ』って、副社長が企画して商品化されたものですよね」

芽衣は内心の動揺を押し隠し、素早く話題を化粧品にすり替えた。

「ああ、そうだ」

「ではその件について、お話を伺ってもいいですか？」

「もちろん、かまわない。『ロージィ・ローズ』を企画したのは僕だが、もともと薔薇《ばら》を使用したラインナップを作りたいと言い出したのは社長だった。知ってのとおり、薔薇《ばば》薇《ら》を使用した化粧品は他の会社からも出ている。だが、『エゴイスタ』から出すからには、とことんこだわって他社とは一線を画《かく》すものを作りたい。そう思って、まずは薔薇《ばら》の生産地にこだわって、現地に工場を作るまでに二年かかった」

斗真が「ロージィ・ローズ」に関わるプロジェクトを立ち上げたのは、今からちょうど八年前――彼が二十七歳の時だ。

「我が社のホームページにも、そうしたこだわりについて掲載されていましたね」

社員であると同時に、「エゴイスタ」の大ファンでもある芽衣は、日頃から自社の商品をチェックして知識を深めていた。

決して自社製品をゴリ押しはしないが、肌について悩みを持つ知人に乞《こ》われれば、化粧品について軽くアドバイスをする事もあった。

「うむ。……あれを書いたのは僕だ」

「そうだったんですね。あの文章には『ロージィ・ローズ』に対する深い愛情と熱意が感じられます。副社長は、自ら研究開発もされたんですよね？　実際、どれくらい関わっていらっしゃったんですか？」

「もちろん、企画段階から商品化まで。工場を作るにあたり、現地調査に行って商品作りにふさわしい土地を探したり、農園経営者を探したりした。商品化するまでに、かなりの手間暇がかかったが、いい結果を得られてよかった」

「はじめから終わりまで、すべてに関わっていらしたんですね。副社長は、ご自分を完璧主義者だと思いますか？」

「別に、完璧主義者だとは思わない。ただ、自分がやり始めたものだから、最後まで責任を持ってやり遂《と》げたかっただけだ」

完璧主義者というよりは生真面目という事だろうか。

いずれにしても、さすが副社長を務めているだけあって人の何倍も責任感が強いようだ。

「ちなみに、商品化するにあたって一番大変だったのは、なんでしたか？」

「交渉だな」

間髪容《かんはつい》れずに答えたところからして、それ相応に苦労したであろう事がわかった。

なるほど——人間嫌いの彼にしてみれば、交渉は最も苦手とするものなのだろう。

それは理解できる。しかし、今のままでは、いつまでたっても苦手が改善されず、この先ずっと苦労する事になるだろう。

せっかく超がつくほど優秀なビジネスパーソンなのに、人間嫌いであるがゆえに力を充分発揮できないなんて——

「あの……こう言ってはなんですが、副社長って人一倍クールですよね」

芽衣が遠慮がちにそう言うと、斗真が僅《わず》かに片方の眉尻を上げた。

「だからなんだ。言いたい事があれば、はっきり言えばいいだろう」

「わかりました。……なんというか、副社長にはどこか人を寄せ付けない雰囲気があるので、交渉する時もそんな感じだったら、打ち解けるまでに時間がかかっただろうなって」

「ふん……君の言うとおりだ。僕は周りに冷淡な毒舌家だと思われているし、実際そのとおりの人間だ。交渉に一年以上かかったのも、それが原因だというのはわかってる」

さすが副社長――周囲から自分がどう思われているのか、自分の短所がどこか、客観的に捉《とら》えているようだ。

「交渉がうまく進まず、一時はもうダメかと思ったりもしたな。だが、時間はかかったが、結果的に交渉は決裂せずに済んだ。……しかし我ながら、もっとうまく立ち回れないものかと焦《じ》れったく思ったのも確かだ」

斗真の顔に当時を懐《なつ》かしむような表情が浮かぶ。

それまでの冷たい雰囲気がなくなり、芽衣は一瞬で彼の顔に目を奪われた。

クールで誤解を受けるような言動をする斗真だが、今の彼からは仕事に対する真摯《しんし》な思いがダイレクトに伝わってくる。

表情ひとつで、これほどの吸引力を発揮するとは――

おそらく斗真と接する人は今の自分と同じように、もれなく彼に惹きつけられるはずだ。

そして、付き合ううちに彼の生真面目さやビジネスパーソンとしての真意が伝わり、結果的に交渉もうまくいったのではないだろうか。

彼の努力は、きっと並大抵のものではなかっただろう。

芽衣は心の中で斗真に賞賛の拍手を送るとともに、彼に尊敬の念を抱いた。

「副社長って、人を寄せ付けない雰囲気があるのと同時に、無条件で人を惹きつける吸引力もありますよね。以前、一度エレベーターの中でお見かけした事があるんですが、オーラがすごかったのを覚えてます」

斗真が芽衣のほうを向き、黙ったまま目を細める。

「副社長の努力のおかげで『ロージィ・ローズ』は大人気定番商品になったんですね。当時の副社長が諦めないで頑張ってくださってよかったです。おかげで、私の肌はピチピチのモチモチですよ！　ほら、どうぞ遠慮なく触ってください！　ほらほら――」

芽衣は運転席のほうに身を乗り出し、右頬を斗真に近づけた。

そして、すぐに斗真のしかめっ面《つら》に気がついて表情を硬くする。

「す、すみません！　私、また――」

昨日、調子に乗って反省したばかりなのに、またしてもやらかしてしまった！

いくらさっき斗真から触ってきたとはいえ、いきなり近づくなんて「女性恐怖症」を治すどころか、悪化させてしまいかねない。

芽衣は、咄嗟《とっさ》に首をすくめ身を引こうとした。しかし、伸びてきた斗真の手が芽衣の頬を指で摘まんだ。そして、弾力を確かめるように軽くつねる。

「確かにモチモチだな。……それはさておき、君は、もう少し考えてから行動したほうがいい」

「はい、すみません！」

芽衣は恐縮して、そのままの状態で平謝りをする。

「覚えてる」

「え？」

「エレベーターで君に会った時の事なら、覚えている。あの時、君は僕のほうを見て大口を開けて、ポカンとしていた。インパクトがありすぎて記憶に残ってる。今思い出しても笑えるよ」

「笑っ……？」

斗真が芽衣の右頬から手を離した。ふと見ると、彼の口角が僅《わず》かに上がっている。まさか、あの時の事を彼が覚えているとは思わなかった。しかも、「今思い出しても笑える」と言ってくれたし、今だって笑顔とはほど遠いが、昨日よりも表情が柔らかい。

（社長や黒川室長が言っていたとおり、副社長は優しい人なのかも……）

だったら自分は、そんな彼の優しさが伝わるような記事を書こう。それこそが、広報部員としての使命だ。そして取材を通して、彼の女性恐怖症が少しでも改善されればいいと思う。
芽衣は俄然やる気になって、表情を明るくする。
「では、この取材が終わるまでの間に、私がもっと副社長を笑わせてあげます」
人を笑わせるのは昔から得意だ。それに一カ月間密着取材をするのだから、お互いに
楽しくやったほうがいいに決まっている。
「私、結構そういうの得意なんですよ。うちの家族って、静かなのとうるさいのが入り
交じってるんです。父は物静かなのに、母はその逆をいくお喋《しゃべ》り。祖父は陽気で、祖母
はちょっと気難し屋で」
事実、芽衣をはじめ、祖父と母は、お喋《しゃべ》りで笑い上戸でガサツだ。それに対して、祖
母と父は無口で気難しくて几帳面だ。
「でも、バランス的には、ちょうどいいんですよ。そう考えると、副社長と私も案外相
性がいいかも――いえ、すみません。調子に乗りました」
相性がいいだなんて、ついおかしな事まで口にしてしまった。それに、昨日家族の話
を持ち出して失敗したばかりだ。
けれど、意外にも斗真はさほど気にしていない様子だった。
「いや、別にいい。他にも家族がいるのか？」

おまけに、逆に質問をされた。これは向こうからこちらに歩み寄ってくれている証拠だ。

「はい。大学生の妹が一人います。私よりも五つも年下なのに、かなり大人びていてどっちが姉かわからないくらいなんですよ」

「ふむ。ところで、君はいつから一人暮らしをしているんだ？」

「高校を卒業してからです」

「じゃあ、それ以来、ずっとコンビニが頼りなのか？」

「はい……まあ……。でも、たまに実家に帰って母の手料理を堪能したり、持ち帰ったりしてます」

「君のお母さまは、料理上手なのか？」

「はい、和洋中なんでもござれです。調理師免許を持っていて、前にレストランの厨房で働いていましたから」

「ほう……実家は近いのか？」

「S市です」

「ご両親の仲はいい？」

「すごく仲がいいですよ。結婚って似た者同士がいいとか言いますけど、両親を見ていると、むしろ正反対のほうがバランスが取れていいんじゃないかって思います」

斗真の顔を見ると、いつの間にか表情が厳しくなっている。いくら訊《たず》ねられたからとはいえ、少し喋《しゃべ》りすぎたかもしれない。

芽衣が、またしても失敗してしまったかと思っていると、斗真が小さくため息を吐いた。

「……ちょっと、録音を止めてくれるか」

「はいっ」

芽衣は言われたとおり、ボイスレコーダーを操作して録音をストップした。

少々張り詰めた空気になり、緊張が走る。

「僕は、周りが思っているままの男だし、正直言って人と関わるのが好きじゃない。もっと言えば、人間が嫌いなんだ」

「そ、そうですか……」

事前に耳に入れていたとはいえ、本人からそれを聞かされるとは思わなかった。

芽衣は内心驚きつつ、斗真の顔を見た。

「おそらく、そのせいで無意識に人を寄せ付けないようにしているんだと思う。だが、今後もっと上の地位に就く事を考えたら、今のままじゃダメなのもわかっている。いい加減どうにかしなきゃならないと考えていたし、おそらく今がそれを治すタイミングなんだろうと思う」

斗真が芽衣に向き直り、真剣な表情を浮かべる。

「僕の人間嫌いは、女性に対する感情のほうが大きい。それは、昨日僕と接してみてわかったはずだ」

彼に訊《たず》ねるように見つめられ、芽衣はコクリと首を縦に振った。

「なんとなく、そうかなとは……」

「だったら話が早い。僕の女性に対する感情は、嫌悪の他に恐怖や不安も混じっている。言ってみれば、『女性恐怖症』のようなものだ」

「人間嫌い」に続き「女性恐怖症」についても、カミングアウトされた。

まさかの事態にたじろぎつつも、芽衣は神妙な表情を浮かべる。

「『女性恐怖症』ですか……」

「病院に行ったわけじゃないから、正式にそう診断されたわけではないがな。言い換えれば、それほど重篤《じゅうとく》なものではないという事だ。だが、極力関わりたくないし、話さなくて済むなら、そうしたい。正直触るのも嫌だし、向こうからベタベタと触られたりしたら、全身に鳥肌が立つ」

「そんなにですか？」

「そうだ。しかし、うちは化粧品メーカーだし、取引先にも女性が多くいる。当然、そうも言っていられないから、女性相手の時は、ずっと我慢しながら仕事をしているんだ」

「えっ……それって、辛すぎませんか？」

芽衣の両方の眉尻が、グッと下がった。事前に聞いていたとはいえ、よもやそれほど深刻な状況だとは思わずにいたのだ。

「ストレスが半端ない。だから、いい加減どうにかしないといけないと思っていたところだ」

「――あ、でも、さっき私のほっぺたを、ご自分からムニムニしましたよね？」

「そうなんだ。あれは本当に無意識だった。普段、自分から女性に触れようなんて思った事などないのに、気づいたら君の頬を触っていて驚いた。なぜかはわからないが、君とは割と普通に喋《しゃべ》れている。昨日も咄嗟《とっさ》に避けはしたが、さほど嫌悪は感じなかった。――そこで、佐藤さん」

斗真が、ほんの少し芽衣に顔を近づけてきた。

芽衣はといえば、彼のオーラに圧《お》されるように、その分仰《の》け反《ぞ》ってしまう。

「は、はい。なんでしょうか」

「今回の取材中に、僕の『女性恐怖症』を治す協力をしてほしい」

まさか、母と子から同種類のオファーをもらうとは……！

芽衣は、大いに驚いて目を瞬《またた》かせた。しかし、斗真からそう言ってもらえたのは、渡りに船だ。

芽衣は居住まいを正し、大きく頷きながら、斗真のほうに身を乗り出した。

「わかりました！　そのご依頼、お引き受けします！」

めると、斗真は芽衣の顎をまじまじと見つめる。

「近い！」

斗真の手が、芽衣の顎《あご》を掴んで上に向ける。

「す、すびません……」

芽衣が謝ると、彼はすぐに顎《あご》を解放してくれた。そして、芽衣の顔をまじまじと見つめる。

「やっぱり、君にはさほど嫌悪感はないな」

「それって、私の外見のせいですかね？　あまり女性らしくないというか、子供っぽいというか」

「その可能性はあるな。僕が普段接するのは、いかにも女性的な人ばかりだからな」

「ああ、確かにそうですよね」

化粧品メーカーの副社長なのだから、それは容易に想像がつく。しかし、それではまるで自分がまったく女性的ではないと言われているようなものだ。

「今日は昨日よりも女性っぽさを消してますし、顔も『ロージィ・ローズ』の基礎化粧品をつけただけで、ほぼすっぴんですからね」

芽衣だって一応年頃の女性だ。自分で言い出した事とはいえ、念のため一言添えさせてもらう。

「なるほどな」

斗真が首を傾け、あらゆる角度から芽衣の顔を見つめてきた。そして、何やら納得したように頷き、また話し始める。

「僕の人間嫌いは、もともと女性に対する嫌悪感が限界を超えたせいでもある。つまり、『女性恐怖症』が治ったら、人に関わりたくないという感情もなくなるんじゃないかと思う」

「私も、そう思います。だとしたら、一石二鳥ですね。副社長は、『エゴイスタ』の未来を担う方ですし、社員として全面的に協力させていただきます！」

「感謝する。あと君は、人を観察する力があるようだ。取材している間、僕の普段の言動で改善すべき点があれば、なんでもいいから教えてくれ。遠慮はいらないし、失礼だとかいう気遣いは無用だ」

「わかりました」

「具体的にどうするのかは、状況を見て決めようと思う。では、そろそろ行こうか」

「はいっ！」

エンジンがかかり、芽衣はシートベルトをして正面に向き直った。

はじめは、副社長を密着取材するという仕事だけだった。それに社長の特命と斗真からの協力要請が加わり、思ってもみない重責が増えた。

かなり難しい任務ではある。けれど、雲の上の存在だった二人が、自分を信頼して任せてくれた仕事だ。

ぜったいにやり遂《と》げたいと思うし、きっとそれが自身のステップアップにも繋がる。

とにもかくにも、心してかからなければ――

膝に置いた手をグッと握りしめると、芽衣は気持ちを引き締め、改めて任務遂行を心に誓うのだった。

◇　◇　◇

その日の仕事を終え、斗真は一人暮らしの自宅に帰り着いた。都心の繁華街からさほど遠くない位置にあるその建物は、バブル期に建てられたヴィンテージマンションだ。

三年前にここを見つけ、すべて自己資金で一括購入した。

建ってからすでに三十数年経っているが、外観はもとより内装もデザイン性が高く、管理が行き届いている。不動産は、通常築年数が経過すれば価値が下がるが、この建物のように年々価値を上げていくものもある。ここなら立地や利便性もいい上に、静かな生活を送る事も可能だ。

各階にはそれぞれ一世帯ずつ入居者がおり、いずれも比較的年齢が高い夫婦が暮らしていると聞いている。斗真の住まいは、その最上階だ。

「まるでご隠居だな」

着替えを済ませバスルームに向かいながら、斗真は独り言を言う。

仕事を別にすれば、実際もう世捨て人のような生活を送っている。何人か親しい友人はいるが、それぞれに忙しく、頻繁《ひんぱん》に連絡を取り合うわけでもない。

女性に関しては、もう二年以上距離を置いているし、恋人と呼べるような相手もいないままだ。

それで支障はないし、むしろ快適な生活が送れているように思う。

むろん、健康で若い成人男性としての肉体的欲求がないわけではない。だが、それはあくまでも身体がそうなるだけであり、生理現象にすぎなかった。

(どちらにせよ、触るのも嫌なんだからどうしようもない)

そのため、昂《たかぶ》りを感じた時は、もっぱら冷水シャワーを浴びて沈静化させる。それが一番手っ取り早いし、一度治まればなんという事はない。

(それにしても、佐藤芽衣か……ヘンなやつだ)

彼女に言ったとおり、以前エレベーターで見かけた時の顔は、今でも覚えている。子供ならわかるが、大人であれほど無防備な顔を見たのははじめてだったからだ。

脱衣所で着ているものを脱ぎ、バスルームに入る。シャワーのレバーを回し、熱い湯の下に身体を置く。

全身に湯を浴びながら、斗真は改めて芽衣について思考を巡《めぐ》らせ、今日あった出来事を振り返ってみる。

（声はでかいしお喋《しゃべ》りですぐ調子に乗る。コンビニ弁当ばかりで、ろくに料理もしないようだし、いかにもガサツそうだ）

佐藤芽衣は、まるで大きな子供だ。中身はどうか知らないが、おそらく外見とさほど差はないのだろう。

助手席に座っていてもソワソワと落ち着かない様子だし、何気なく観察していたら、こちらが見ていないと思ってか、口を尖らせたり頬を膨らませたりしていた。

いったい、なんのつもりなのか——思いきり鼻の下を伸ばしているのを見た時には、うっかり噴き出しそうになってしまった。

いずれにせよ、あの顔を見ていると、どうしてだか本気で怒る気にならないし、それほど嫌な感じがしない。

不思議と彼女には性別を感じない。

とはいえ、いくらメイクを薄くしてパンツスタイルにしても、彼女は間違いなく女性だ。それに、子供っぽいとはいえ、何気ない表情や立ち居振る舞いには、女性らしさがある。

それなのに、なぜ彼女に対しては、あれだけそばで話していても不快にならないのだろう？

ましてて、無意識に自分から手を伸ばすなんて、我ながら不可解だし理解しがたい。

そんな事を考えながら、ふと下を向くと、用もないのに身体の中心が猛《たけ》っている。

「は？」

斗真は思わず声を上げ、眉を顰《ひそ》めた。

そして、シャワーのレバーを調整して徐々にお湯の温度を落とし身体に冷水を浴びせかける。

（なんで、今のタイミングで勃《た》つんだ？　意味がわからない）

憤《いきどお》りつつ、そこに冷水を浴びせ続けるが、なぜか今日に限ってはなかなか昂《たかぶ》りが治まらない。

「いったい、なんだっていうんだ」

苛立ち紛れに水圧を高くするが、まったく効果はない。それどころか、さらに強張《こわば》りが増し、斗真を心底困惑させるのだった。

◇◇◇

翌週、芽衣は午後から斗真の許可を得て経営企画部の会議の取材に向かった。

場所は六階の中会議室だ。室内はマホガニー色に統一されており、入り口正面にある窓からは少し先にある公園の木々が見えている。

会議に出席するメンバーは、ぜんぶで八人。先日聞かされていたとおり、その全員が男性であり、調べてみたところ「エゴイスタ」の中では、唯一女性のいない部署だ。

席に着いている者は、皆いかにも仕立てがよさそうなスーツを着て、それぞれの個性にあったネクタイを締めている。

(皆さんおしゃれだし、いかにもできるビジネスパーソンって感じ)

さすが会社経営に携わる部署だけあって、実際に将来有望なエリートばかりが集まっているらしい。

(さてと……今日は大忙しだぞ〜)

芽衣は会議室の奥に陣取り、録画用のビデオカメラを専用の三脚にセットする。念のため、ボイスレコーダーも用意して、所定の位置に置いた。

病欠していたカメラ担当の京本は、無事職場復帰した。

けれど、彼が休んでいた間の仕事が滞《とどこお》っている事もあり、相田部長から今回の取材に関しては、このまま芽衣がカメラマンを兼ねるよう言われている。

会議が始まり、話し合いは終始斗真のリードで進められた。

議題は、現在開発中の新しい男性化粧品について。彼は、それぞれの社員からマーケティングに関する考えを聴取し、即座にそれに対して自分の考えを述べる。

芽衣は会議に耳を傾けつつ、斗真に向かってカメラを構え続けた。

聞き役に回った斗真が、椅子に座り軽く頬杖をつく。レンズ越しに見る彼は、まるで映画俳優さながらの圧倒的な存在感があった。

無意識にカメラのズームイン機能を操作して、画面いっぱいに映る彼の目元に見惚れる。

（うわぁ……副社長って美肌……瞳の色……すごく綺麗……）

手を伸ばせば触れられるのではないかと思うほど、距離が近い。

長い睫毛《まつげ》に、りりしい眉。もしかして、日々エステティックサロンにでも通っているのだろうか？

そんな事を思いながら画面に見入っていると、ふいに斗真がカメラのほうを見て、レンズ越しに芽衣をじろりと睨《にら》みつけてきた。

（わっ！）

あやうく声が出そうになったが、どうにかそれを抑え込んだ。仕事中にもかかわらず、いつの間にか斗真の顔に目を奪われてしまっていた。

芽衣は気持ちを引き締めて、聞こえてくる斗真やメンバーの声に集中する。

「――いったい、どこからこんな古臭いアイデアを引っ張り出してきたんだ？　懐古《かいこ》主義といえば聞こえはいいが、ただ過去を真似るのは、サル真似をするサル以下だ」

「うちの部署は精鋭部隊と思っていたが、違ったのか？　こんな手垢のついた、ありきたりなアイデアを会議室に持ち込んだ事を恥ずかしいと思え」

会議中に聞こえてくる斗真の声は、辛辣《しんらつ》で手厳しいものばかりだ。

芽衣は部外者でありながら、それを聞いて居たたまれない気分になる。

(副社長って、いつもこんな感じなのかな？　だとしたら、皆さん大変だろうなぁ)

あれほど厳しい事を言われたら、誰だって萎縮《いしゅく》してしまうのでは？

エリート集団といえども、叩かれてばかりでは伸び悩んでしまいそうだが……

会議は粛々《しゅくしゅく》と進み、一段落着いたところで斗真がチラリと壁の時計を見た。

「──では、来週月曜までに、各自修正案を考えておいてくれ。くれぐれも、今日のような陳腐《ちんぷ》で使い古された思い付きを持ち込まないように。以上」

斗真が、そう言うなり椅子から立ち上がった。

時間にして、三十分ジャストだ。

「え？　もう終わり？」

芽衣がそう呟くと同時に、その場にいたメンバーがいっせいにこちらを見た。

自分では囁《ささや》き声のつもりだったが、室内がシンとして静かだったせいか、全員に聞こえてしまったみたいだ。

「すっ……すみませんっ……！」

あわてて頭を下げた拍子《ひょうし》に、ビデオカメラの横にセットしていたスマートフォンが三脚から外れて落ちた。

大きな音がしたあと、水色の丸いものが床をコロコロと転がっていく。

（あ、私のペンギンが――）

それは、芽衣がスマートフォンにつけていたペンギンのぬいぐるみだった。

ペンギンは、一番近くにいた社員の靴にぶつかり、すぐ近くで止まった。それに気づいた彼は、拾い上げて芽衣に持ってきてくれようとする。

すると、彼のうしろにいた斗真が、つい、と前に出てそれを遮《さえぎ》った。

「僕が持っていく。君達は、もう仕事に戻ってくれ」

それを聞いたメンバー達が、足早に部屋を出て行く。ドアが閉まり、斗真が芽衣を振り返った。そして、社員から受け取ったぬいぐるみを持って近づいてくる。

「仕事の邪魔をするなと言ったはずだ」

斗真が抑えた声で言い、芽衣は亀のように首をすくめた。

「はいっ、すみません！」

反省している分、さっきよりも声が大きくなる。

「だから、声が大きい。いったい、何度言えばわかるんだ？」

「か、重ね重ねすみません……」

芽衣は、謝りながらペコペコと頭を下げた。これは怒られても仕方がないと思ったが、意外にも斗真はあっさりと話題を変える。

「……まあいい。取材はうまくいったか？」

てっきりペンギンを渡してくれるかと思ったが、彼はそれを持ったまま近くにある椅子に座った。

芽衣は機材の後片づけをしながら、指でオッケーのマークを作った。

「はい、バッチリです。でも、すごく短くてびっくりしました。会議って少なくとも一時間はするものだと思い込んでいたので」

「僕は何事においても効率的である事を心掛けている。何時間もかけてグダグダと話し合いをするような会議は、ただの雑談と一緒だ。それぞれが突き詰めて考えてきたものをアウトプットし、善し悪しを判断するだけなら、会議は三十分あれば充分だ」

「それはそうですけど……」

芽衣は、会議中の斗真の態度を思い出して言い淀《よど》んだ。それを見た彼が、芽衣の顔をじっと見つめてくる。

「けど、なんだ？　言いたい事があるなら、遠慮なく言ってくれ」

「じゃあ、言いますけど……昨日副社長がおっしゃっていた改善すべき点が、さっそく見つかりました」

「ほう……どんな改善点だ？　今すぐに聞かせてくれ」

「はい。では――」

芽衣は片づけを終えて、斗真の正面に立ってかしこまった。

「会議中の副社長は、ものすごく感じ悪いです。言う事が、いちいち嫌味ったらしいし、とてもじゃないけどいい上司とは言えないと思います」

途中まで言い終えて、斗真の顔色を窺ってみた。遠慮なくと言われても、やはり機嫌を損ねたら、後々やりにくくなってしまう。

「続けて」

幸い、斗真は本心から意見を聞きたがっている様子だ。

芽衣は頷いて、再度口を開いた。

「言っている事は正しいし、意見や指示も的確です。それについては、部下の方々も充分わかっていらっしゃると思います。ですが、だからこそ質《たち》が悪いんですよ」

「質《たち》が悪い？　いったい、どういう意味だ？」

近くにある椅子を示され、芽衣は彼と向かい合わせになる位置の椅子に座った。

「だって、正しくないなら反論したり、間違いを正したりできますよね。でも、副社長はガチガチに正しい事しかおっしゃらないから、それができません」

「それの、どこが悪いというんだ？　的確なら、それでいいだろう」

「ですから、いいんですけど、よくないいんです！　どんなに的確でも、もうちょっと言い方ってものがありますよね。あれじゃあ、皆萎縮《いしゅく》しちゃいますよ。特に、私みたいに褒《ほ》められて伸びるタイプの人間は、せっかく意見が浮かんでも、言い出せずに引っ込めちゃうレベルです」

芽衣はジェスチャーを交えて、そこまで話し終えた。

一方、斗真はそれを聞き終えて、何かしら考えている様子だ。

「つまり僕は、聞く耳を持たない鬼上司って事か？」

「残念ながら。もちろん、上に立つ者としての資質は充分すぎるほどありますが、部下にとっては容易に歩み寄れない鬼上司、です」

黙り込む斗真を見て、少々言い過ぎたかと心配になった。しかし、彼はゆっくりと頷いて芽衣をじっと見つめてくる。

「そうか……。意見が引っ込むのは困るし、対処しよう」

すんなりと意見が通り、芽衣は小さく安堵のため息を漏らした。

(案外素直なんだな……。なんだか拍子《ひょうし》抜《ぬ》けしちゃった)

芽衣がホッとしていくぶん緊張を解いていると、斗真が手の中にあったペンギンを自分の目の前に掲げた。

「ところで、これはなんだ？」

「それはペンギンのマスコットです。さっきスマホが落ちた時に、つけてたのが取れちゃって」

「ペンギン？　ずいぶん丸いな。それに、やけに年季が入ってる」

「妹が修学旅行に行った時に買って来てくれたお土産《みやげ》なんです」

斗真からマスコットを受け取ると、芽衣はにっこりと笑ってお礼を言った。

「長年愛用してるから、すっかりくたびれちゃって。でも、これがないと落ち着かないんですよね」

「ふぅん。そんなものか」

ふと顔を上げると、斗真が理解しがたいとでも言うように首を傾げている。

「副社長には、そういう愛着のあるものって、ないんですか？」

「特にないな。ものはいつか壊れるし、失くしたらそれまでだ」

斗真という人は思った以上にドライだ。

この鉄壁を崩すには、少しのチャンスも見逃してはならない。芽衣は、これを機にもう少し彼との距離を縮められないかと思案する。

「確かにそうですが、だからこそ大切にするんじゃないですかね」

「ふむ……だが、こんなに大きかったら邪魔にならないか？」

「確かに操作する時は邪魔になる事もありますけど、スマホってバッグの中でよく迷子になりませんか？　だから、これくらい大きなマスコットをつけておくと、すぐに見つかって便利なんです。この手帳型のスマホカバーの……ここの穴にチェーンを通して──あっ、失敗した」

金具を止めようとするのに、パーツが小さくてなかなか思うように嵌《はま》らない。ペンギンが手の中から飛び出て、またしても床をコロコロ転がっていく。立ち上がり、それを追って部屋の真ん中まで移動した。

そこで立ったままチェーンを通そうとするが、ことごとく失敗する。

「君はドンくさい上に不器用だな。ちょっと貸してみろ」

いつの間にかそばに来ていた斗真に、ペンギンとスマートフォンを奪われた。そして、あっさりとやってのけられる。

「できたぞ」

「わぁ、副社長って仕事ができるだけじゃなくて、手先も器用なんですね。もしかして、プラモ作りとか得意ですか？」

「割と得意だ──」

「やっぱり！　指長いですもんね。こんなに大きな手なのにすごいですね」

斗真の手は大きい上に指が長い。それに、浮かんでいる血管まで男性的な魅力に溢《あふ》れている。

「そんなに大きいか？」

斗真が掌《てのひら》を広げ、じっと見つめる。

「大きいですよ。ほら、私の手と比べてみてください」

芽衣は、斗真のほうに自分の掌《てのひら》を差し出した。それからすぐに気がついて手を引こうとしたが、その時にはもう二人の掌《てのひら》がぴったりと合わさっていた。

「ふん……僕と君の掌《てのひら》を比べても、さほど意味があるとは思えないが」

「い、言われてみれば、そうですね。確かに意味がないかも……し、失礼しました」

比べてみてとは言ったが、まさか彼のほうから手を合わせてくるとは思わなかった。

思いがけない事態に、芽衣は動揺して表情を引き攣《つ》らせた。

「僕の手が大きいというより、君の手が小さいんじゃないか？」

「そ、そ……そうでしょうか……」

斗真が指を動かして長さを比べてきた。返事をする声が裏返り、動揺が緊張に変わる。

すると、彼がふいに芽衣の顔を覗き込んできた。

「なんだ、その顔は」

「えっ？　いや……その、いきなりこんなふうにされたので、驚いたというか――」

「君は僕の『女性恐怖症』を治す手助けをしてくれるんだろう？」

斗真が若干声を潜《ひそ》め、芽衣に顔を近づけながらそう言った。

「そっ……それはそうですけど……」

「女性恐怖症」を克服するためとはいえ、さすがに近すぎる！

芽衣は、さり気なく合わせた手を引こうとしたが、その前に斗真に手を握られてしまう。

（……えっ？）

指を組んだまま手を握られ、今まで以上に掌《てのひら》が密着する。

いったい、この状態はなんだろう？

芽衣は懸命に考えようとしたが、答えが出る前に顔があり得ないほど熱くなってきた。

「ふ……副社長……？」

「しっ、ちょっと黙ってくれ」

眉間に縦皺《たてじわ》を寄せられ、芽衣は即座に頷いて口を噤《つぐ》んだ。

芽衣が見守る中、斗真は組んだ指に力を込めた。そして、少し腰を屈《かが》めるようにして自分の頬に芽衣の手の甲を押しつける。

（ちょっ……ちょっと……！）

黙れと言われているから、声は出せない。けれど、本当は大声を上げてジタバタと足踏みをしたいところだ。

「……ん？　この香りは、『ロージィ・ローズ』のハンドクリームだな？」

「へっ？　は、はい、そうです。これをつけてると、冬でも指先が荒れないし、いつもしっとりして……」

「なるほど、顔と同じくらいスベスベしてるな」

斗真が空《あ》いているほうの手で、芽衣の頬を摘まんだ。そして、前回同様ムニムニと指で弾力を確かめながら、唇を手の甲に押し当ててくる。

「君の手は温かいな。……ふむ……このくらいの体温だと、香りが立っていい感じだ」

ゆっくりと目を閉じると、斗真が繰り返し香りを確かめるようなしぐささをする。

頬をつねられてはいるが、絵面《えづら》的には手の甲にキスをされているプリンセスみたいだ。むろん、斗真はプリンスであり、しかもあり得ないほどの美男ときている。

「ふ……ふ、ふくしゃちょう……」

芽衣が、やっとの思いで声を出すと、斗真がぱちりと目を開けた。そして、上目遣いに芽衣をじっと見つめてくる。

「あぁ……すまない。つい、集中してしまった」

急に手を離されたせいで、芽衣は意図せずにふらふらとうしろによろめいた。

「おっと――」

咄嗟《とっさ》に伸びてきた斗真の腕が、倒れかけた芽衣を支えてくれた。そのまま起こしてくれるのかと思いきや、いっそう上体が倒れ、大きく仰《の》け反《ぞ》った恰好になる。

「……この香りも、『ロージィ・ローズ』か？」

斗真が芽衣の首筋に顔を近づけて、深く息を吸い込む。

「たぶん、ボディソープと、ボディクリーム……。シャンプーもそうだな？」

髪の毛から首筋までの、あちこちをクンクンと嗅がれて、芽衣は驚きのあまり息もできずなすがままになる。

「は……はい、間違いないです！」

「そうだと思った。実に、いい香りだ。だが、もともとの香りよりもまろやかな感じだな。なるほど……君の体臭と、ブレンドされているというわけか。ふむ——これについては、今後追究していく価値があるな」

斗真の手を借りて、ようやく身体がまっすぐになった。

それにしても、いきなり手を握られたり身体の匂いを嗅がれたりしたせいで、頭の中がかつてないほど混乱している。

芽衣は確かに「女性恐怖症」を治す協力をすると断言したし、斗真は具体的にどうするのかは、状況を見て決めると言った。

それにしたって、手を握ったり匂いを嗅いだり、いきなりハードルが高すぎる。

本当に「女性恐怖症」なのか疑いたくなるレベルだが、それも女らしさに欠ける自分が相手だから可能なのだろう。

（だからって……！）

心臓はバクバクだし、頭の中はゴチャゴチャになっている。

離れた今も、まだ斗真と触れ合った感触や体温が肌に残っていた。

如何《いかん》せん、男性にまったく免疫がない芽衣だ。今の一連の接触は、明らかに自分のキャパシティーを超えている。

密着取材はともかく、「女性恐怖症」を治す協力など、自分には無理なのでは……

居たたまれなくなった芽衣は、バタバタと荷物を持って斗真の前に立った。

「あ、あのっ、私はこれで、し、失礼します！」

「そうか。ご苦労さま」

そう声をかけてくれる斗真の顔を、まともに見る事もできない。

とにもかくにも、自分の身に起きた出来事は、完全に想定外だ。

芽衣は彼を見ないまま一礼すると、足早に会議室を出て廊下を駆け抜けるのだった。


会議室での取材から五日後の土曜日。芽衣は実家に帰って妹の舞華《まいか》とお茶を飲みながらお喋《しゃべ》りをしていた。

芽衣の実家は、都内に古くからある住宅街の一角に建つ木造住宅だ。

祖父母の建てた家には猫の額《ひたい》ほどの庭があり、いつもなんらかの花が咲いている。

「お姉ちゃん、どうしてそこでグイグイ行かなかったのよ。せっかくのチャンスだったのに、情けないったら……」

　ほんの一時間ほど前に帰宅した芽衣の顔を見るなり、舞華は「お姉ちゃん、恋してるね？」と言った。

　勘の鋭い舞華にだけは、昔から隠し事ができない。

　有無を言わさず二階の自室に連れていかれ、なんだかんだと質問をされた。はじめこそお茶を濁《にご》していたが、しつこく追及されてついに根負けしてしまった。

　結局、斗真の名前や役職を伏せ、ただの先輩社員という体《てい》で会議室での一件を話す羽目になったのだ。

「だから、そんなんじゃないんだってば！　ただ、行きがかり上そうなったっていうか、向こうだってそんなつもりはなかったはずだし――」

「そんなつもりって、どんなつもりよ？　だってお姉ちゃん、その人の事もう好きになりかけてるんじゃないの」

　今年二十歳になる舞華は現在大学二年生だ。しかし、恋愛に関しては、妹のほうが芽衣よりもずっと経験があった。

　芽衣と同じく童顔ではあるが、女性らしいふんわりとした雰囲気を持っており、かなり男性にモテる。二十五歳にして処女の姉に対して、舞華はすでに経験済みで現在も二つ年上の彼と交際中だ。

「そんな事ないし！　別に好きとかそういうんじゃなくて……ただちょっと彼の顔が浮かんだり、今頃どうしてるかなぁとか思うだけだし！」

会議があった次の日、斗真は四日間の予定で地方都市に出張に出かけた。

必然的に取材は小休止に入り、週明けまで斗真には会えない。

「お姉ちゃんって、普段は割と突っ走るタイプなのに、こういう時は結構ビビりだよね。向こうの気持ちなんて、こっちが強気で行けば、ある程度どうにでもなるわよ。とりあえず、そこはキスくらいしておきたかったなぁ」

「キ、キス!?　そ、そんなのするわけないでしょ！　あ、相手は私よりも、ずっとハイスペックのエリートなんだよ？」

興奮して声が、ひどく上ずってしまった。

「むしろウェルカムでしょ！　玉の輿《こし》に乗れたらラッキーだし、せっかく恋が始まるチャンスを掴んだんだから、頑張らなきゃ後々後悔するよ」

「だから、彼はそんなんじゃないんだってば！　単に、仕事の上で関わっているだけなの！」

「ふぅん？　じゃあ聞くけど、その人とならキスしてもいいと思う？　正直に答えてよ」

詰め寄られ、芽衣は斗真の顔を思い浮かべた。すると、至近距離で見た彼の顔や直《じか》に触れた掌《てのひら》の温かさが、一気に蘇《よみがえ》ってきた。

返事をする前に顔が火照《ほて》ってくる。焦って口を開こうとするが、思うように言葉が出てきてくれない。

「相変わらず、わかりやすいね。お姉ちゃん、今自分がどんな顔してるか、わかってる？」

舞華がうしろの棚から卓上ミラーを取って、芽衣の前に差し出す。

そこには、茹《ゆ》でダコのように赤くなっている自分が映っていた。

「何これ！」

「何これって、見たままでしょ。お姉ちゃんは、その人とキスしたいのよ。自覚してなくても、そうなの。せっかく、そう思える人ができたんだから、頑張らなきゃ損だよ！」

「そんな事言われても……」

芽衣だって、これまでに何人か、いいなと思う人くらいいた。

けれど、どの人とも恋愛関係にはならなかったし、中には一言も話さずじまいの人もいる。

二十五歳にもなって、キスもした事がないなんて、我ながら可哀想だと思うが……

「やっぱり、無理！」

「お姉ちゃん！」

芽衣は飲みかけのお茶を飲み干して、立ち上がった。

「ごめん、お風呂先に入るね」

思いがけず、斗真との距離が物理的に縮まり、うっかり彼にときめいてしまったのは確かだ。

正直言って、斗真とならキスをしてみたいと思う。

けれど、それは、ぜったいにダメなのだ。

なぜなら、斗真は「女性恐怖症」を治したいだけであり、自分はそれに協力しているだけ。何より、優子から事前に「間違っても恋をしちゃダメ」と言われているのだ。

だから彼を好きになってはいけないいし、万が一そうなったとしても気持ちを封印しなければならない。

『これは、あくまでも任務である事を忘れないで。そうでないと、あなたが傷つく事になりかねないわ』

優子がそう言ってきたのは、芽衣が斗真に恋をしても報われないという意味だ。

(そりゃあそうだよね。副社長と私じゃ、月とスッポンどころじゃないもの)

傷つくとわかっている相手に、恋などしたくない。

芽衣はこれ以上気持ちが動かないよう心に蓋《ふた》をしながら、足早に階段を下りていくのだった。

「副社長の事は好きにならない！　これは仕事！」

そう自分に言い聞かせて迎えた週明けの月曜日、芽衣は朝一で黒川に斗真のスケジュールを確認した。出張を終えた斗真は、今日は一日中会議で忙しいらしい。

それでも会議が始まるまでの短い時間をもらい、なんとか取材させてもらえる事になった。

筆記用具やボイスレコーダーなどの必要なものを準備し、芽衣はいそいそと七階を目指した。

（質問のデータ、もう見てくれたかな？）

取材を小休止している間は、隙間時間に答えてもらえるように「塩谷斗真副社長に聞く百の質問！」をデータにして会社の個人メール宛に送ってある。ただ、常に忙しい彼の事だから、質問の答えが戻ってくるのはまだ当分先かもしれない。

（よし！　今日も気持ちを引き締めていこう）

副社長室の前に立ち、ドアをノックする。

すぐに返事があり、芽衣は一声かけて中に入った。

「おはようございます」

「おはよう」

「出張、お疲れさまでした。四日間も大変でしたね」

「うん……？　まあ……そこそこ大変だったかな」

デスクを離れた斗真が、芽衣をソファに座るよう促《うなが》した。テーブルを挟んで斗真の前に腰かけ、居住まいを正す。

「取材を始めるなら、準備してくれ」

「はい、承知しました」

芽衣は持参したボイスレコーダーをオンにして、紙とペンをかたわらに置いた。

「先日送ってもらった百の質問だが、ついさっき君のアドレスに回答を送信しておいた」

「えっ！　もう終わらせてくださったんですか？」

「隙間時間があったからな」

「ありがとうございます！　すごく、助かります」

まさか、これほど早く終わらせてくれるとは思わなかった。彼がここまで協力的なのは、やはり取材を早く終わらせたいという思いがあるからだろう。

「では、さっそく取材を始めさせていただきます。黒川室長から出張中のスケジュールをいただいていましたが、かなり予定が詰まっていましたね。出張に行く時は、いつもこんな感じなんですか？」

「いや、いつもはもう少しゆとりがある。今回は、急遽セミナーへの参加を決めたから、結果的にスケジュールが過密になったんだ」

彼が参加したセミナーは、出張二日目の午後に都内で行われたものだ。地方出張中に参加するのは、かなりの負担だったと思われる。

「セミナーへの参加は、急に決まった感じですか？」

「そうだ」

「ちなみに、どういったセミナーだったんですか？」

「簡単に言えば、経営者としてどうあるべきかといったものだ。君は、僕が聞く耳をもたなくて人として歩み寄れない鬼上司だと言っていただろう？」

「えっ……、まさか、それでセミナーに参加しようと思ったんですか？」

「ああ、あのあとすぐ黒川に手配してもらった。ちょうどよさそうなセミナーがあったし、問題に対処するなら、早いほうがいいと判断した」

「すごいですね。その行動力、素晴らしいと思います」

芽衣は、胸の前で小さく拍手をした。

「『僕は、何事においても効率的である事を心掛けている』って、以前おっしゃってましたよね。決断の早さも、そういうのに繋がっているんですか？」

「そうだな。漠然とこれまでの考え方を変えるべきだと思っていたし、今回のセミナー参加は正解だった。有意義だったし、おかげで効率的な意識改革ができそうだ」

「……こう言ってはなんですが、副社長ってすごく素直な方なんですね。私、もっと頑固で、自分が正しいと思ったら人の意見なんか聞かないような印象を持ってました」

「まあ実際、僕は頑固で人の意見を聞かない人間だ。特に、ビジネスにおいてはそうだった」

「でも、改善点を提示されて、すぐにどうにかしようとセミナーに参加されたんですよね？　そうした行動って、頑固とは真逆です」

「……そう言われれば、そうだが」

「それって、すごい事だと思います」

芽衣はニコニコと笑った。

「……君は、いつもストレートに感情を表現するんだな。表情も豊かだし、考えている事が、すぐ顔に出てわかりやすい」

「それ、よく言われます。だから、私、嘘がつけないんですよね。もちろん、嘘といっても重大な嘘じゃないですよ。つまみ食いをしたのに、してないって言い張るとか、そういう罪のない軽い嘘を――あ、でも、つまみ食いは罪になりますかね？　うーん……」

芽衣は話しながら首を捻《ひね》った。そこで、また自分が余計なお喋《しゃべ》りをしていると気づいて口を閉じる。

「どうした？　急に静かになったな」

「すみません。副社長から、くだらないお喋《しゃべ》りはご法度《はっと》だと言われてたのに、ついうっかりペラペラと喋《しゃべ》ってしまって……」

「……ああ。確かに、そう言ったな」

そのまま黙っていると、ソファにもたれかかっていた斗真が、ふいに芽衣のほうへ身を乗り出してきた。

（えっ……近っ……！）

彼は芽衣の顔を下から見上げるようにまじまじと見つめ、うっすらと目を細めた。何かしら考え込むような表情のせいか、整った顔に若干の渋さが加わる。

（や、やめて、その顔っ！　かっこいい……素敵すぎる……）

まさかこれも「女性恐怖症」を治すための、彼なりの努力なのだろうか？

もしそうであるならば、変に騒いだりせず協力すべきだ。しかし、どうにも距離が近すぎて、このままでは息をするのもままならなくなりそうだった。

大袈裟《おおげさ》に仰《の》け反《ぞ》るわけにもいかず、芽衣はできる限り顎《あご》を引いて斗真の視線から遠ざかろうとする。

すると、ふいに彼の表情が緩み、僅《わず》かに口角が上がった。

「ふっ」

斗真が小さく笑い、改めて芽衣を見つめてくる。

（えっ……副社長が、声を上げて笑った……？）

彼は、いつ見ても気難しそうな表情を浮かべており、笑い声を上げるところなど一度も見た事がない。

そんな彼が、ほんの一瞬ではあるが確かに声を出して笑った。

少なからず驚いた芽衣は、瞬《まばた》きをして斗真の顔に見入った。

「なんだ？　僕の顔に何かついているのか？」

「いえ、そうじゃなくて、副社長が笑ったから」

「ふっ……僕が笑うのが、そんなに珍しいか？」

「あ、また笑った！　珍しいですよ。かなりレアです！　前に、ちょっとだけ口角が上がるのを見ましたけど、声を上げるのははじめてです。今、どうして笑ったんですか？」

芽衣は、勢い込んでそう訊《たず》ねた。すると、斗真が芽衣の首元を指差した。

「さっき、やたらと顎《あご》を引いていただろう？　二重顎《あご》になってたし、結構すごい顔になってたぞ」

「え!?　に、二重顎《あご》……ヤバッ……私、そんなに変な顔してましたか？」

「してた。癖なのか？　しょっちゅう変顔をしてるが」

「へ、変顔？」

「はじめにここに来た時も、変顔をしてただろう？　ほら、僕の胸をドアだと思ってノックした時」

「ああ、あの時――って、あれは、変顔じゃなくて、表情筋を動かしてただけです。ああやって、心の緊張も一緒に緩めてるんですっ！」

よもや、見られているとは思わなかった。ましてや、二重顎《あご》まで見られ、その上笑われてしまうとは……。

芽衣は恥じ入って、ソファに座りながらもじもじする。

「そうか。車の中でもやってただろう？」

「えっ……隠れてやっているつもりだったのに、見てらしたんですか？」

「運転してる間に、視界にチラチラと入ってたからな。ところで、君はそんなにいつも緊張しているのか？」

「当たり前です。ただの平社員が、副社長を取材しているんですよ？　緊張しないわけがないです。今だってそうです。脈だって、ほら……」

芽衣は右手で左手首を掴み、脈を計った。

「やっぱり。すごく、ドキドキしてます」

芽衣が掴んだ左手首を耳元に近づけると、斗真が呆れたような表情を浮かべた。

「耳を澄ませても、聞こえるわけないだろう？　大体、そんないい加減な脈の計り方があるか」

斗真がソファから腰を上げ、芽衣に近づいてきた。そして、隣に座って芽衣を上から見下ろし様子を窺うようなそぶりをする。

（だから、近い……近すぎるってば！）

斗真を異性として意識し始めてからというもの、それまで以上に緊張するし近づかれるたびに胸が高鳴って仕方がない。

「ちょっと手を出してみろ」

そう言われて、芽衣はおずおずと左手を差し出した。彼は芽衣の左手首を軽く握り、親指側の手首に三本の指を当てる。

「なるほど、確かに脈が速いな。ふむ……僕は、そんなに君に緊張を強《し》いているのか」

斗真が、芽衣の手を握りながら、難しい顔をする。

「今回、セミナーに参加して、僕がいかに威圧的で自分本位な言動を取っていたか、よくわかった。部下に一方的に要求するばかりで、まともに関わろうとしていなかったし、自分でも無意識のうちにそれを避けていたんだ」

彼は、セミナーに参加して自己を振り返ると同時に、効率を重視するあまり部下と対話する時間を削《けず》っていたと気づいたのだという。そして、その原因の奥底には自分の人間嫌いが関係しており、さらに突き詰めてみたところ、自分が人との関わりを恐れているのがわかったのだそうだ。

「恐れ、ですか？」

「まあ、そんなようなものだ。――ところで、君の脈は、どんどん速くなっているが、大丈夫か？」

斗真が、そう言って芽衣の顔を横から覗き込んだ。

ただでさえ距離が近いのに、その上顔まで近づけられて目を見つめられた。

その目力に圧倒され、芽衣は背もたれに身体を押し付けるようにして仰《の》け反《ぞ》った。

「あ、当たり前ですよ！　立場的にもそうですが、副社長は『エゴイスタ』を牽引するスーパービジネスパーソンなんですよ？　そんな人を前にして、緊張しないわけがないじゃないですか！」

「声が、大きい」

斗真が眉を顰《ひそ》めながら、ゆっくりとそう言った。

「す、すみませんっ」

即座に謝罪したが、彼は依然として同じ距離から芽衣を見つめてくる。目のやり場に困ったものの、今視線を逸らすわけにはいかなかった。

けれど、見つめ合っているうちに、どんどん顔が強張《こわば》っていくのがわかる。

何か話して気を紛らわさなければ――そう思った芽衣は、思いついた言葉をそのまま口にした。

「そ、それに副社長って自分がどれほどイケメンか、ちゃんとわかってます？　びっくりするほど顔がいいし、おまけにスタイル抜群だし。頭もよくて家柄もいい。ちょっといけ好かなくて毒舌家だけど、黙っていればこれ以上ないってくらい完璧なハイスペック美男なんですっ」

そこまで言って口を噤《つぐ》むと、思いのほか息が上がっていた。もうこれ以上、目を合わせられない。

芽衣が下を向こうとした時、ようやく手が離れ、斗真がデスクのほうに歩いていく。

「ストレートな意見を聞かせてくれてありがとう。褒《ほ》められるのとけなされるのを一緒に聞かされたのは、はじめてだ。だが、これまでに聞いてきた中で、一番簡潔でわかりやすかった」

やっとの事で過度の緊張から解放され、芽衣は彼の背中を見つめながら大きく深呼吸をした。

「いえ、お礼を言われるほどの事では……」

「実際、今まで容姿についてはあれこれと褒《ほ》め言葉をもらってきたが、素直に受け入れられたのははじめてだ。それに、君といてもまったく嫌じゃないし居心地の悪さも感じない。イライラもしないし、こんなふうに笑えるなんて、久しぶりだ」

デスクまで行きついた斗真が、椅子に座りながら芽衣に視線を向けた。

「佐藤さん、君はわかりやすいし、とても面白い人だ。前にこの取材が終わるまでの間に、もっと笑わせると言っていたが、有言実行だな。やはり、君に『女性恐怖症』を治す協力を頼んだのは正解だった」

斗真が、そう言いながら、口元に微かな笑みを浮かべた。眉間はすっきりと平らで、眼光も鋭くはあるが穏やかさも感じられる。

はじめて見る自然で柔らかな笑みに、芽衣は思わず息を呑んだ。これまでと雰囲気の違っている彼を前に、胸の高鳴りがいっそう激しくなった。

こちらを見る彼の顔には、以前のような刺々《とげとげ》しさはなく、どこか穏やかささえ感じられる。今の彼の写真を社内報に載せられたら、社員の彼に対するイメージを多少なりとも変えられるのではないだろうか？

芽衣は斗真から目を離せないまま、持参していた一眼レフを手にした。

「あの、写真を撮ってもいいですか？」

「どうぞ。だが、ポーズは取らないぞ」

要求をすんなり受け入れられ、芽衣はまた少し彼に歩み寄れたような気がして嬉しくなる。

「もちろん、それで結構です」

頷きつつソファから立ち上がり、カメラを構えた。

斗真がノートパソコンを開きながら、ふと顔を上げて芽衣をまっすぐに見つめてくる。

レンズ越しに目が合い、見つめ合ううちに彼への想いが抑えきれないほど高まってきた。

（副社長を、もっとよく知りたい……。もっと副社長との距離を縮めたい……）

抑え込んだはずの気持ちが溢《あふ》れ、一気に頬が熱く火照《ほて》ってくる。

もはや、どうやっても自分の気持ちを誤魔化す事はできなかった。

芽衣は心の中で白旗を揚げると、声に出さずに「好きです」と呟くのだった。


五月も下旬になり、斗真の密着取材も大詰めに差し掛かった。

芽衣はいつものように起床して、出勤の準備をする。

「はぁ……恋って、こんなに辛いものだったの？」

肌を化粧水で整えながら、芽衣は深いため息を吐く。

これまでに何度か男性を好きになり、それが恋だと思っていた。けれど、今胸に抱えている想いと比べると、辛さの度合いが格段に違う。

いくらなんでも相手が悪すぎた。

どうあがいても想いが報われるはずがないし、はじめから失恋が決まっている恋など、辛いだけだ。そうかといって、すぐには諦められそうになかった。

（社長から、間違っても恋をしちゃダメって言われてたのに……）

まさか自分がこれほど簡単に恋に落ちてしまうとは思ってもみなかった。別に惚れっぽいわけでもなく、積極的に恋をしたいと思っていたわけでもない。

特別イケメンが好きというわけでもないし、恋愛に関しては、そのうち縁があれば——程度にしか考えていなかったのに……

(我ながら、簡単すぎる)

そうは思うものの、斗真を好きになってしまう要因はたくさんあった。

斗真の経営者としてのカリスマ性はもとより、他の追随《ついずい》を許さない圧倒的なオーラ。開発者としての能力や研究に対する真摯《しんし》さや熱量。

取材を進め、彼の人となりを深く知るにつれ、尊敬の念を抱いたのは確かだ。

同時に、不思議な色合いの瞳にも魅了された。叩いてもびくともしない厚い胸板や、じっと見つめてくる強すぎる目力。

手の甲に触れた唇の感触。腰を抱かれた時の腕の力強さや、首筋に感じた温かな呼気。

どれも未経験のものばかりだったし、恋愛経験ゼロの芽衣にとっては、すべてが強烈すぎた。

(うるさいだの、声が大きいだのなんだの、さんざん言われたのに……)

あれこれと考えたところで、結局は自分の恋心を自覚するだけだった。

取材期間は一カ月。どのみち、あと少しでお役御免になるのだ。

当然、二人きりで話す機会などなくなるし、たまにすれ違っても副社長と平社員として挨拶《あいさつ》を交わすだけになるだろう。

「だったら、せめて近くにいられる今のうちに、精一杯頑張って副社長の期待に応《こた》えて、役に立ちたい……」

今のところ、取材は滞《とどこお》りなく進んでおり、このまま順調にいけば斗真が望むとおり、ひと月経つ前に取材を終える事ができるかもしれない。

斗真とは比較的いい関係を築けているし、彼の「女性恐怖症」を治す協力もうまくいっていると思う。それはきっと、こうして極力女性らしさを消した恰好をしているからこそ、できた事だ。

アイラインとリップクリームだけのメイクを終え、芽衣は鏡の中の顔をじっと見つめる。

「ほぼ、すっぴんだし、ひっつめ髪にパンツスーツ。こんなの、好きな人の前でする恰好じゃないよね。これも仕事や副社長のため……それは充分すぎるほどわかってるんだけど……」

もし今のような恰好をしていなければ、今のような状況にはなっていなかったに違いない。そして、おそらく女性らしささえ消す事ができれば、協力者は自分でなくてもよかったのだろうと思う。

芽衣は、がっくりと項垂《うなだ》れながらテーブルの上に載せてあったノートパソコンを開いた。電源を入れると、すぐに待ち受け画面が表示される。

一昨日《おととい》設定し直したばかりのそれは、つい先日副社長室で撮った斗真の顔写真だ。

（はぁ……やっぱり好き……）

最初から望みなんてないのに、我ながら馬鹿みたいだ。

そんな自分を嗤《わら》いつつ、芽衣は画面に映る斗真の顔に、そっと指先を触れさせるのだった。


その日の午後、芽衣は東京郊外にある自社の研究センターに向かった。

そこは電車で一時間半の距離にあり、芽衣も広報部員として過去に一度だけ訪れた事がある。

斗真は、今日は朝から研究センターで開発の仕事をしており、芽衣は彼の研究者としての一面を取材させてもらう事になっていた。

「エゴイスタ」は、常に化粧品の研究開発を進めており、その費用は売上高の四パーセントを占めている。

国内の同業他社よりもその割合が多いのは、言うまでもなく顧客に少しでもいい製品を提供するためだ。

斗真は副社長であると同時に研究センターのトップでもあり、副社長になる前は月の半分をここで研究に没頭して過ごしていたらしい。

芽衣は、最寄り駅に下り立ち、徒歩十五分の距離を歩き出す。

製品工場も併設されているそこは、敷地面積も広く遠くに山も見える。

「いい空気に、いい景色。本社とは、ぜんぜん違うなぁ」

都心からは離れているが、その分空気が綺麗で静かだから研究にはもってこいの場所だ。

研究センターに到着し、屋根がドーム型になった五階建てのビルの中に入る。

本社同様、ここも優子自らがデザインを監修しており、外観同様内部もメインカラーは白だ。

一階入り口付近はギャラリーのようになっており、ガラス棚の中に新旧の自社製品がずらりと並べられている。

通りすがる白衣の研究員と挨拶《あいさつ》を交わし、エレベーターで三階を目指す。

目的階に到着して廊下を進むと、ガラス張りの広々とした研究室の中に白衣姿の斗真を見つけた。

（白衣姿の副社長、素敵すぎる！）

思わず心の中で叫び、その場でバッグからカメラを取り出した。はやる心を抑えながら、簡易三脚で録画用のスマートフォンをセットする。

気持ちは、アイドルを追っかけるファンとほぼ一緒だ。

芽衣は前回同様レンズ越しに斗真を見つめ、ベストショットを撮り続けた。

（あっ……こっち見た）

それだけで気持ちが華やぎ、頬が緩む。

斗真が壁の時計を確認したあと、指で上を指すしぐさをする。

時刻は午後三時少し前。

彼はすでに奥にあるエレベーターに向かっている。

斗真は研究センターの五階にも執務室を持っており、おそらくそこに行けという合図だ。

芽衣は急いで片づけをして、彼のあとを追った。事前に聞いていた部屋を探し、ドアをノックする。

「どうぞ」という声に導かれて中に入ると、斗真の姿がない。

白壁の室内は天井が高く、正面に見える窓は全面ガラス張り。部屋の真ん中にはＬ字型のソファが置かれ、両側の壁には幾種類ものガラス瓶や自社製品が整然と置かれている。

「今行くから、座って待っていてくれ」

部屋の奥に置かれた書棚の向こうから、斗真の声が聞こえてきた。

「は、はいっ」

芽衣は返事をして、いそいそとソファに近づいて座面の端に腰かける。

それからすぐに斗真がやって来て、紙コップに入ったコーヒーをふたつ、テーブルの上に置いた。

彼は、前ボタンをぜんぶ外した状態の白衣姿だ。さっきまできちんと整えてあった髪の毛が若干乱れ、左側の前髪が額《ひたい》にかかっている。

「ブラックだ。砂糖とミルクがいるなら――」

斗真が書棚のほうを振り返った。芽衣は咄嗟《とっさ》に首を横に振り、紙コップを手にした。

「い、いえ、ブラックで飲みます！　では、さっそくいただきますね。……熱っ！」

あわてるあまり、少しだけコーヒーが右手の人差し指にかかってしまった。

芽衣は急いでテーブルに紙コップを置き、コーヒーが掛かった指をペロリと舐《な》めた。

少しだけだったからか、幸いやけどには至らなかったみたいだ。

「大丈夫か？　ちょっと待ってろ」

そう言い残すと、斗真は再び書棚の裏手に行き、すぐに濡れタオルを持って帰ってきた。彼は芽衣のすぐ隣に座り、それを手渡してくれた。

「大丈夫か？　中に保冷剤が入ってるから、これで冷やすといい」

「はい、ありがとうございます」

芽衣は礼を言い、タオルを患部に当てた。

「少し赤くなってるんじゃないか？　ちょっと見せてみろ」

手を取られ、右手の人差し指をまじまじと見つめられる。

斗真に「女性恐怖症」を治す協力を依頼されてから、芽衣は戸惑いつつもできるだけ斗真のやりたいようにさせていた。会議室で二人きりで話してから、彼はごく自然な感じで芽衣に触れてくるようになっている。

これが治療になっているのかはわからないが、協力の一環とはいえ好きな人に触れられるのは嬉しかった。

けれど、その都度心が震え、つい期待してしまいそうになる。これ以上斗真を好きになっても辛いだけだとわかっているのに、気持ちは高まるばかりだ。

「この程度なら、すぐ治るな。しかし、何度も言うが、君はもうちょっと落ちついた行動を心掛けたほうがいい」

「はい、すみません。気をつけま……すっ……！」

芽衣が話している途中、斗真が患部に唇を寄せた。

（え……？）

一瞬、何が起こっているのか理解できず、芽衣は固まったまま目を白黒させた。

瞬《まばた》きをして目を凝《こ》らすが、見えている光景はいっこうに変わらない。

（ふ、副社長が私の指に、キ、キ、キスッ……!?）

まさかの事態に、芽衣は目を見開いて絶句する。

みるみるうちに頭に血が上《のぼ》り、右手がブルブルと震えだす。動いたせいで、指の関節部分に何か硬いものが当たった。

たぶん、斗真の歯だ。そうとわかっていても、震えは容易には止まらない。

「あ……あのっ……ふくしゃちょお……」

ようやく出した声が、ワンオクターブ高い。

「動くな。今、治療中だ」

手は、芽衣の視線の高さにある。斗真が芽衣を見つめながら、眉を顰《ひそ》めた。

「ち、治療……?」

「動くなと言ってる。さもないと、噛むぞ」

そう言っている先から、斗真が芽衣の人差し指を軽く噛んだ。

痛くはないが、思いのほかしっかりと噛まれている。

座りながら腰が抜けたようになり、芽衣はソファの背もたれに横向きに寄りかかる姿勢になった。

「あっ……」

自然と声が漏れ、顔や耳朶《じだ》はもとより、首の下まで熱く火照《ほて》りだす。

斗真は、まだ指を噛んだまま微動だにしない。それだけならまだしも、彼の顔には表現のしようがないほどセクシーで魅惑的な表情が浮かんでいる。

ただでさえ想いが募《つの》っているのに……。

こんな事をされたら諦める事すらできなくなってしまう。

「か……噛むぞ、って……もう噛んでるじゃないですかっ！」

芽衣は思い切って強引に手を引っ込めて、斗真を睨《にら》みつけた。

目が合い、斗真の顔になぜか驚いたような表情が浮かぶ。

「──ふっ、確かに」

斗真がソファから立ち上がり、デスクへ歩いていく。そして、すぐに何かを手にして戻って来た。

「一応軟膏《なんこう》を塗っておいたほうがいいな」

斗真はチューブ入りの軟膏《なんこう》を芽衣の人差し指に塗って、絆創膏《ばんそうこう》を巻いてくれた。

「……それ、高見沢《たかみざわ》製薬の……」

「そうだ。さすが老舗《しにせ》製薬会社の製品は成分も効き目も一級品だ」

高見沢製薬とは、昭和初期に設立された製薬会社だ。

「エゴイスタ」は、昨年から同社と提携関係にあり、今年中に共同開発した「セレーナ」というブランド名で敏感肌用化粧品を発売する。

もうすでに研究開発は終わっているが、斗真はその責任者だったのだ。「セレーナ」については、これまでに何度か社内報でも取り上げているが、斗真自身から話を聞いた事はなかった。

芽衣はちょうどいいとばかりに、「セレーナ」についてインタビューを始めた。

「『セレーナ』は、我が社がはじめて他社とコラボレーションした製品ですよね。副社長が考える、『セレーナ』の一番のアピールポイントはなんですか？」

「むろん、製品自体が高機能である事は言うまでもないが、無添加だから、肌に関する悩みを持つ人でも安心して使ってもらえるという事を前面に打ち出したいと思っている――」

斗真は責任者らしく同製品について饒舌《じょうぜつ》に語り、芽衣は必要に応じてメモを取ったりカメラを構えたりと、忙しく動き回った。

途中、勧められてコーヒーを飲む。

しかし、ブラックで飲むとは言ったものの、いつもは砂糖とミルクをたっぷり入れて飲んでいる芽衣だ。香りは素晴らしいと思うものの、如何《いかん》せん苦すぎて飲み込むのに苦労する。

「広告宣伝についても、副社長が取り仕切る予定ですか？」

「いや、僕が直接関わるのは製品開発のみだ。残念ながら、他に割《さ》く時間がないし、あとは担当部署に任せるしかない」

「そうですか。でも、それでいいと思います。副社長は残念かもしれませんが、うちの広告宣伝部って、かなり優秀ですし、丸投げしちゃっても大丈夫ですよ」

同部署には芽衣の同期社員がおり、情報は逐一《ちくいち》入ってくる。

「イメージモデルには、今人気ナンバーワン女優の小島樹里《こじまじゅり》さんを起用するとか。今は、その相手役を探すのに大忙しだって聞いてます」

「そうらしいな。小島樹里か……まあ、彼女なら肌のきめが細かいし、適任だろうな」

斗真が思案顔をして、ほんの少しだけ眉根を寄せた。

「副社長は、小島樹里さんとはお会いになった事があるんですか？」

「だいぶ前に、うちが映画の協賛をした事があっただろう？　その作品の主演女優が彼女だった。その関係で一度顔を合わせて、その後も何度か」

斗真は、ここ何年か社長代理として企業主催のパーティなどに出席する機会が増えているらしい。

そういう場所に行くとかなりの確率で樹里を見かけるそうだ。

「小島樹里さんなら、性別関係なく人気がありますし、美人で華がありますよね」

「確かに、いつ見ても華やかだし、大勢の中にいても目立っているな」

「先月発売された男性ファッション誌では、お嫁さんにしたい芸能人のナンバーワンだったみたいですよ」

「ふん……なるほど、彼女なら一位を獲っても不思議じゃない」

「そうですね」

芸能人とはいえ、「女性恐怖症」の斗真が、ここまで樹里を褒《ほ》めるとは……

芽衣はちくりと胸の痛みを感じて、そっと唇を噛む。

（もしかして、個人的な関係があるのかな？　肌質を知ってるって事は、まさか以前付き合っていたなんて事は……？）

インタビューを続けながら、芽衣の心中は大荒れになる。

どうにか「セレーナ」の話を聞き終えて、紙コップの中のコーヒーを飲み干す。

（苦っ……！）

思わず顔がクシャクシャになったが、すぐに無理矢理笑みを浮かべた。

「美味《おい》しいコーヒーを、ありがとうございました。副社長は、ここではいつもご自分でコーヒーを用意されるんですか？」

「自分が淹れたコーヒーが一番うまいからな。ここだけじゃなくて、本社の執務室でもそうだ。今度、向こうでもご馳走しよう」

「は、はい、是非……」

斗真がソファから立ち上がり、デスクの引き出しから何かを取り出した。彼はソファに腰を下ろしながら、芽衣にそれを差し出してくる。

「君は、これから本社に帰るんだろう？　悪いが、社長にこれを届けておいてくれないか」

「わかりました。……これって、写真ですか？」

斗真が手渡してきたのは、三つ折りのフォトアルバムのように見える。

「そうだ。気になるなら中を見ても構わないぞ」

「そうですか。では――」

金色の台紙でできたそれを開くと、中には三枚の写真が収めてあった。

写っているのは若く美しい女性だ。

「これって、お見合い写真ですか？」

「そうだ。写ってるのは『高見沢製薬』の社長の娘さんだ」

「えっ！　そ、そうなんですか？　すごい美人ですね」

台紙には名刺が挟んであり、「高見沢雛子《ひなこ》」という名前の横に「高見沢製薬　研究開発本部」と記されている。

「〝高見沢雛子〟さんとおっしゃるんですね。もしかして『セレーナ』の開発に関わっている方ですか？」

「いや、彼女は『セレーナ』には関わっていない。だが、前に『高見沢製薬』での会議に出席した時、社長室で挨拶《あいさつ》だけはした事がある」

斗真曰《いわ》く、『高見沢製薬』と共同開発をするのをきっかけに、双方の社長が意気投合し、今では仲のいいゴルフ仲間であるらしい。そんな経緯もあり、つい先日見合い話が持ち上がったようだ。

「向こうの社長が乗り気のようで、断れないと言われてね。僕はそんな話が出ていた事なんて知らなかったのにだぞ？　実に、迷惑な話だ」

すでに見合いする事は決まっていて、あとはその日が来るのを待つのみだという。

「社長は、双方の会社の未来のためにも、なんて言っているが、今どき政略結婚なんて時代遅れだ」

「でも、お見合いはされるんですね？」

「今後の事を思えば、しなきゃならないだろうな。見合いと言ってもホテルの部屋を借りるのではなく、僕が彼女をエスコートするらしい。そのコースも僕が決めなきゃならないし、本当に煩《わずら》わしいよ」

斗真が不機嫌そうに、眉間に皺《しわ》を寄せた。

しかし、芽衣にしてみれば、それよりも彼の話した内容のほうが気になる。

「つまりデートするという事ですか？」

「そうだ。大体『女性恐怖症』の僕が、どうやって彼女をエスコートするっていうんだ？　どう考えても無理がある」

「でも、こうして私と普通に話せているし、さっきだって……。『女性恐怖症』は、もうほとんど治ってきてるんじゃないですか？　だからデートも、きっと問題なくできますよ」

芽衣は笑顔で、そう言った。

見合いがうまくいけば、芽衣の失恋は決定的なものになる。そうなれば、いよいよお役御免だ。

きっぱりと諦めもつくだろうし、どうせ報われない想いなのだから、むしろそうなってくれたほうがいい。

「ふむ……だったら、実際に治っているかどうか確かめてみよう。という事で、佐藤さん。僕とデートの予行練習をしてくれないか？」

唐突にそんな事を言われ、芽衣は心底面食らった。

「で、でも、副社長は私に女性らしさを感じていらっしゃらないですよね？　そんな私とデートの予行練習をしても、意味ありませんよ」

芽衣は首を横に振って、辞退した。

せっかく諦めるきっかけができたのに、デートの真似事なんかしたら余計斗真を好きになってしまいそうだ。

いや、十中八九そうなる。

「だったら、デート当日は女性らしくしてくればいい。それなら、充分練習になるだろう？」

これまで、ほぼすっぴんでスカートを封印して頑張ってきたのに、急に女性らしくしろだなんて、最初と言っている事がまるで違う。

「そ、そんな今さら……。無理です！」

芽衣が断固として断ると、斗真が難しい表情を浮かべる。

「だが、見合い相手は『エゴイスタ』にとって大切な提携会社のお嬢さんだ。社長の顔を潰したくないし、デートではぜったいに失敗は許されない。もし途中で『女性恐怖症』の症状が出ても、君と予行練習をしておけば、一度やったプロセスを機械的に辿《たど》るだけだからなんとか乗り切れると思うんだ」

真剣な顔で見つめられ、芽衣はたじたじとなった。

「もちろん、費用はぜんぶ僕が持つ。それに、君はデートにかこつけて僕のプライベートを取材できるんだから、ちょうどいいだろう。どうだ、引き受けてくれるか？」

そこまで言われては、断るわけにはいかなかった。

「わかりました。では、仕事の一環としてお引き受けします」

「よし、決まりだ。じゃあ、さっそく今度の土曜日はどうだ？」

「今度の土曜日って、明後日《あさって》じゃないですか。ずいぶん急ですね」

「何か予定でもあるのか？　まさかとは思うが、デートとか？」

斗真が、窺うような顔で芽衣を見る。

「まさかとはって、どういう意味ですか？　それって、私に彼氏がいないと思ってるって事ですよね？　失礼しちゃう……」

さすがにムッときて、表情管理ができなくなる。

「まあ、そう拗《す》ねるな」

「す、拗《す》ねてなんかいません！　それと、彼氏とかいないんで、その点はご心配なく」

芽衣がそう言うと、斗真が軽く頷いたあと、僅《わず》かに口角を上げた。

(何よ！　やっぱり、って顔して)

悔しいが、デートの事を思うと自然と頬が緩んでしまう。喜んだり憤《いきどお》ったりと、表情はもとより感情の管理にも苦労する。これ以上ここにいると、うっかりボロが出そうだ。

芽衣は、そそくさとテーブルの上を片づけ、荷物を持って立ち上がった。

「では、私はこれで失礼します。写真、お預かりしますね」

「よろしく頼む」

斗真に向かって一礼して、執務室をあとにする。

駅への道を歩きながら、芽衣はふと立ち止まって研究開発センターのほうを振り返った。

どのみち、取材の終わりとともに、斗真との繋がりもなくなる。

いくら彼への想いを深めても、この恋が叶う事はないのだ。そう考えると、デートの予行練習は、報われない自分への最後の贈り物なのかもしれない。

たとえ本当のデートではなくても、斗真にエスコートしてもらえるのだ。せっかくだから、最後の想い出として当日は目一杯二人の時間を楽しもう。

芽衣はそう心に決めて、再び駅への道を歩き始めるのだった。


黒川を通して予行練習の件を報告したところ、あっさりと許可が出た。

『デートの予行練習ですか。それはたいへん結構な事ですね。社長も、そうおっしゃっていました』

芽衣は安堵して、土曜日に向けて準備を始めた。

しかし、デートとはいえ相手は副社長だ。だいぶ「女性恐怖症」の症状の改善がみられるといっても、どこまで女性らしくしていいものだろう?

斗真に相談しようにも、彼は相変わらず忙しく、取材以外で貴重な時間をもらうのは気が引ける。

金曜日の午後、芽衣が一人あれこれと考えていると、黒川を通して外出先の斗真から連絡をもらった。

受け取った文書データには土曜日の大まかなスケジュールが記されており、午前九時に自宅まで車で迎えに来るとあった。

当日はドライブからはじまり、郊外の街を散策したのち、都内のシティホテルにてディナーを食べて解散、とある。

（ずいぶん、ざっくりとしたスケジュールだなぁ。でも、予行練習なんだし、こんなものか）

女友達からの情報によると、男性によってはデートの段取りをまったくしない人もいれば、分単位で予定を組む人もいるらしい。果たして、斗真はどんなエスコートをしてくれるのだろうか？

仕事と割り切っているとはいえ、芽衣は浮き立つ気持ちを抑える事ができず、ややもすればニヤニヤ笑いが止まらなくなってしまうのだった。

◇　◇　◇

見合いの前に芽衣とデートの予行練習をする事になり、斗真は忙しい仕事の合間を縫って当日のスケジュールを考えた。

まずは、ドライブ。目的地に着いたあとは、散歩がてら周囲を散策してランチ。その後都内に戻り、行きつけのホテルでディナーを楽しむ。

エスコートするからには、徹底的に彼女を楽しませ、喜んでもらいたい。

予定を組み終え、斗真は自宅リビングで寛《くつろ》ぎながら芽衣の顔を思い浮かべる。

今まで付き合ってきた、どの女性に対してもこんなふうに思った事はないのに、我ながら不思議だ。

最初こそヘンな奴だと思っていたが、佐藤芽衣は思っていた以上に面白く、女性としてというよりは人として好感を持つようになった。

特別美人ではないが、くるくるとよく動く目はとても愛嬌《あいきょう》がある。表情も豊かだし、考えている事がすぐに顔に出る質《たち》のようだ。

言動は率直で嘘がないし、立場を気にしながらも自分に対して臆せずぶつかってきたりする。

実際、彼女のおかげで部下に対する考え方や態度を変えるきっかけを得たし、自分にとって大いにプラスになった。それが、今回の取材における予想外の収穫だ。

(このまま、人との関わり方がうまくなっていくといいんだが)

すべては自分の努力次第だし、引き続き前向きに対処していくしかない。

「人間嫌い」については、それなりに改善できそうだが、「女性恐怖症」については、どうだろう？　芽衣にはああ言ったものの、実のところ女性に対する嫌悪感は依然として残っている。

正直言って、めざましい変化があるとは言いがたい。

しかし、なぜか芽衣に対してだけは会うたびに興味が深まるし、自然に触れたいと思う。

(あのモチモチした肌のせいか？　いや、それだけじゃないだろう)

芽衣の柔らかな体臭や、ほっこりとした体温。それに触れた途端、なぜか妙に心地よく、安堵感を覚えた。

はっきりとした理由はわからないが、なぜか彼女といると楽しい。

それこそが、今回彼女にデートの予行練習を頼んだ一番の理由だ。

彼女は、自分にちょっとした意識改革をもたらしてくれた。

女性らしくした彼女をエスコートしたら、自分はどんなふうに感じるだろうか？

彼女といると、予測不可な事が自分に起こる気がする。

それが興味深いし、はっきりいって当日どうなるかかなり楽しみだ。

(佐藤芽衣……。僕にここまで思わせるとは、君は本当に面白いな)

言うなれば、彼女は自分にとってびっくり箱のような存在だ。

斗真は座っていたソファから立ち上がると、ゆったりとした足取りでバスルームへと向かうのだった。

◇　◇　◇

迎えたデートの予行練習当日。

芽衣は前日からソワソワして落ち着かず、夜もなかなか寝付けなかった。

そのせいで、予定よりも起きるのが遅くなり、朝食もそこそこに出かける準備を始めたところだ。

いつもよりも念入りに洗顔をし、肌を化粧水で整える。乳液をつけたあと軽く顔のマッサージをした。

「やっぱり、『ロージィ・ローズ』は使い心地がいいな。ほんと、いいブランドだよね」

鏡の前で髪の毛を梳《と》き、少しの間考え込む。

斗真は今日に限って女性らしくする事を解禁してくれた。せっかくのデートだし、どうせなら、できるだけそれらしく、服装やヘアメイクにもこだわりたい。

そう考えて、髪の毛を下ろしたり結んだりしながら、鏡の中の自分とにらめっこをする。

（でも、解禁されたからってやたらと女性らしい恰好をして行っても大丈夫かな？　調子に乗るとろくな事ないし……でも、これが最初で最後だし、後悔だけはしたくない）

芽衣は考え抜いた末に、いつもより入念にメイクをした。むろん、厚化粧をするわけではなく、ひとつひとつの過程を丁寧にこなしていく。

今一度髪の毛を梳《と》かし、ハーフアップにして毛先を緩く巻いた。

服装は、ダークブラウンのサマージジャケットに白いシンプルなカットソー。それに、ベージュのフレアスカートを合わせた。これならドライブや散策の他、ホテルのレストランにも対応可能だし、適度に女性的だ。

準備を終えた頃、約束の時刻の五分前になった。

芽衣は黒い巾着型のバッグを持ち、スカートと同じ色のパンプスを履いてアパートの外に出た。

すると、もうすでに斗真の車が停まっている。

「副社長、おはようございます！」

まさか、もう来ているとは思わずにいた芽衣は、急いで車に近づいて挨拶《あいさつ》をした。

「おはよう。今日はいつもと比べると、ずいぶんフェミニンな恰好だな」

「はい。自分なりに考えて、こんな感じにしてみました」

「そうか。とても似合ってるよ」

斗真に褒《ほ》めてもらった！

芽衣は途端に嬉しくなり、にっこりと微笑みを浮かべた。

「ありがとうございます！」

「さあ、乗って」

助手席のドアを開けられ、掌《てのひら》でシートを示される。以前も同じようにドアを開けてもらったが、今回は前よりもずっと丁寧だし、口調も柔らかだ。

礼を言って助手席に腰かけると、斗真がドアを閉めてくれた。

芽衣は、斗真がフロントガラスの前を通り過ぎるのを目で追いながら、小さく感嘆のため息を漏らす。

今日の彼は、ネイビーのシャツにホワイトのチノパンを合わせ、ライトブルーのジャケットを羽織っている。

髪の毛は自然な感じに整えてあり、どこをとっても理想的なイケメンだ。

（うわ……ヤバいくらいかっこいい……！）

これは、デートの予行練習であり、本番ではない。

ここ数日、再三にわたり自分にそう言い聞かせているのに、今の斗真を見た途端、すべてを忘れそうになってしまった。芽衣は、本当のデートではない事を、もう一度しっかりと自分に言い聞かせる。

せっかくなら、多少なりとも斗真とのデートを楽しもうと思っていたけれど、そんな余裕はなさそうだった。油断すると心を根こそぎ持っていかれそうだ。

「ところで、取材の一環とはいえ、今日は一応デートだ。〝副社長〟ではなく、名前で呼んでもらえないかな。そうじゃないと、練習にならない」

「そ、そうですね。わかりました。では、〝斗真さん〟と、呼ばせていただきます」

斗真の名前を呼ぶなり、自然と口元が緩んだ。

芽衣は即座に窓の方を見て、密かに自分の唇をつねった。

普段、男性を名前で呼ぶ事などないから、顔全体がこそばゆくなる。

「じゃあ、出発しようか。忘れ物はないか？」

「えっと……財布、スマホ、コスメポーチ。部屋の鍵、ハンカチ、ティッシュ、ボイスレコーダー。はい、忘れ物はありません」

芽衣はバッグの中を確認しながら、頷いた。

取材とデートを兼ねているから、荷物になる一眼レフカメラは持参せず、スマートフォンのカメラで代用する。

「朝ごはんは、ちゃんと食べてきたか？」

シートベルトをしながら、斗真にそう訊《たず》ねられた。

「シリアルを、ちょっとだけ」

「そんな事だろうと思った。目的地に着くまでに腹が減るぞ。後部座席にクラブサンドを作ってきたから、よかったらそれを食べるといい」

斗真がうしろを指し、芽衣は身体を捻《ひね》って後方を見た。綺麗に片づいている後部座席には、ドーム型のランチボックスが置かれている。

芽衣はそれを取り上げ、自分の膝の上に置いた。一見工具入れのようにも見えるそれは、深みのある緑色をしており、無骨でありながらどこか可愛らしい作りになっている。

「開けてごらん」

斗真に促《うなが》されて蓋《ふた》を開けると、中には飲み物を入れるボトルとサンドイッチシートに包まれたクラブサンドが入っていた。

「うわぁ、美味《おい》しそう！　切り口が綺麗だし、お店で買ったみたいですね！」

つい大声を上げてしまい、斗真にしかめっ面《つら》をされた。

「す、すみません……！　声のボリュームですよね、抑えます」

自分でもうるさいと思ったくらいだから、斗真がそんな顔をするのは当然だ。

車のエンジンがかかり、大通りに向かって進んでいく。

芽衣は肩を窄《すぼ》めつつ、ランチボックスの中のクラブサンドを手に取った。こんがりと焼いたトーストの中には、レタスやトマト、きゅうりなどの野菜の他、鶏の胸肉や半熟のフライドエッグが挟んである。

「いただきます」

一声かけてそれにかぶりつき、一瞬でほっぺたが落ちた。

「美味《おい》しいぃ〜」

口の中のものを咀嚼《そしゃく》し、ごくりと飲み込む。その美味《おい》しさに驚いた芽衣は、斗真を見て興奮気味に訊《たず》ねた。

「どうしてこんなに美味《おい》しくできるんですか？　副社長って、調理師免許でも持っていらっしゃるんですか？」

「役職じゃなく、名前で呼んでくれ」

「あっ……すみません、そうでした。……と、斗真さん――」

副社長を下の名前で呼ぶ日が来るなんて、思ってもみなかった。

芽衣は照れて、キョロキョロと視線を泳がせる。

「持ってない。料理は独学だし、たいていは動画サイトを参考にしてる。今回も、そうだ。クラブサンドの作り方もシートに包んで切るやり方も、動画をそっくり真似ただけだ」

「それにしても、美味《おい》しすぎます。ソースがまた絶妙ですね。これ、マヨネーズとケチャップとマスタードですか？」

「それと、刻んだピクルスが入ってる」

「酸味があるのはピクルスなんですね。納得しました。パンの焼き具合も抜群です」

「褒《ほ》めてくれるのはもういいから、落ち着いて食べなさい。マグボトルの中にはコーヒーが入ってる。熱いから気をつけて飲むように」

「はい」

二口目を口に入れ、味わいながらさらに食べ進む。飲み物がほしくなり、マグボトルを手に取る。

しかし、開けるのを一瞬躊躇《ちゅうちょ》した。先日、研究開発センターでご馳走になったコーヒーはとてもいい香りだったけれど、芽衣には少々苦すぎた。せっかくのクラブサンドイッチの味が変わってしまいそうで飲むのをためらってしまう。

（でも、せっかく用意してくださったんだもの）

芽衣は車が赤信号で止まったタイミングを見計らい、マグボトルの蓋《ふた》を開けた。かぐわしいコーヒーの香りが立ち上《のぼ》り、思わずクンクンと鼻を鳴らした。

ふうふうと息を吹きかけつつコーヒーを飲むと、まったく苦くない。飲みやすい上に甘くて美味《おい》しい。

「これ、カフェオレですか？　砂糖もミルクもたっぷりで、すごく美味《おい》しい――あっ……」

先日、ブラックを美味《おい》しいと言った手前、言い方を変えたほうがいいと思い、いったん口を閉じる。

「えっと、その……これはこれで、とても美味《おい》しいし、先日のブラックコーヒーも非常に美味《おい》しかったたっていう意味で――」

芽衣は急いで残りのクラブサンドを口に入れ、話せないのをいい事に素知らぬ顔を決め込んだ。

その様子を見て、斗真が含み笑いをする。

「誤魔化さなくていい。君が普段、たっぷりのミルクと砂糖を入れてコーヒーを飲んでいるのは知ってるよ。研究開発センターでブラックコーヒーを飲んだ時、ものすごい顔をしてただろう？　ああ、これは苦いのを無理して飲んでるなって、すぐにわかった」

「そ、そうだったんですか？　って、私、そんなにものすごい顔してました？」

クラブサンドを食べ終え、芽衣は「ごちそうさま」を言って、カフェオレをもう一口飲んだ。

「してたな。一口飲んだ途端、眉間と鼻の頭に思いっきり皺《しわ》を寄せてただろう？　あの時の君は、獅子頭《ししがしら》そっくりだった」

「し、獅子頭《ししがしら》!?」

あまりの言われように、美味《おい》しさと恋心を押しのけて怒りの感情が湧き起こった。

「副……いえ、斗真さん！　いくらなんでも今のは失礼です。たとえ本当に獅子頭《ししがしら》みたいな顔をしていても、オブラートに包んだ言い方をしてくれないと凹《へこ》みます。ましてや、今からデートだっていうのに、出だしから気分最悪ですよ」

芽衣が苦言を呈《てい》すると、斗真にキョトンとしたような表情をされる。

「そうか。……すまなかった。つい、思った事をそのまま言ってしまった。オブラートに包むとしたら……鼻にカメムシがとまった時の子犬っていうのはどうだ？」

した。


「カメムシって――」

微妙なものにたとえられ、芽衣は返事に困って斗真の顔をまじまじと見つめた。

信号が青に変わり、斗真が正面を向いて運転を再開する。高速に入り車が一気に加速した。

「ダメか？　昔飼っていた犬が、そんな顔だったのを思い出したんだが――」

芽衣は斗真の横顔を見ながら、首を傾げた。

獅子頭《ししがしら》だのカメムシが鼻にとまった子犬だの冗談を言っているのかと思ったが、どうやら本気で言ってるみたいだ。

（斗真さんって、思っていた以上に生真面目な人なのかも）

芽衣は半ば呆れながら、改めて斗真の顔に見入った。

そう考えると、もう怒る気にならなかった。悪気もないようだし、むしろ嘘偽りのない発言として好意的に捉《とら》える事だってできそうだ。

「もっとも、犬を飼っていたのはかなり昔の話だが。……君のおかげで、懐《なつ》かしい顔を思い出したよ」

斗真の目尻が下がり、彼の横顔が優しいものに変わる。これまでに見た事がないほど穏やかな表情を浮かべる斗真を見て、芽衣は無意識にスマートフォンを取り出してその顔をカメラに収めた。

「斗真さん、昔犬を飼ってたんですね。それは、いつの話ですか？」

「僕がまだ小学校低学年の時だから、二十七、八年前になるかな」

「そんなに前ですか。斗真さん、記憶力がいいんですね」

「昔から記憶力は、よかったな。一度読めば本の内容はすべて頭に入って忘れないし、複雑な数式もぜんぶ頭に刷り込まれてる」

「すごいですね。私なんか、覚えるのが不得手なので、学生の時は普段の勉強はもちろん、テストや受験の時も、大変でしたよ」

芽衣は学生時代の苦労を思い出し斗真の記憶力のよさをうらやんだ。

「記憶力がいいのも善し悪しだ。過去の嫌な思い出とかも、少しも色あせないまま記憶に残ってる。忘れようと思っても忘れられない。できる事なら、そこだけ切り取って捨ててしまいたいくらいだ」

そう言い終えると、斗真が「ふっ」と小さく笑い声を漏らした。

けれど、決して可笑《おか》しくて笑っているような感じではなく、口角は僅《わず》かに上がっているものの、目元には深い憂《うれ》いがある。

（なんだか、すごく辛そうな顔……。いったい、過去に何があったんだろう？）

気になったが、今は聞くべき時ではないような気がした。

「斗真さん、もしかしてアウトドアとか好きですか？　あのランチボックス、『サウスノース』のものですよね？」

芽衣は、後部座席に戻したランチボックスを振り返って訊《たず》ねた。

「サウスノース」は海外のアウトドア商品を取り扱うメーカーで、日本にもいくつか支店がある。

「アウトドアというより、キャンプだな。たまに、昔からの友達と一緒に行ったりするが、いつもは自分一人で出かけるよ」

斗真が言うには、行くのはもっぱら山で、去年の夏季休暇は三日間テント生活をしていたらしい。

「山の中だと、星が綺麗に見えそうですね。でも、夜一人だと怖くないですか？」

「別に平気だ。夜一人きりでいるのには、子供の頃から慣れてるしね」

そう話す斗真の表情が曇った。

さっきもそうだったが、彼は幼少期に何かしら辛い出来事を経験しているように思える。両親の離婚が、彼の子供時代に大きな影を差しているのは容易に想像できた。けれど、ただそれだけではない、もっと深い理由があるような気がしてならない。

もしかすると、彼の「人間嫌い」と関係があるのだろうか？

気になるが、いくら密着取材が許された芽衣であっても、そこまで踏み込んだ質問はできなかった。

そうかといって、このまま何も聞かずに放っておく事もできない。

「あの……できたら、斗真さんの子供の頃のお話を少し伺ってもいいですか？　できる範囲でいいですし、もちろんオフレコにします」

芽衣は、オフにしたままのボイスレコーダーをバッグの中から取り出した。そして、それを後部座席の上にポンと投げ置いた。

「子供の頃の話というか、別になんでもいいんです。犬の話でも、なんでも……。私、斗真さんの事を、もっとよく知りたいです。たとえば、何か聞いてほしい事とか、普段言えないような愚痴《ぐち》でも……誰かに話す事で気持ちが軽くなるようなら、この機会に話してくださって構わないし――」

話すうちに、自分がかなりおせっかいな事を言っているのに気づいた。自分ごときが話を聞いて、いったいなんになるというのか。

おこがましいにもほどがある。その証拠に、気がつけば斗真は先ほどからひと言も発していない。

「す、すみません！　また余計な事ばかり喋《しゃべ》りすぎました。人には話したくない事があって当たり前なのに――」

「僕が九歳の時に、両親が離婚した。原因は、父の度重なる浮気だ。当時の僕はまだ何もわからない子供で、突然いなくなった母を恨んだ。父が、ありとあらゆる嘘を並べ立てて、母を悪者に仕立て上げたのを、そっくり信じ込んでいたんだ」

斗真が運転を続けながら、低いトーンで話し始めた。

まさか、これほどプライベートな事を話してくれるとは……

芽衣は密かに驚きつつ助手席でかしこまり、小さな声で「はい」と言った。

「実際、僕にとって母は、長い間自分を捨てた憎むべき悪女だった。しかし同時に、離婚後すぐに得体のしれない若い女性と再婚した父にも不信感を抱いた。僕が中学卒業を待たずして渡米したのは、そんな父達と一緒に暮らすのが耐えられなかったからだ」

斗真が語るには、彼の父親の塩谷肇《はじめ》は現在六十七歳。国内でトップクラスの不動産会社の経営者であり、かなりの資産家であるようだ。

斗真は渡米後、極力父に頼らないように数々のアルバイトや投資などで自己資金を増やし、大学進学などの費用をすべて自分でまかなったらしい。

「社長とは、いつから連絡を取り合うようになったんですか？」

「大学を卒業する少し前だった。偶然、ある研究会で再会して……お互いに顔を見ただけですぐにわかったよ」

もともと研究者だった彼女は、離婚後アメリカの化粧品メーカーで研究職に就いていたそうだ。

斗真は父親に不信感を持って以来、聞かされていた母親の不貞行為や悪事について疑問を持ち始めていたらしい。かといって、再会してすぐに歩み寄れるはずもなく、関係修復にはそれ相応の時間がかかったようだ。

「離婚と同時に家から追い出された母は、父からさまざまな妨害行為を受けて僕と連絡を取る事さえできなかったと言っていた。だが、当時連絡をもらっていたとしても、母を信じられたかどうか……。その頃の僕は、自分を捨てた母を恨んでいたし、突然やって来た強欲で品のない父の再婚相手を嫌悪していた。そして、唯一の味方だったはずの父さえ信用できなくて……まさに八方塞がりだったからな」

「それって、斗真さんがまだ十歳くらいの時の話ですよね？」

「そうだな」

「そうだなって……十歳といえば、まだほんの子供ですよ？　なのに、周りにいる大人全員が嫌いだったり信用できなかったり……。私が十歳の時なんか、毎日何も考えずにのほほんと暮らしてたのに……。そんなの、ひどすぎます……！」

芽衣は、ただあっけらかんと幸せに暮らしていた自分の子供時代を振り返り、当時の斗真がどれほど辛かったかを考えて激しく憤《いきどお》った。

「斗真さんは、寂しくなかったんですか？」

「最初は寂しかったが、すぐに慣れたな」

「お父さまは、そばにいらしたんですよね？」

「もちろん、まだほんの子供だったから同居はしてた。だが、それだけだ。父は自分本位で面倒事はすべて金で解決する人だ。僕の教育には金を惜しまなかったが、親子としての関わりは皆無だったな」

「そんな……」

当然、学校の行事に顔を見せた事はなく、義理の母親も同様だった。斗真の身の回りの世話をするのは頻繁《ひんぱん》に入れ替わる家政婦だけ。自然と親子関係は希薄《きはく》になっていき、斗真はかなり孤独な幼少期を過ごす事になった。

「どうせなら、そのまま放っておいてくれたらよかったのに、僕がだんだんと父を避けるようになると、父は僕を手なずけるために再婚相手を使ったんだ。あれは本当に最悪だった」

もとは斗真に興味すら持たなかった義母だが、急激に大人になりつつあった斗真との距離を、いきなり縮めようとしてきたらしい。

そして、最終的には夫よりも年齢が近い斗真に色目を使い始めたのだという。

「おかげで、人間不信がひどくなったし、女性に嫌悪感を持つようになった。当然、思春期になっても女性とまともに向き合えないし、交際しても長続きしたためしがない。おまけに、寄ってくるのは僕の外見とステイタスを目当てにした女性ばかりだった」

斗真の声は、いつも以上に落ち着いているし、表情にもさほど大きな変化はない。しかし、時折ハンドルを強く握りしめる音が聞こえた。

芽衣は斗真の心情を思い、いっそうやるせない気持ちになる。

「そんな経緯があって、結果的に僕は、『人間嫌い』の『女性恐怖症』になった――というわけだ」

斗真が、サラリとそう言って、ほんの少しだけ微笑みを浮かべる。

「なんで、斗真さんばっかり……」

「さあね。そういう運命だったんだろう。――さて、もうそろそろ第一の目的地に着く」

車が高速を下り、大通りを経て側道に入る。しばらくして、斗真が古い洋館の駐車場に車を停めた。

「さあ、降りて」

彼がシートベルトを外す音が聞こえて、芽衣もそれに倣《なら》って身体を捻《ひね》る。

「はい」

シートベルトを外し終え、何気なく斗真のほうを見た。すると、ふいに彼の手が伸びてきて、芽衣の頬を包んだ。

「……どうした？　なんで泣いてる？」

「えっ？　私、泣いてなんか……」

斗真の指が、芽衣の目の下にそっと触れた。

念のため自分の頬に手を当ててみると、確かに少しだけ濡れているようだ。

「あれっ？　ほんとだ……。す、すみません、気がつきませんでした」

芽衣はあわてて頬をこすった。いったいいつの間に、こんな事に？

まったく自覚がなかったけれど、斗真の昔話を聞き、切なくて胸が痛くなったのは確かだ。

「いや、謝る必要なんかない。僕に同情してくれたんだろう？」

斗真が、芽衣を見つめながら、気遣わし気な表情を浮かべる。

「わかりません。でも、同情とか、そういうんじゃなくて……なんていうか、その時の斗真さんのそばにいられたらって……。なんで、近くにいられなかったのかなって……」

「僕が小学校の時、君はまだ生まれてなかったか、ハイハイがやっとの赤ん坊だ」

「そうですけど……それでも、やっぱり……一人ぼっちとか、そんなのダメですよ――」

気がつけば、芽衣は斗真の背中に腕を回して、彼をギュッと抱きしめていた。そして、昔、泣いている妹の舞華にそうした時のように、彼の広い背中をさすり宥《なだ》めるようにトントンと叩く。

そうしてから、ハッと気がついて大あわてで腕を解いた。

「ごっ……ごめんなさい！　すみません！　私ったら何をやって……ほんと、申し訳ありません！」

助手席のドアにぶつかる勢いで身を引き、その拍子《ひょうし》にガラスに後頭部をぶつけた。ゴン、と鈍い音がしたあと、こちらを見る斗真と目が合う。

「大丈夫か？」

さほど痛くはなかったものの、恥ずかしいやら申し訳ないやらで、芽衣はどうしていいかわからなくなった。

「平気です！　ぜんぜん大丈夫です！」

助手席のドアに背中を押し付けるようにして斗真から遠ざかろうとしても、車内ではそれ以上逃げる事などできない。

「こぶができてるんじゃないか？　ちょっと見せて――」

「いえ、本当に平気ですから！　ほんとに、もう私の事なんか心配しないでください。本当に申し訳――」

「しーっ、ちょっと口を閉じろ」

斗真の手が伸びてきて、芽衣の顎《あご》を掴んだ。彼の顔が近づいてきたと思った次の瞬間、二人の唇がぴったりと合わさっていた。

「……ん、ん――」

途端に身体から力が抜け、つま先から脳天まで突き抜けるような震えが走った。

何が起こったのか理解した直後、微かなリップ音とともに二人の唇が離れた。

芽衣はたちまちパニックに陥《おちい》り、ぶつかるようにしてドアを開け外に出る。

そして、その場に立ちすくんだまま、たった今起こった事を理解しようとやっきになった。

(何っ⁉　今、何が起こったの？)

時間にすれば、五秒にも満たなかったと思う。けれど、斗真の唇のぬくもりや睫毛《まつげ》が触れ合った時のこそばゆさは、頭の中にしっかりと残っている。

(なんで？　どうしてキスなんか……そんなシチュエーションだった？　あああ、わからない！)

斗真は、まだ車の中にいる。

いったい彼はなぜ、突然キスなんかしたのだろう？

(私が泣いたり抱きついたりドアに頭ぶつけたりして、馬鹿みたいに一人で大騒ぎしたから……。きっと、うるさくて口を封じたんだよね？　車の中って狭いし、手で塞ぐよりああやったほうが早いと思って……)

それにしたって、いきなりキスなんて――

運転席のドアが開く音がして、車がロックされる音が聞こえた。斗真が車の前を回って、こちらに歩いてくる。

「芽衣」

ふいに下の名前を呼ばれ、驚いて声のほうを振り返った。すぐそばにやって来た斗真が、芽衣の肩にさりげなく手を置く。

「ここは、洋館巡《めぐ》りができるらしい。ちょっとした外国気分を味わえるそうだぞ」

肩に触れられただけでも驚いたのに、「佐藤さん」でも「君」でもなく「芽衣」と呼ばれた。びっくりして、危うく変な声が出そうになる。

「そっ、そうなんですね！」

若干声がひっくり返ってしまったが、幸い斗真は気にしていない様子だ。彼は目を丸くして固まる芽衣に、穏やかに微笑みかけてくる。

「天気もいいし、このまま少し散歩しようか。すぐ近くに美術館もあるようだし」

彼の手が芽衣の肩を離れ、進行方向を指差す。

さすが生まれも育ちもいいイケメンエリート。たとえ「女性恐怖症」であっても、エスコートは完璧で、まるでさっきのキスなどなかった事のように振る舞ってくれている。

「いいですね。じゃ、行きましょう。……え？」

歩き出そうとする芽衣の前に、斗真が左手を差し出した。

「え？　じゃないだろ。今日はデートの予行練習なんだから、手ぐらい繋がないと」

「はっ……そ、それもそうですね。じゃあ……」

次から次へと、心拍数が上がる事ばかり起こる。

（なんだか〝デートの予行練習〟というよりも、私にとっての〝はじめてのデート〟感が、すごいんだけど……）

おずおずと右手を差し出すと、斗真がそれをしっかりと握ってきた。二人並んで緑に囲まれた遊歩道を、ゆっくりと歩き出す。やや高台になっている駐車場からは、点々と続くブルーやクリーム色の屋根が見えた。

辺りには人影もなく、のんびりとした雰囲気に包まれている。何かと仕事がバタついていたせいもあり、思い返すとこういう環境に身を置くのはかなり久しぶりだ。

歩きながら少しずつ平常心を取り戻した芽衣は、思ったままの事を口にしてみた。

「周りに高い建物がないから、風がよく通りますね。気持ちいいです」

「そうだな。秋に来たら紅葉が綺麗だろうな」

うっかり、「じゃあまた秋に来たいですね」と言いそうになり、ギュッと唇を噛む。

歩き出して五分と経たないうちに、何を本格的なデート気分になっているんだか……そんな事を考えていると、繋いでいる手が早々に汗ばんできた。

「あの……斗真さん。手、汗ばんできたので……」

「そうか。じゃあ、こうしよう」

手が離れたと思いきや、斗真に左肩を抱き寄せられた。芽衣の右腕が彼の身体にくっつき、背中に彼の腕の筋肉を感じる。

「い、いきなり肩っ……」

つい声が出てしまい、反射的に斗真を見た。見下ろしてくる彼と目が合い、小首を傾げられる。

「デートなら普通だろう？　ふむ……芽衣が相手だと、自然にできるから不思議だ」

「私も一応女性ですけど、ちょっとは嫌な気分になったりしませんか？」

「いや、まったく」

「そ、そうですか」

嫌な気分になられるのも困るが、何も感じないというのもちょっとがっかりする。

「――さっきは、ありがとう。僕の昔話を聞いて泣いてくれたのは芽衣がはじめてだ。」

と言っても、あんな話をしたのも芽衣がはじめてだけど」

上からじっと見つめられ、耳朶《じだ》が熱く火照《ほて》る。

「……これまでにお付き合いされた方には、お話しにならなかったんですか？」

「皆、短い付き合いだったし、そもそもそんな話をするような関係じゃなかったからな」

「では、どうして私には話してくださったんですか？」

「さあ……たぶん、芽衣が正直で裏表のない人だからかな」

そんなふうに言われて、嬉しくないはずがなかった。斗真のプライベートな話を聞かせてもらって、少しだけ彼の内面に近づけたような気がする。たとえ恋人になれなくても、こういった形で彼の特別な存在になれた事を嬉しく思う。

「光栄です。もちろん、今の話は誰にも言いませんよ」

芽衣が口にチャックをするジェスチャーをすると、斗真が口元に微笑みを浮かべた。

「ああ、そうしてくれ」

歩き進め、行きついた美術館に入り、展示された絵画や彫刻を鑑賞する。あまり知られていない国内外の芸術家の作品のようだが、こぢんまりとした建物の佇《たたず》まいとマッチして、見ているうちに心が和《なご》んできた。

鑑賞後、館内のカフェに入り、地元野菜をふんだんに使ったランチを堪能する。その美味《おい》しさに驚いたが、どうやらここは知る人ぞ知るグルメスポットだったようだ。

「斗真さん、それを知っててここへ？」

「もちろんだ。男として、デートの下準備をしておくのは当たり前だろう？」

「その、当たり前をしない男子が多いみたいですよ。うちの妹がそう言ってました。ここ、土曜日なのに混んでなくていいですね。経営者的には、よくないかもしれませんけど」

「個人の所蔵品を展示してるようだし、悠々自適に暮らしてる人なんじゃないかな？」

「いいなぁ、そんな暮らし方……」

美術館を出て、周辺地域をそぞろ歩く。斗真は建築物にも造詣《ぞうけい》が深いようで、見学可能な洋館に入るたびに、丁寧に解説をしてくれた。

その間、斗真は芽衣の肩を抱き寄せて歩き、芽衣は終始胸の高鳴りを感じながら歩を進めた。

こうしていると、いったいどこが「女性恐怖症」なのかと思う。だがそれは、彼が芽衣に女性らしさを感じていないからなのかもしれない。

(デートコーデは褒《ほ》めてもらえたのにな……。でも、すごく楽しい！)

きっとこんな機会は、もう二度とないだろう。

芽衣は今日という日を心に刻みつつ、これ以上余計な事を考えるのはやめようと決めた。

ひととおり散策を楽しんだあと、再度車に乗り込んだ。

「今度は、どこに行くんですか？」

「また、ちょっとした散歩だ。芽衣は高いところは平気か？」

「はい、平気です。ジェットコースターもバンジージャンプも、任せといてって感じです」

「それは頼もしいな」

「え……私、いったい、どこに連れて行かれるんですか？」

そう訊《たず》ねても、斗真はニッと笑うだけで答えようとしない。

行先が気になりつつも、笑顔を見せてくれたのが嬉しかった。

そこから車を走らせる事一時間半。

到着したのは、東京郊外のヘリポートだ。

「もしかして、ヘリコプターに乗るんですか？」

芽衣が訊《たず》ねると、斗真は軽く頷いて車を駐車場に停めた。

「そうだ。ここの社長とは昔からの知り合いでね。だいぶ前に免許を取って、出張には自分でヘリを操縦して出かける事もある」

「じ、自分で操縦するんですか⁉」

思わず素《す》っ頓狂《とんきょう》な声を出してしまい、あわてて口を手で押さえた。いい加減、慣れてしまったのか、大声を咎《とが》められる事はなかった。

「早くて便利だし、自分で操縦桿《かん》を握って空を飛ぶのは爽快《そうかい》だぞ。どうだ？　付き合ってくれるか？」

「はいっ、喜んでお供します！」

時刻は午後三時。

深みのあるブラウンの機体は、斗真が個人で所有しているものだという。

促《うなが》されて助手席に乗り込み、ベルトを締める。渡されたヘッドセットを耳に装着し、操縦席に座る斗真の様子を瞬《まばた》きもせずに見つめた。

ヘリポートに着いた時は、てっきり貸し切りの遊覧飛行をするのだと思っていた。それでも驚きなのに、まさか自己所有のヘリコプターの助手席に座るなんて、想像の上をいっている。

エンジンを始動させると、ヘリコプターのプロペラが回り出す。離陸前の点検が済むと、機体が浮き上がり少しずつ地面が遠くなっていった。

「うわ……わ、わわ……」

飛行機とはまるで違う。窓は大きく、機体と身体が同化しているような錯覚に陥《おちい》った。はじめは低い位置を飛んでいたが、高度が上がっていくにつれて見えてくる景色も変わってくる。

「富士山の近くまで行って、そこから横浜と都心を飛ぶ。途中で、芽衣の実家の上を経由するから、よく見てて」

天候に恵まれたのは、ラッキーとしか言いようがない。

芽衣は子供のように興奮し、大きく目を開けて目の前の絶景に見惚れた。と同時に、ヘリコプターを操縦する斗真の姿に、恋心が加速するのを感じた。

（もしかして、わざと？　私を本気で落とそうとしてる？）

一瞬でも、そんなあり得ない妄想をしてしまい、胸の鼓動が余計速くなった。

思いがけないデートコースにいやが上にもテンションが上がる。

富士山を見て自分が日本人である事に感謝し、実家の上空を飛んだ時には見えないとわかっていても手を振り地上の家族に呼びかけた。素敵な時間はあっという間に過ぎて、空の散歩が終了する。思いがけない経験をさせてもらい、芽衣は子供のように心を躍らせた。

「すごい……。私、一時間以上、空を飛んでいたんですね」

地上に降りてからも、しばらくは身体がフワフワと上空を漂《ただよ》っているような気分だった。

歩いていても足が地面を踏みしめている感覚がなく、斗真に支えられながら歩いた。

「平気か？　少し長く飛びすぎたかな？」

「いいえ！　素敵でした……。まるでピーターパンになったみたいな気分でした」

「それは、よかった」

そこから再度ドライブを兼ねて都心に戻り、東京湾が一望できるホテルのスイートルームに案内される。

「レストランでもよかったが、こっちのほうが落ち着いて料理や景色を楽しめるだろう？」

芽衣は中に入るなり、各部屋を見て回った。中は七つのエリアに分かれており、ベッドルームが二つにキッチンまでついている。

「広っ！　ここ、本当にホテルですか？」

「長期滞在にも対応した部屋だからな。アメリカで働いていた時に、用事があって帰国する時はここに泊まってたよ」

　メインのダイニング兼リビングルームは、小さなカフェがまるごと入るくらいの広さがある。

　部屋全体に静かなクラシック音楽が流れており、正面に見える窓は全面ガラス張りで、美しい夜景が一望できた。

「斗真さんのデートプランって、すべてにおいて規格外ですね。私の想像を超えすぎて、目が回りそうです！　ピーターパンの次はシンデレラになった気分ですよ」

　芽衣は斗真に手を貸してもらい、ジャケットを脱ぐ。

　ほどなくしてルーム係がやってきて、窓際のテーブルにディナーを用意し始める。

　芽衣は邪魔にならないよう部屋の隅に移動して、ガラスにへばりつくようにして外の景色を眺めた。

　ヘリコプターから見た景色も素晴らしかったが、湾岸をぐるりと囲む街明かりは、色とりどりの美しい宝石をちりばめたネックレスみたいだ。

（なんて綺麗なの……）

　芽衣は目を閉じて、シンデレラのようなドレスを着た自分を想像する。

　目の前には赤いカーペットが敷かれた階段があり、そこから近づいてくるのは王子さまの衣装を着た斗真だ。

ゆっくりと近づいてきた斗真が、こちらに向かって手を差し伸べる。

〝僕と踊ってくれませんか？〟

手を取られ、音楽に合わせて彼とダンスを踊り始める。

「まるで夢みたい……」

思わずそう呟いた時、背後からそっと肩に手を置かれた。

ハッとして目を開けると、目の前のガラスに微笑んだ顔の斗真が映っている。

「あっ……斗真さん」

振り返ろうとしたが、斗真がすぐうしろに立っていて、そうできない。

「嬉しそうにニコニコしてたね。いったい、何を想像していたんだ？」

訊《たず》ねられ、芽衣は頭の中に描いていたとおりのシーンを彼に話した。

「柄にもなく乙女チックな想像をしちゃいました。ふふっ……可笑《おか》しいですよね」

てっきり、笑われると思っていたのに、優しく微笑んだ斗真に肩を引かれ、彼と向かい合わせになった。

「いや、とてもいい想像だと思うよ。……芽衣、〝僕と踊ってくれませんか？〟」

立っていた位置から一歩下がった斗真が、芽衣に向かって恭《うやうや》しくお辞儀をしてくる。

上目遣いに見つめられ、ドキリと心臓が跳ねた。

戸惑った芽衣はパチパチと目を瞬《またた》かせる。

「で、でも、私、踊り方が、わかりません」

「大丈夫。ただ、音楽に合わせて身体を揺らすだけでいい」

斗真が芽衣の手を取り、自分の腰に回すよう促《うなが》してきた。そして、芽衣の背中をゆったりと抱き寄せながら、窓から少し離れた場所に移動する。

見つめ合い、彼の動きに合わせて身体を横に揺らす。腰をそっと引かれて半歩前に進み、誘導されるままゆっくりと回転する。

「そう、上手だ」

斗真が、にっこりと微笑みを浮かべる。

その顔が、まさにプリンス・チャーミングそのものだった。

芽衣は魅入られたように斗真を見つめ、彼にリードされながらステップを踏む。気分はもうお城の舞踏会だ。

できる事なら、このまま永遠に踊り続けたい――

そう思った時、タイミングを見計らったかのように芽衣のお腹が「ぐぅ」と鳴った。

「ひゃっ!?」

一気に夢から醒《さ》め、シンデレラがはらぺこあおむしになった。せっかくの妄想シチュエーションが、ガラガラと音を立てて崩壊する。

芽衣は顔を真っ赤にして、斗真の手から逃れうしろに飛びすさった。

「ごっ……ごめんなさいっ！」

恥ずかしすぎて、一気に体温が上昇する。我ながら、とことんプリンセスには向いていないみたいだ。

「ぷっ……」

斗真が堪《こら》えきれなかったように噴き出し、そのまま声を上げて笑い出した。彼は文字どおり腹を抱えて笑っている。

普段笑わない斗真が、両方の眉尻を下げて笑っている――芽衣は、ますます恥じ入りながらも、大きく目を見開いて白い歯を見せて笑う彼に見入った。

しばらくして、斗真が笑うのをやめて背筋を伸ばした。

「いや、ごめん。……笑ったりして、悪かった」

「いえ、それより、斗真さん、今、大笑いしてましたね。そんな斗真さん、はじめて見ました」

芽衣のポカンとした顔を見ながら、斗真が乱れた前髪を掌《てのひら》で掻き上げた。そして、窓に映る自分自身を、まじまじと見つめる。

「そう言われれば、そうだな。僕自身、こんなに笑ったのははじめてのような気がする」

斗真が芽衣を振り返り、感心したような顔で目を細めた。

「また芽衣に笑わせてもらったな。さあ、ダンスの次はディナータイムだ」

斗真にエスコートされながらディナーの席に着く。

テーブルいっぱいに並べられた皿には、それぞれに美味《おい》しそうな料理が盛られている。

芽衣はその豪華さに目を見張り、一口食べてはその美味《おい》しさに感じ入った。メインの料理もさる事ながら、勧められて飲んだワインや、ガラスのプレートに載せられた数種類のデザートも絶品だった。

「どれもこれも美味《おい》しい……。食べ終わるのが、もったいないくらいです」

芽衣は最後のデザートを前に、しみじみと呟く。

こんなに美味《おい》しくて見た目も綺麗なディナーなんて、きっともう一生食べられない。

いや、それよりも、斗真みたいな素敵な男性と一緒にこの場にいる事こそが重要であり、二度とない奇跡だ。

たとえ生まれ変わっても、もう彼のような人には巡《めぐ》り合えないだろう。

そんな事を考えつつ、芽衣はブラックベリーの載ったプチケーキをフォークで切り分け口に入れた。チョコレート味の生地《きじ》とベリーの甘酸っぱさが、やけに胸に染みる。

「ごちそうさまでした。本当に美味《おい》しかったです！　……あっ！　写真を撮っておけばよかったぁ。そうだ、お部屋の風景とか夜景なら今からでも撮れますよね」

芽衣は椅子から立ち上がり、テーブルの横に一歩踏み出した。

しかし、歩き出した途端脚がもつれ、前に進むどころか窓にぶつかる勢いでよろけてしまう。

「大丈夫か?」

咄嗟《とっさ》に駆け寄ってきた斗真に助けられ、事なきを得る。

「すみません。ちょっと、あわてちゃって……」

「少し酔ったか?」

「いえ……飲んだのは少しだけだし、そんなには……」

「休んだほうがいいな。歩けるか?」

斗真に肩を抱かれ、彼に寄りかかるようにしてベッドルームまで歩いた。キングサイズのベッドの上に仰向けに横たわり、ホッと一息つく。

「ちょっと待ってろ」

斗真が部屋を出ていき、すぐに氷の入った水と濡れタオルを持って戻ってくる。

彼は芽衣の額《ひたい》にかかる前髪を指でそっと払いのけると、そこに濡れタオルを載せてくれた。

「気持ちいい……」

思わず声が出て、そのままゆっくりと深呼吸をする。少し動いた拍子《ひょうし》に、タオルが目《ま》蓋《ぶた》にかかった。何度か瞬《まばた》きをするものの、それぐらいではタオルはびくともしない。諦めて目を閉じると、にわかに眠くなってきた。

「このまま少し眠っていていいぞ」

そう言われ、芽衣は小さな声で「はい」と答えた。心も胃袋も満ち足りているし、横になっているのはふかふかのベッドだ。

――たぶん、それからすぐに眠ってしまったのだと思う。

気がつけば、横向きに寝ていて額《ひたい》に載せていた濡れタオルはなかった。

部屋はルームライトの柔らかな灯りに包まれ、視線の先にある大きな窓には夜景が広がっている。

「……あれっ、斗真さんは？」

上体を起こしながら部屋の中を見渡すと、ベッドサイドの椅子に座ってこちらを見つめている斗真がいた。

「あっ……斗真さん、そこにいらしたんですか」

「目が覚めたか？」

「は、はいっ……。すみません、私、本当に寝ちゃって……」

ぼんやりしていた頭の中が、クリアになる。

壁の時計を見ると、もうじき午後十時になるところだ。確か、ディナーが始まったのが午後八時頃だったから、少なくとも一時間は寝ていたのではないだろうか。

「眠ってもいいと言ったのは僕だし、構わない」

気がつけば、斗真はホテルのロゴが入ったバスローブを着ている。もしや、と思い自分の胸元を押さえると、ちゃんとカットソーを着ていた。その様子を見て、斗真がニッと笑う。

「大丈夫。僕は、寝ている女性を襲ったりしない主義だ」

「べ、別にそんな事心配してません！」

あわてて言い返す芽衣に、斗真が小さく笑った。

「よければ、君もシャワーをどうぞ。必要なものはぜんぶ揃ってるし、今日は、あちこち連れ回したから疲れただろう？　新しくお湯を張っておいたから、ゆっくり入ってくるといい」

「でも、部屋の時間が……」

「時間は気にしなくていい。もう遅いし、今夜はこのままここに泊まらないか？」

「え？　と、泊まるって、私と斗真さんが？」

「そうだ。ベッドルームはふたつあるし、ドアの内側から鍵がかけられるようになっている。もちろん、君は嫁入り前の若い女性だし、無理にとは言わない。帰るなら、責任を持って送っていくが――」

「泊まります！　お言葉に甘えて、泊まらせていただきますっ！　こんなゴージャスなお部屋に泊まらないで帰るなんて、もったいなさすぎてバチがあたります」

我ながら、泊まる理由が残念すぎる。

そもそも今日は、斗真が見合いデートを万全に行うための予行練習なのに、自分ときたら庶民丸出しの言動ばかりだ。

これでは練習にならなかったのではないか。今さらではあるが、もう少し意識してハイクラスのお嬢さまっぽくしたほうがよかったのでは……。

そんな心配を口にする芽衣を、斗真は即座に否定した。

「今日は芽衣を喜ばせられるかどうかが大事だったから、まったく問題ない。やはり、女性が喜びそうなプランを考えて正解だったな」

「そうですか……それを聞いて安心しました。っていうか、斗真さん。私の事、女性だって思ってくれてたんですね」

「は？　当たり前だろう？　女性じゃなきゃ、なんだっていうんだ」

そう言われ、芽衣は目をパチクリさせた。

まさかの答えに戸惑い、しどろもどろになって答える。

「だ……だって、いくら取材のためにメイクを薄くしたり女性らしさを抑えた服装をしていても、やっぱり私は女性なわけで……」

斗真が頷き、先を促《うなが》すように芽衣をじっと見つめる。

自分を見る彼の視線に突き動かされ、芽衣はまた話し始めた。

「――特に、今日は練習とはいえデートだし、いつも以上にヘアメイクや服装に気を遣いました。だけど、斗真さんはいつもどおり私と二人きりでいてもぜんぜん平気そうで――それって私に女性らしさをまったく感じてないからですよね？　そうでなきゃ、触ったりできないし、ましてやキ……」

つい言わなくてもいい事まで言いそうになり、芽衣はにわかにうろたえて、もじもじする。

「あ、あのっ！　私、お風呂に入ってきます！　長風呂なので、どうぞ先に寝ちゃってくださいね！　では、おやすみなさいっ――」

芽衣は大急ぎでベッドから出ると、斗真に向かってぺこりと頭を下げた。そして、彼と目を合わせないまま、バタバタと部屋から飛び出した。

（バカバカバカ！　私の大バカ者っ！　うわぁあああ～！）

芽衣はバスルームに駆け込み、ドアを閉めるなり壁にもたれかかった。しばらくの間放心し、乱れた呼吸を整える。ようやく少し落ち着いたところで、のろのろと洗面台に向かう。

（うっかり、余計な事を言いそうになっちゃった……。それにしても、やっぱり斗真さんって最高にかっこいい……。あれで、「女性恐怖症」が治ったら、いったいどうなっちゃうの？）

芽衣は、ついさっき見た斗真のバスローブ姿を思い出した。

おそらく、今以上にモテるに違いない。彼に恋する身としては、かなり複雑な気持ちになるが、そもそも自分は、彼にとって恋愛対象にもならない存在なのだ。

大きくため息を吐くと、芽衣は何気なく鏡に映る自分を見た。そして、驚きのあまり「あっ」と声を上げる。

「うわっ、何この顔！　超絶ブサイクじゃないの～！」

鏡に映る顔は、寝起きのため若干むくんでおり、髪の毛も寝乱れてボサボサになっていた。しかも、アイラインが滲《にじ》んで目の周りがタヌキみたいだ。

芽衣はガックリと項垂《うなだ》れて、もう一度、盛大なため息を吐く。

（いったい、いつからこんなタヌキ顔になってたの？　好きな人の前で、こんなみっともない顔を晒《さら》していたなんて……。ほんと、救いようがない大バカだよ～！）

よくもまあ、こんな状態で女性として見ているかどうかなんて聞けたものだ。自意識過剰もいいところだし、恥ずかしいったらない。

（あぁ、もう最悪！　佐藤芽衣のアホ！　マヌケ！　愚か者～！）

自分をののしりながら着ているものを脱ぎ、バスルームに入った。

会社の中会議室ほどの大きさがあるそこは、他の部屋同様窓が大きく、遠くまで夜景が見える。

「うわぉ！　絶景……。それに、これ……こんなの映画でしか見た事ない！」

湯面には赤い薔薇《ばら》の花びらが浮かんでおり、バスタブの周りにはグラスに入ったキャンドルが置かれている。

「こんな世界が現実にあるなんて……。さすが御曹司……私なんかとは、住む世界がぜんぜん違う」

薔薇《ばら》の香りに包まれながら、芽衣は窓辺に近づいて空を仰いだ。

都心のためか、あまり星は見えない。けれど、ぽっかりと浮かんだ月がとても綺麗だ。

「好きな人にボサボサ頭のブサイク顔を晒《さら》しちゃったけど、こんな景色を見られたからラッキーと思わなくちゃね」

何はともあれ、今、自分は国内最高級のホテルの一室にいる。しかも、一緒にいるのはワールドクラスのイケメンであり、そんな彼と予行練習とはいえデートしているのだ。

凹《へこ》むのはあとからいくらでもできるし、今は思いきりこの状況を満喫するに限る。

軽くシャワーを浴び、たっぷりとした湯が張られたバスタブの中に身を沈めた。

円形のバスタブは直径が芽衣の身長の一・五倍はあり、手足をいっぱいに伸ばしても、充分すぎるほどの広さがある。

「気持ちいい～！　いいお湯～！」

出した声がバスルームの中に響いたが、これだけ広ければ斗真に聞こえる心配はない。

芽衣は、せっかくの時間を満喫しようと、思いつくままに鼻歌を歌った。バスタブの外に出て、再度入念に身体を洗い上げる。

結局、たっぷり一時間半はバスルームにいたと思う。

さっきは急ぐあまり、ほぼ素通りしたパウダールームは、すべてモノトーンの大理石でできている。ひとしきり室内を眺め、改めてその豪華さに嘆息した。

(どこをとってもゴージャス……。いったい、一泊いくらするんだろう？　私のお給料なんか軽く飛んじゃいそう。ううん、下手《へた》をするとぜんぜん足りないかも)

基礎化粧品やヘアケアグッズが充実したパウダールームを見て、そんな事を思う。

バスタオルは普段使っているものの三倍は厚みがあり、ふかふかなのはもちろん段違いに肌触りがいい。ふとカウンターの隅を見ると、小さなスツールの中にランジェリーが一式置いてあった。

もしかして、斗真が手配してくれたのだろうか？

純白のそれは、身に着けてみると羽のように軽く、上品で肌触りがいい。

ブラジャーはノンワイヤーで、生地《きじ》が若干透けている。ショーツの腰の部分は二本の細い紐《ひも》になっており、それぞれリボン結びになっていた。

(ちょっとエッチっぽい？　ま、別に見せるわけじゃないし、問題ないか)

たまには、こんな繊細な下着を着けるのもいいなと、なんとなくウキウキした気分になる。

それにしても、どうして下着のサイズがわかったのだろう？

（イケメンは女性のスリーサイズくらい、パッと見ただけでわかるのかな？　まさかね……でも、上も下もジャストサイズなんだもの）

本当に、至れり尽くせりだ。

身体からはほんのりと薔薇《ばら》の香りがするし、綺麗さっぱり磨き上げた顔は、すっぴんながら、さっきよりずいぶんマシになったと思う。

（だいぶ経ってるし、斗真さん、もう寝ちゃってるだろうな）

そう思いながら髪の毛を乾かし、バスローブを着て廊下に出た。そのままリビングダイニングに行くと、思いがけず斗真がカウンターバーの椅子に腰かけている。

驚いて思わず足を止めた芽衣は、そのまま自分のベッドルームに向かおうとした。けれど、そうしたら、彼のすぐ隣にいられるデートの時間が終わってしまう――

（そんなの、イヤ……！）

芽衣は意を決して方向転換をすると、斗真に向かって歩き出した。

すると、芽衣に気づいた斗真が、微笑みながら声をかけてきた。

「さっぱりしたか？」

「はい。何もかも素晴らしくて、すごく素敵なお風呂タイムでした」

「喉が渇いただろう？　何か飲むか？　ミネラルウォーターやジュース、アルコールは大体揃っているし、簡単なカクテルなら作れるぞ」

「……じゃあ、カクテルを」

「よし。じゃあ、ソファに座って待ってて」

芽衣は言われたとおり窓辺のソファに腰かけ、彼が来るのを待った。後方で、斗真がシェイカーを振る音が聞こえてくる。気になってチラリと振り返ると、ちょうど目が合ってしまった。

咄嗟《とっさ》に前を向き、知らん顔を決め込む。

斗真は何をしてもかっこいい上に、紳士的でゴージャスな正真正銘のイケメンだ。対して、目の前のガラス窓に映るのは、至って平凡な庶民の自分だった。

（ちょっと、芽衣、いったいこんなところで何してんの？）

今になって自分に問いかけても、明確な答えなど出るわけがなかった。

頭の中で、保守的な自分が「今すぐに部屋を出ていけ」と言う。その一方で、もう一人の自分が「なるようになる」と囁《ささや》いてくる。

両者はせめぎ合うが、結局は斗真への想いと彼のそばに少しでも長く居たいという願いが、勝ってしまう。

（だって、こんな機会はきっともうないもの。せめて今だけは、思う存分二人きりのデートを楽しみたい……）

「お待たせ」

斗真が芽衣のすぐ隣に座る。彼が持って来てくれたのは、細長いグラスに入った薔薇《ばら》色のカクテルだ。

「綺麗な色ですね！　これ、なんていうカクテルですか？」

「ジャック・ローズといって、カルヴァドスというブランデーに、ライムジュースとザクロのシロップを混ぜて作ったものだ」

「へえ……ザクロ。見た目も可愛いし、美容にもよさそうですね。斗真さんのは？」

「僕のも同じだが、濃い目に作ってある」

芽衣は一口それを飲んで、目を丸くして微笑む。

「甘酸っぱくて美味《おい》しい！　見た目よりもスッキリしてて、飲みやすいですね」

ニコニコと笑う芽衣を見て、斗真が満足そうな表情を浮かべた。

「気に入ったか？」

「はい、とっても」

「それはよかった。だが、あまり飲み過ぎると、さっきみたいに酔っぱらうぞ」

「ですよね……。反省してます。……でも、せっかくだし、いただきます――」

芽衣は思い切ってグラスを傾け、一気に中を飲み干した。かなり乱暴な飲み方だと思うし、我ながら反省とは真逆の行動を取っている。

だが、とてもじゃないけれど、素面《しらふ》ではいられなかった。

きっと、今以上に斗真のそばにいられる事は、この先二度とないだろう。そう思うと、込み上げてくる想いに胸が詰まりそうになる。

「そんな飲み方をして、大丈夫か？　水を持ってくるから、ちょっと待ってろ」

斗真が立ち上がり、カウンターバーに歩いていく。

遠ざかっていく彼を見送っていると、急に切なさが押し寄せてきた。

彼とは、どう転んでも恋人同士にはなり得ない。そうとわかっているのに、ほんの数秒前まで近くにいた彼が離れただけで、こんなに寂しいなんて……。

今だけしか味わえない距離なら、できる限り彼を近くに感じていたい。

ならば、恥を忍んでそう言ってみては？　言えないまでも、態度で表してみたらどうだろう？

仮にもデートの練習中だし、もしかすると応じてくれるかもしれない。そう思うが、今まで男性との関わりがなかったため勇気が出ない。

（よしっ……）

もう少し酔えば、最後の一歩を踏み出せるかもしれない。

芽衣は、テーブルの上に載っている斗真のグラスを手に取った。

「斗真さん、これもいただきますね」

そう言うが早いか、芽衣はまだ半分ほど残っている濃いめのジャック・ローズを一気に飲み干した。途端に喉が焼けて、むせそうになる。

「芽衣？　まさかこれもぜんぶ飲んだのか？　そんなに美味《おい》しかったなら、いくらでも作るが、もっとペースダウンしないと――」

水を持って戻って来た斗真が、空《から》のグラスを見て心配そうに顔を覗き込む。

芽衣は大きく肩で息をしながら、自分を見る斗真をじっと見つめ返した。

「無理ですっ！　ペースダウンなんかしたら、また寝ちゃうかもしれませんし！」

芽衣は斗真を見つめたまま、室内で出すには大きすぎる声を上げた。

「ちょっ……声が――」

「すみませんっ……大きすぎるのは、わかってます。でも、そうでもしないと、勇気が出ないんです……。と……斗真さんっ……。ちょっと、いいですか？」

芽衣は斗真の手を取り、勢いよくソファから立ち上がった。彼のほうを見ないままリビングダイニングルームを突っ切り、廊下を経てさっきとは別のベッドルームに入った。

部屋の窓際には、同じサイズのベッドが置かれている。

足早に部屋の中ほどまで進むと、芽衣は思い切って彼をベッドの上に押し倒した。そして、すぐに彼の顔の両脇に手をついて腰の上に馬乗りになる。

「芽衣──？」

「私、しょ、処女なんです！　二十五歳にもなって彼氏がいた事なんかないし、これからだってできる見込みゼロです。それなのに、今日は本当に夢のように楽しくて、斗真さんは素敵すぎて。きっともう、これ以上のデートなんか一生できないんだろうなって……。だから、今日の素敵なデートの終わりに処女を捨てたいんです。だから──」

勢いのまま話し続けて、ふと自分を見る斗真と目が合う。途端に言葉が出なくなり、頭の中が真っ白になった。

衝動のまま彼をベッドに押し倒してはみたものの、そこで斗真が「女性恐怖症」である事を思い出し青くなる。

自分は何の脈絡もなく斗真をベッドに押し倒し、自分勝手な都合で関係を迫ってしまった。これでは、彼が嫌悪する女性達と同じではないか。

「ご、ごめんなさい……！　私、どうかしてました──」

言ってしまった言葉を心底後悔するとともに、恥ずかしさのあまりこの場から消えてしまいたい衝動に駆られた。

芽衣はベッドから手を離し、勢いをつけて身を起こした。床に下りようとしてよろけ、起き上がった斗真に支えられる。

すぐに手を離してくれるかと思いきや、斗真は芽衣の腕を掴んだまま微動だにしない。

「は……離してください……」

さっきまでの勢いはすでになく、蚊の鳴くような声しか出す事ができない。彼の腕を振り払う力もなく、芽衣は絶望的な気分で斗真から顔を背《そむ》け目をきつく閉じた。

すると、ふいに身体がふわりと宙に浮き上がり、気がつけばベッドに仰向けになって寝そべっている。

「と……斗真さん……？」

斗真の手は芽衣の顔の両側にあり、ちょうどさっきとは逆の体勢になっている。

「つまり、芽衣は今夜僕とベッドインして、処女を捨てたいって事だな？」

すぐ目の前に彼の顔がある。

斗真の強い視線に囚《とら》われて、目を逸らしたいのにそうできない。情けなさと恥ずかしさで、目が潤《うる》んできた。答えられないまま目を閉じてじっとしていると、鼻先に何かが触れ、すぐそばに彼の息遣いを感じた。

微かに目を開けると同時に、二人の唇が柔らかに重なり合う。

「芽衣……。君は僕の頼みを聞いて、いろいろと思った事や感じた事を正直に伝えてくれている。だから、僕も君に対して正直でありたいと思うし、これから言う事は僕の本心だ。ここまでは、わかったかな？」

芽衣が頷くと、斗真がそれに応《こた》えるように、また唇を重ねてきた。

「女性の芽衣にそこまで言わせるなんて、男として恥ずべき失態だ。……本当なら、僕のほうから先に言うべきだった。芽衣……君を抱きたい……。君が僕に処女をくれるというのなら、喜んでもらうよ。もちろん、責任は取るし間違っても芽衣を弄《もてあそ》ぶつもりはない」

「と……うまさん……？」

息を吐くくらいのトーンでしか話せなかったが、斗真はそれをきちんと聞き取って頷いてくれた。

「僕は女性に対して、今のような気持ちになった事がない。正直言って、ひどく困惑している。だが、芽衣に惹かれているのは確かだし、だからキスした。芽衣に触れるたびに、もっとそうしたくなる。今だってそうだ」

斗真の身体が、芽衣の上にそっと覆《おお》いかぶさってくる。緩く開いていた膝を左右に割られ、彼の脚を両脚で挟むような姿勢になった。

「芽衣と、セックスしたくてたまらない。女性にこれほど性欲を感じたのははじめてだ。芽衣……抱いていいか？」

「斗真さん……」

芽衣は真っ赤になった顔で、斗真を見た。

まっすぐに見つめてくる彼の目を見て、芽衣は喜びで胸がいっぱいになる。

到底叶わない想いだと諦めていたのに、気持ちを受け止めてもらった。それだけではなく、芽衣の図々しすぎる願いまで受け入れてくれようとしている。

「……もしかして……夢を見てるの……?」

芽衣が独り言のようにそう呟くと、斗真が優しく微笑んで芽衣に軽くキスをする。

「いや、夢じゃなく現実だ。芽衣……もう一度聞く。僕に抱かれてくれるね?」

唇の上に、斗真の熱い吐息を感じる。

芽衣は天にも昇る気持ちで深く頷いた。

「は……はい。も、もちろんですっ……」

芽衣が答えると、すぐに斗真が起き上がり、着ていたバスローブを脱いだ。

彼の肌はルームランプの柔らかな灯りの中で、しっとりとした蜂蜜色に染まっている。

洋服の上からでも彼の逞《たくま》しさは、充分わかっていた。けれど、実際に目《ま》の当たりにした身体は、言葉では言い表せないほど魅惑的だ。

「……かっ……こいい……」

芽衣は、無意識に唇を震わせた。

これほど完璧な身体を持った彼に抱いてもらうには、自分の身体はあまりにお粗末だ。

芽衣はバスローブの前を両手で強く掴み、全力で首を横に振った。

「や、やっぱり、今の話、ナシで——」

「今さら何を言うんだ。そんなの、無理に決まってるだろう？」

「えっ？　えっ……む、無理って……あっ……ぁあんっ！」

交差したバスローブの前を開けられ、あれよあれよという間に下着姿にされた。背中を抱えられるようにしてブラジャーのホックを外され、胸の膨らみがあらわになる。

「ちょっ……待っ……と、斗真さ……あっ……ぁんっ……！」

乳房を下から持ち上げるようにして手の中に包み込まれ、やわやわと揉まれる。彼の手によって形を変えた乳房に、斗真がカプリとかぶりついた。

彼の口の中で先端を舌で弾《はじ》かれ、円を描くように捏《こ》ね回される。

途端に全身がビリビリと震えるほどの快楽に襲われ、芽衣は身体を仰《の》け反《ぞ》らせて声を上げた。

「あぁんっ！　……あ……あんっ！　あああんっ――」

胸を愛撫《あいぶ》されるたびに上体が跳ね、自然と腰が浮き上がった。今まで一度も出した事のないような甘い声が漏れ、まともに息ができなくなる。

「ごめん、芽衣……。急ぎすぎてるか？　もしそうなら、言ってくれ。だが、ペースダウンできるかどうかは、ちょっとわからないな……」

斗真が芽衣を上目遣いに見つめながら、そう言った。そして、言い終わるなり、またすぐにもう片方の乳房を口に含んだ。

「あっ……あ――」

乳暈《にゅううん》から先端までをまんべんなく甘噛みされ、繰り返しちゅうちゅうと吸われた。

その音が、信じられないほど淫《みだ》らだ。

実際に愛撫《あいぶ》され、聴覚でも性的な興奮を味わっている。

ちゅぷん、と音がしたあと、斗真の口から濡れた乳先が覗いた。桜色に染まった乳暈《にゅううん》がぷっくりと膨らみ、身体中が熱に浮かされたように上気する。

「芽衣の胸……すごくセクシーだな。やわらかくて、口の中で蕩《とろ》けるようだ……。甘くて舌触りがいいし、もっと欲しくてたまらなくなる――」

斗真が、言葉どおりに芽衣の乳房を執拗《しつよう》に愛撫《あいぶ》する。

「セ……クシー？　わ……わたしが……？」

元気で明るい性格なら、褒《ほ》められた事はある。顔だって、お年寄りから何度か可愛いと言われた。

けれど、いまだかつて身体を褒《ほ》められた事などなく、ましてや特定のパーツを取り上げてセクシーだなどと異性から言われた事なんて皆無だ。

「そ……そんなの、言われた事ありませ――ふぁあっ……」

先端を上下の歯で固定され、舌でチロチロといたぶられた。たまらずに身をよじってうつ伏せになると、斗真が芽衣の背中を抱き寄せて首筋に唇を這《は》わせてきた。

びくりと身を震わせて前屈《まえかが》みになった芽衣のショーツの中に、斗真の手が忍んでくる。柔毛を指で掻き分けられ、その先にある小さな突起を指の腹でクッと押された。

「ひぁああっ！」

頭の中で火花が散り、経験した事のない衝撃が全身を貫いた。震えながら喘《あえ》ぎ、自然と身体がくの字になる。

膨らみの周りを辿《たど》るようにクルクルと指を這《は》わされ、身体中の肌がカッと熱くなった。いまだかつてないほど淫《みだ》らな想いに囚《とら》われ、たまらずに啼《な》き声を上げる。

「やぁっ……そ、そこ……そんな事、しちゃ……ゃあぁんっ！　あぁ――」

強すぎる刺激に耐えられず、芽衣は闇雲に手足をばたつかせた。

手を前につき、膝立ちになって逃げようとしたが、斗真の腕にうしろからやんわりと羽交い締めにされてしまう。

「芽衣……前を見てごらん」

耳元で囁《ささや》かれ、瞬《まばた》きをして正面に見える窓を見た。

そこに映っているのは、ビル群の夜景と一体化した、裸の自分だ。すぐうしろには斗真がいる。彼は背後から芽衣の腰に腕を回し、もう片方の手で乳房をまさぐっている。

「やっ……だっ……」

斗真の身体は、どこも硬く引き締まっている。それに比べて、自分ときたらあちこちに余分な脂肪がついており、筋肉がついているところなどひとつもない。

「み……見ちゃダメです！」

芽衣は裸を見られまいとして、腰を右に捻《ひね》った。

「どうしてダメなんだ？」

「だって、こんな緩んだ身体……恥ずかし――ん、ん……」

芽衣がそっぽを向くと、斗真が俯《うつむ》いた唇にキスをしてきた。そうしている間に、彼の手がショーツのリボンを解き、太ももの内側に掌《てのひら》を滑り込ませてくる。

「芽衣の身体の、どこが恥ずかしいんだ？　……どこもかしこも柔らかくて、かぶりつきたくなるほどエロティシズムを感じさせるところか？」

「へっ……？　そ、そうじゃなくて、全身ぷにぷにで、締まりがないからで――きゃっ……」

ショーツを脱がされ、身体を隠すものが何もなくなってしまった。

自分から処女をもらってほしいと言ったはいいが、身体の準備はもとより心構えすらできていなかったようだ。

「こんな身体の、どこにエロティシズムを感じるんですか？　ぜんぜんエロくなんかないですよ。胸は小さいしウエストは括《くび》れてないし、お尻は大きくて脚も太いし――あっ……はぁんっ……と、斗真さんっ……」

斗真の指が芽衣の花房を割り、中を縦にこすった。はじめての刺激に、芽衣は息も絶え絶えになって彼の腕の中で身を震わせる。

「芽衣がそう思わなくても、僕はエロいと感じてる。もっと芽衣を触りたいと思うし、芽衣のぜんぶにキスして、とろとろになるまで舐《な》め尽くしたい。つまり、芽衣にものすごく欲情してる。今すぐに芽衣の中に挿れたくてたまらないよ」

「嘘っ……そんなはずないです」

セクシーだのエロいだのと言ってくれるが、おそらくそれは気を遣ってそう言ってくれているだけだ。

「嘘じゃない。言っただろう？　僕は芽衣に対して正直でいたいと思っているし、芽衣に嘘をつきたくないって」

斗真が芽衣の肩を引き寄せ、自分のほうを向かせた。向かい合わせになり、唇にキスをされる。

舌で上唇の内側をなぞられ、身体の中が熱くざわめく。キスを続けながら、彼が芽衣の手を自分の胸に触れさせた。

導かれるまま徐々に手を下げていき、斗真の綺麗に割れた腹筋を掌《てのひら》に感じた。さらに下に進もうとして、指先が何かに阻《はば》まれて止まる。

「これでも、嘘だと思うか？」

一瞬、何かわからなかったものの、すぐに理解して顔が焼けるように熱くなった。

咄嗟《とっさ》に手を引こうとしても、斗真が許してくれない。

芽衣は彼と視線を合わせながら、硬くしなやかな先端に触れた指先を、ほんの少しだけ動かしてみた。

斗真が僅《わず》かに目を細めると同時に、それがピクリと反応する。

「あっ……」

思わず声が出て、身体中から力が抜けたようになった。そのままへたり込むように腰を落とすと、意図せずして屹立《きつりつ》の位置が芽衣の目の高さと同じになる。

「え……っ……、あ……」

生まれてはじめて見る男性器が、すぐ目の前で硬く猛《たけ》っている。ただでさえ早鐘を打っていた心臓がドキリと跳ね、あたかも全速力で走ったあとのように息が乱れ始めた。

指で顎《あご》を引き上げられ、斗真と再度目を合わせた。

「誰のせいでこうなってると思ってるんだ？　言っておくが、これほどの状態になったのは、はじめてだぞ」

上から見据えてきて、ふっと微笑む。芽衣を見下ろしている斗真は、まるでこの上なく猛々《たけだけ》しい男神みたいだ。

芽衣は、黙ったまま魅入られたように彼の顔を見つめる。

そして、顎《あご》を落とし屹立《きつりつ》に唇を触れさせた芽衣は、我知らず濃蜜色に染まる先端を口に含んでいた。

自然と目蓋《まぶた》が下り、唇と舌だけに神経が集中する。

「――芽衣っ」

斗真の声が聞こえると同時に、身体が揺れて前に倒れた。

気がつけば口に含んでいたものがなくなっており、芽衣は「あっ」と声を上げて瞬《まばた》きをした。

目前には斗真の腹筋がある。

どうやら、知らない間に彼の腰に寄りかかるようにして抱きついていたみたいだ。

(わ……私、今、いったい何を……？)

芽衣がハッとして顔を上げると、ずっと下を見下ろしていた様子の斗真と目が合った。

彼の手が伸びてきて、指で芽衣の唇をそっと摘まんだ。

ついさっきまで神経をそこに集中させていたから、触れられるだけでも声が漏れてしまう。

「芽衣……処女なのに、ずいぶんお転婆な事をするんだな」

「……す、すみませんっ……わ……私……なんだかわからないうちに……」

「謝らなくていいよ。むしろ、芽衣がどれだけ本気で僕とセックスしたがっているかが、わかってよかった。すごく可愛いし、ますます芽衣に惹かれる気持ちが強くなった。さあ——今度は、僕が芽衣をとろとろに蕩《とろ》けさせてあげる番だ——」

「ひゃっ……」

ベッドの上に仰向けに倒され、唇にたっぷりとキスをされる。舌が首筋を下り、デコルテの至るところにキスが降り注《そそ》ぐ。

左肩をやんわりと齧《かじ》られ、腕の内側に繰り返し吸い付かれた。反対側の腕も同じようにされて、それが済むと両手を掌《てのひら》にすくわれ、左右それぞれの手の先に唇を押し付けられる。

その様は、優雅でありながらとても淫靡《いんび》だ。

芽衣は、いっそう斗真から目が離せなくなる。

「そうだ。そうして、自分が僕にどうされるのかずっと見てるといい」

そう言いながら、斗真が芽衣の上にゆったりと覆《おお》いかぶさる。そして、左手で右胸の先をキュッと摘まみ、右掌《てのひら》で花房を包み込んだ。

小さく声が漏れ、期待どおり左乳房をチュッと吸われた。舌で乳先を弾《はじ》かれ、歯で乳《にゅう》暈《うん》をそっとこそげられる。

それだけでも気が遠くなりそうになったのに、花房に入り込んだ指が秘裂を縦横に撫で回し得も言われぬ快感をもたらす。

「あああんっ！　あんっ！　ぁああああっ……！」

花芽を弄《いじ》られながら両方の乳房を繰り返し舌で愛撫《あいぶ》され、芽衣はひっきりなしに嬌声《きょうせい》を上げる。

そんな自分を恥ずかしく思いつつも、声を抑える事ができない。

斗真のキスがさらに下りて、ウエストと腰回りを緩く甘噛みしてくる。

「お……お腹……恥ずかしいです……」

芽衣が囁《ささや》くような声でそう訴えると、斗真がチラリと視線を上に向けて目を合わせた。

「そうか？　……じゃあ、お腹とここ――どっちが恥ずかしい？」

斗真はそう言うと、芽衣の両方の膝を持ち上げ、ゆっくりと左右に押し広げた。

「やっ……」

閉じた花房が花開き、秘裂がすっかりあらわになった。

お腹とそこでは、恥ずかしいの種類とレベルが違いすぎる。

芽衣の戸惑いをよそに、斗真がそこに顔を近づけて秘裂に舌を這《は》わせた。そして、芽衣を見つめながら溢《あふ》れる蜜を丁寧に舐《な》め始める。

あまりにも淫《みだ》らな光景を前にして、芽衣は声も出せず与えられる快感を甘受する事しかできない。

「いきなりは入らないから、少しずつ舌と指でほぐしていく。痛かったり、イヤだったりしたらすぐに言うんだぞ？　いいね？」

言い聞かせるようにそう告げられ、芽衣は喘《あえ》ぎながらかろうじて首を縦に振った。

「……えっ……？　し、舌っ……？」

気がついた時には、斗真は芽衣の太ももを自分の肩にかけ、蜜口に唇を強く押し当てていた。

「はぅっ……あっ……あっ……あああ……」

斗真の硬く尖らせた舌が芽衣の蜜窟の縁を抉《えぐ》り、浅く抽送《ちゅうそう》を始めた。

途端に全身が強張《こわば》り、蜜口がキュッと窄《すぼ》まる。押し出された斗真の舌が花芽へ移動し、ツンと尖った頂《いただき》をぺろりと舐《な》め上げた。

「ああんっ！」

突然の強い刺激に背中が仰《の》け反《ぞ》り、ふっと力が抜けた隙をついて斗真の指が蜜窟の中に沈んだ。

そこを捏《こ》ねるように指を動かし、少しずつ奥を広げていく。

舌で花芽を押し潰すように愛撫《あいぶ》されて、芽衣は我にもなく声を上げた。押し上げられている自分の膝を、いつしか自ら腕に抱え込んでいる。

自然と腰を上向きにする姿勢になり、顔を上げた斗真と目が合った。

「自分から挿れやすい恰好をするなんて、なんて素直ないい子なんだ。……このまま思いきり抱き潰してしまいたくなるほど淫《みだ》らだ」

「そ、そんなつもりじゃ……ん、んんっ……」

起き上がった斗真が、蜜窟の中に指を挿れたまま唇にキスをしてきた。

その顔には、いつものクールで紳士的な彼とはまるで違う、獰猛《どうもう》で飢《う》えた野獣のような表情が浮かんでいる。

「芽衣……芽衣……」

名前を呼ばれ、何度となく唇を合わせながら舌を搦《から》め取られる。少しずつ指の太さに慣れた隘路《あいろ》が、ひくひくと蠢《うごめ》いているのがわかった。

クチュ、クチュ――

指を動かすたびに、小さく聞こえてくる水音に酔い、芽衣は息を弾ませながらいつの間にか斗真の背中に腕を回していた。

だんだんと柔らかくなったそこに、指が一本、二本と追加された。そのたびに息苦しくなるものの、やめてほしいとは欠片《かけら》も思わない。

できる事なら、彼が言ったように思いきり抱き潰してほしい――

芽衣は無意識に斗真の背中に回した腕に力を込めた。

グチュ、グチュ――

新たに蜜が溢《あふ》れ出るのがわかるようになり、それにつれて水音がだんだんと大きくなる。

「だいぶ、ほぐれてきたな。芽衣……そろそろ挿れていいか？」

唇の内側をなぞられながらそう言われ、即座に頷いてしまった。斗真が芽衣を見つめながら、唇にそっとキスをする。

「辛かったら、すぐにそう言ってくれ。そうでないと、ぜったいに最後まで止まらないぞ」

「はい……」

斗真がサイドテーブルから避妊具を取り上げ、袋の端をピリリと歯で噛み切る。

互いに唇を寄せ合い、チュッと音を立ててキスをしたのが始まりの合図になった。

両脚を斗真の腰の上に誘導され、彼に絡みつくように足先を重ねる。

はじめは、屹立《きつりつ》の先で蜜口の縁をなぞられるだけだった。

斗真と目を合わせ、呼吸も同じにしながら少しずつ先端を受け入れていく。徐々に強くなっていく圧迫感に、芽衣の呼吸が浅くなる。大きく息を吸い込んだ時に、ずぶ、と屹立《きつりつ》を中に沈められた。

「ああっ！　……あ、あああ……ぁ……」

吸い込んだ息が行き場を失くし、声が途切れた。

芽衣はどうしていいかわからずに睫毛《まつげ》を小刻みに震わせる。

「芽衣──っ」

名前を呼ばれ、唇にそっと息を吹きかけられた。

彼の呼気に誘われるように息を吐き、すぐにまた喘《あえ》ぎながら胸いっぱいに空気を吸い込んだ。

ず、ず、と腰が前に進み、硬い切っ先が隘路《あいろ》をメリメリと押し広げる。

それは、舌や指の時とはまるで違う。

喉元に届くほどの大きな圧迫を感じ、芽衣は微かに悲鳴を上げた。

懸命に斗真の背中にしがみつき、つま先を強張《こわば》らせながら彼の腰の動きに追随《ついずい》する。

抽送《ちゅうそう》は緩やかで、芽衣はゆりかごのようにゆったりと揺られながら身体の中に斗真を受け入れていく。

「あぁんっ……！　あんっ……あぁああんっ……！」

全身に圧し掛かる斗真の体重と、彼の体温。

身体を押し開かれ、奥深くまで暴かれていく感覚がたまらない。

芽衣は、夢中で斗真にしがみつき、熱い吐息を漏らし続ける。

斗真の腰の抽送《ちゅうそう》が速くなり、抱き寄せる彼の腕の力が徐々に強くなった。奥を深く穿《うが》たれるたびに強い愉悦《ゆえつ》が押し寄せてきて、身体がどこかに飛んで行きそうになる。

「と……うま……さ……ぁああああっ――」

込み上げる強い快感に身も心も呑み込まれ、天も地もわからなくなった。

「芽衣っ……」

斗真に名前を呼ばれると同時に、蜜窟の中で屹立《きつりつ》が一段と容量を増した。最奥《さいおう》にぴったりと突き当たった先端が、繰り返し力強く脈打つ。身体の一番深い部分が、熱く震えるのがわかる。

芽衣は目蓋《まぶた》を震わせながら、見つめてくる瞳に目を凝《こ》らした。

「……斗真……さ……あっ、あ……」

絶頂を味わった蜜窟が不随意《ふずいい》に窄《すぼ》まり、意図せずして屹立《きつりつ》をきゅうきゅうと締め上げる。

斗真が微笑み、緩く腰を動かしながら唇を合わせてくる。

「可愛いよ、芽衣……。もっと芽衣が欲しい。……いいか？」

芽衣は斗真と交じり合っている悦《よろこ》びに浸《ひた》りながら、彼にキスを返し背中にきつく指を食い込ませるのだった。


「芽衣。起きろ、芽衣」

間近で聞こえる斗真の声に、芽衣はハッとして目を開けた。

暗かった視界が、一転して明るい陽光が指す広々としたホテルの一室になる。

仰向けになって寝ている自分を、すぐ隣に寝そべった斗真が上から見下ろしている。

「……えっ？　副社長……？　ぁんっ……ん、ん……」

ふいに唇にキスをされ、腰をグッと引き寄せられた。掌《てのひら》で双臂をまさぐられ、若干寝ぼけていた頭が一気に覚醒する。

「副社長じゃなくて、斗真だろ？　ここでこうしている理由の説明が必要かな？」

斗真が微笑みながら、芽衣の額《ひたい》にかかる髪の毛を指でうしろに撫でつける。こちらを見る彼の視線が、この上なく優しい。

「いえっ……ちゃ、ちゃんと覚えてます。大丈夫です！」

昨夜の記憶と目の前の秀麗な顔に、芽衣は思いきり狼狽《うろた》えつつも、なんとか返事をした。そうだ。

自分は昨日から斗真とデートの予行練習中で、その流れで彼とセックスをした。そんな、めくるめくひと時を忘れるはずがない。

「ははっ、それならよかった。身体は辛くないか？」

斗真が優しい声音で、そう訊《たず》ねる。身体は密着しているし、心身ともに彼との距離が急激に近くなった感じだ。

「はい。……斗真さん、今、声を出して笑いましたね。しかも、すごく自然な感じで」

「……そう言われれば、そうだな。ふっ……なんだか、やけに気分がいいんだ。ちょっと待ってろ。今、何か飲むものを持ってきてやる」

斗真は、そう言うなり身を起こし、ベッドの隅に追いやられていたバスローブを羽織った。

芽衣は部屋を出ていく彼のうしろ姿を見送ったあと、素早くベッドの上に起き上がった。

夢ではなく、現実に斗真に抱かれた。

その証拠に、胸元にたくさんのキスマークが残っている。

(まさか、受け入れてもらえるなんて思わなかったな……)

クラブサンドイッチから始まり、ドライブに美術館。ヘリコプターにホテルのデラックススイートとゴージャスなディナー。

そこからの、ロストヴァージン——

どれも皆夢のように素敵だったし、今だって信じられない思いだ。

芽衣は、斗真と一夜をともにし、彼に抱かれた事でますます恋する気持ちが深まっているると実感する。

「お待たせ」

斗真が朝食を載せたカートを押しながら、ベッドルームに戻って来た。

「ちょうど朝食が届いたんだ。せっかくだから、ここで食べようと思って持ってきた。ほら、喉が渇いただろう?」

斗真がオレンジジュースの入ったロンググラスを差し出してくる。言われてみれば、確かに喉が渇いていた。

芽衣は礼を言ってそれを受け取り、ごくごくとオレンジジュースを飲んだ。

「美味《おい》しいっ！　冷たくて、濃厚で……頭と身体がいっぺんに起きた、って感じです！」

「そうみたいだな。今の声、結構耳にきた」

斗真が若干渋い顔をしながら、片方の耳を掌《てのひら》で押さえた。

「すみませんっ……。つい……」

「ははっ、冗談だ。というか、芽衣の大声には、もう慣れたよ」

「……笑うのにも慣れてきてますよね。ちょっと前までの気難し屋の斗真さんは、どこに行った？　って感じで、すごくいいです」

彼は起きるなり何かと気を遣ってくれるし、言動にも思いやりが感じられる。

芽衣は自然とニコニコ顔になり、自分を見る斗真に見惚れた。

「ふん……僕は、そんなに気難し屋だったか？　いや、そうだったな。今なら、よくわかるし、そう思えるようになったのも、芽衣がはっきり指摘してくれたからだ」

斗真が朝食のプレートから、ひと口大のパンケーキを取り上げ、その上に生クリームとイチゴをトッピングする。

「芽衣には感謝してる。ほら、口を開けて」

口元にパンケーキが近づいてきて、言われたとおり大きく口を開けた。もぐもぐと噛んでいると、甘いクリームとイチゴの酸味がほどよく混ざり合った香りが鼻孔をくすぐる。

「おいぃ〜しぃ〜」

歌うようにそう言うと、斗真が嬉しそうに目を緩ませる。

「変な言い方だな。ほら、もうひとつ食べるか？　今度は生クリームチョコバナナ載せだ」

斗真が機嫌よさそうに二つ目のパンケーキを作り始めた。

それにしても、まるで本当の恋人みたいな親密さだ。日を跨《また》いだが、まだデートの予行練習は続いているのだろうか。

「ほら、できたぞ」

開けた口の中にふたつ目のパンケーキが入ってきて、またもぐもぐと口を動かす。その様子をじっと見つめられ、にわかに恥ずかしくなった。

「ごほっ……」

喉に詰まり、小さく咳をする。すると、斗真がすぐにさっきとは別のグラスを手に取り、ストローの先を口元に持ってきてくれた。

芽衣はそれを吸ってグラスの中のジュースを飲んだ。

「これ、ピーチジュース？　すごく美味《おい》しい！　こんなの、はじめて飲みました」

「そうだろう？　ここのピーチジュースは新鮮だし、飲みごたえがある。ほら、もっと飲んで」

勧められ、またストローを咥《くわ》えて、ピーチジュースを飲む。

芽衣は、とろりとして濃厚なそれを口いっぱいに含んだ。

「……エロいな」

斗真が芽衣の口元を見ながら、ポツリと呟いた。

「あ、あ、朝っぱらから、何を言ってるんですかっ！」

「いや、つい、昨夜いきなり咥《くわ》えられた時の事を思い出して――」

「わーーっ‼　わっ、わあああああっ！」

芽衣は大声を張り上げながら、口の前に人差し指を置いた。

「うるさい！　さすがに、今のはうるさすぎだ！」

斗真も、芽衣に負けじと大声を張り上げる。

「だ、だって、斗真さんが……斗真さんが、そんな事言うから……」

言いながら、顔が熱くなるのがわかる。その熱が肩まで下りて、じんわりと胸元まで広がる。

「ふむ……そうか……」

急にしおらしくなって頬を染める芽衣を見て、斗真がニンマリと微笑んだ。

「確かに、そんな事を言われたら赤くなって困るしかないよな。……だが、そうなっている芽衣を見るのも悪くない――というか、すごくいい」

「は、はいっ？　なんですか、それ」

芽衣が睨《にら》むと、斗真が笑いながら小さく舌なめずりをする。

「ちょっ……今のエロっ……。斗真さんのほうが、よっぽどエロいですよ！」

「それは、芽衣がそうさせるからだ。赤くなって困ってる芽衣は、パンケーキ以上に美味《おい》しそうだ」

斗真が手を伸ばし、芽衣の口元についていた生クリームを拭った。そして、フォークで刺したゴールデンキウイを食べさせようとする。

「ほら、あーん」

言われたとおり口を開け、それを食べる。

「今、思ったんですけど、斗真さんって、実は甘やかし上手なんですね……？」

「甘やかし上手？　そんな事、はじめて言われた」

斗真が驚いたような表情を浮かべる。しかし、手に持ったフォークに気がついて、ふっと笑った。

「それは、芽衣だからだろう。芽衣以外には、こんな事をする気にはならないと思うな」

「そうなんですか？　今までお付き合いされた女性にはした事がない、と？」

「ない。ベッドで朝食なんてはじめてだし、セックス自体、ただの吐精行為だった」

「と、とせい……？」

言葉の意味を説明され、芽衣はいっそう赤くなって、オタオタする。

「だが、昨夜はそうじゃなかった。芽衣に対してはっきりとした性欲を感じたし、あれほどセックスに没頭したのははじめてだ」

斗真が真剣な顔でそう語り、芽衣の頬を掌《てのひら》で撫でた。

「芽衣は、これまで出会ってきたどの女性とも違う。無意識に自分から触ってたし、一度触れたらもっとそうしたくなった。今だってそうだ。芽衣を見てると、つい構いたくなる。芽衣が喜ぶと、こっちまで嬉しくなる。だから、今こうしてるんだ」

優しい目でじっと見つめられ、耳朶《じだ》が痛いほど火照《ほて》ってくる。

「芽衣は今、喜んでくれているか？」

斗真がほんの少し首を傾けながら、甘い声でそう囁《ささや》いてきた。

「もちろんです！」

芽衣が即答すると、斗真が満足そうに目を細め、にっこりする。その顔が魅惑的すぎて、心臓が破裂しそうになった。もはや表情筋は緩み切っており、頭の中はグツグツと茹《ゆ》だっている。

「とっ、斗真さんは、外見も中身もワールドクラスの美男です！　そんな超絶イケメンがそんなふうに微笑むとか、素敵を通り越して神々《こうごう》しさすら感じますよ」

芽衣は彼に魅入られたようになり、手元のブランケットを握りしめる。

「ああ、なんでここにカメラを持ってこなかったんだろう……。今の斗真さんを見たら誰だって魅了されるし、『冷淡』とか『毒舌家』とかのイメージなんて吹っ飛んじゃいますよ！」

芽衣が身体を揺すりながら悔しがっていると、斗真がふいに眉間に縦皺《たてじわ》を寄せた。

「ふん……ずいぶん仕事熱心だな。芽衣にとっては、僕とプライベートな時間を楽しむより、取材のほうが大事なのか？」

「えっ？」

さっきまでの機嫌の良さは、どこへやら——斗真の顔から笑みが消え、見慣れた渋い表情が浮かんでいる。

「もちろん、それだけじゃないですよ？　でも、そもそも取材のお話がなければ、斗真さんとこんなに親しく話したりできなかったって意味で……」

芽衣が言い訳しても、斗真は依然として仏頂面《ぶっちょうづら》をしたままだ。しかし、ただ機嫌を損ねて怒ったというのとは違うような気がする。

「……あの……まさかとは思いますが、斗真さん、拗《す》ねてますか？」

そう言った途端、じろりと睨《にら》まれて肩を窄《すぼ》めてすくみ上がった。

「芽衣がそう思うのなら、そうなんじゃないか？」

投げやりな感じでそう言われ、芽衣はつい可笑《おか》しくなって含み笑いをしそうになった。

「斗真さん、感情表現や表情が、ものすごく豊かになりましたね」

「そうか？」

斗真が自分の顔に掌《てのひら》を当てながら、そう言った。そして、芽衣を見つめながら、ふっと笑い声を漏らす。

「芽衣といると、自然とそうなる。思えば、こんなふうに笑ったりするのは、子供の時以来だな。我ながら、驚きだ。僕が今、笑っていられるのは、芽衣がいてくれるおかげだ。芽衣と知り合えて、心からよかったと思うよ」

斗真がそう言いながら、嬉しそうに笑う。

芽衣は、それを見て、いっそう表情を緩めた。

「そう言ってもらえて、よかったです。斗真さんの笑顔、本当に素敵です。私のほうこそ、斗真さんといると、嬉しくて顔が緩みっぱなしになってますよ」

芽衣が斗真のほうに顔を近づけると、彼が頷いて軽く笑い声を上げる。

「そうみたいだな。ほら、次はパンケーキのアイスクリームサンドだ」

「え？　そんなのまであるんですか？　斗真さんって、本当に甘やかし上手ですね。もう間違いないです！」

芽衣は斗真の手からパンケーキを食べ、挟んであるアイスクリームの冷たさに肩をすくめた。

「さっきから、私ばっかり食べてますよね。斗真さんも食べてください。すごく美味《おい》しいですよ」

芽衣に促《うなが》され、斗真が何も載せないパンケーキを一枚口に入れた。

「トッピングはナシですか？　甘いものは、苦手でしたか？」

「そうだな。あまり得意じゃない。もし甘いものを載せて食べるなら、芽衣がいいかな」

微笑みながらそう言われ、もう一度聞き直しそうになる。

「えっと……それって、私がスイーツみたいに甘いって意味ですか？」

「他にどんな意味があるんだ？」

斗真が芽衣の唇に、そっとキスをした。数センチの距離で見つめられ、体温が一気に上昇する。

「芽衣なら、いくらでも食べられる。きっと一日中食べ続けても、食べ足りないだろうな」

唇を軽く噛んで、咀嚼《そしゃく》する真似をする。

ついこの間まで人を寄せ付けないオーラを放っていた彼が、ここまで変わるなんて……

（斗真さんって、本当に素敵……。こんなふうにされたら、誰だって好きになっちゃうよ）

芽衣はうっとりすると同時に、斗真が無自覚の女たらしになり得る事に気づいた。

しかも、これほどのハイスペックイケメンなら、もはや無敵なのでは……。

頭の中に、美女に囲まれた斗真の映像が浮かびそうになる。それを打ち消すように、芽衣は急いで首を横に振った。

「どうした？」

「いえ、何も」

頭をよぎった事をそっと胸に封印する。せっかくこうして二人きりでいるのだ。今だけは、斗真といられる貴重な時間を楽しみたい。

朝食を食べ終え、斗真がベッドテーブルを片づけてくれた。

「ごちそうさまでした。ベッドで朝食なんて、なんだかお姫さまになった気分でした。おかげさまで、お腹いっぱいです」

芽衣が満足そうにお腹を撫でると、斗真がついと手を伸ばして手首を握ってきた。

「そうか。だが僕は、まだ腹八分だ。……というか、今感じてる〝食べたい〟という欲求は、パンケーキや果物じゃ満たされない」

じっと見つめられ、ジリジリと頬が火照《ほて》ってきた。

「そ……それは、どういう意味ですか？」

「そこまで赤くなってるんだ。察しはついてるだろう？」

「ちょっ……ん、んっ――」

唇を奪われると同時に、ベッドの上に仰向けに押し倒された。

「で……でも、斗真さんは甘いのはあまり得意じゃないって――」

「芽衣は特別だ。それに、ただ甘いだけじゃなくて、癖になる滋味《じみ》がある」

「そ、そんな……ぁっ、あああんっ！」

バスローブの前を開かれ、両方の乳房にキスをされる。昨夜とは違う、明るい部屋での愛撫《あいぶ》は、逃げ出したくなるほど恥ずかしい。

「と、斗真さんっ……あっ……あ、あっ……」

彼は本来、好きになってはいけない人だ。ずっと一緒にはいられない――そうわかっていても、斗真を受け入れたいという気持ちを抑えられなかった。

「芽衣――」

囁《ささや》くように名前を呼ばれ、身体の芯が蕩《とろ》けた。

斗真が芽衣の腰の位置で膝立ちになって、バスローブを脱いだ。

彼はその下に何も着ていない。

芽衣は、目の前に見える鴇《とき》色の屹立《きつりつ》から目が離せなくなる。そんなはずはないのに、急に喉がカラカラに渇き、知らないうちに唇を舐《な》めていた。

なぜか口の中に唾液が溜まり、それを呑み込まずにはいられなくなる。芽衣をじっと見下ろしていた斗真が、小さく含み笑いをした。

「やっぱり、芽衣はエロいな」

「だから、エロいのは斗真さんのほう——ひゃっ！」

斗真が、ふいに芽衣をベッドから抱き上げ、部屋の入り口に向かって歩き出した。

「せっかくだから、一緒に風呂に入ろう。ついでに身体も洗ってやる」

「えっ……ええっ？」

彼はあわてふためく芽衣を抱いたまま悠々と廊下を行き、バスルームに入る。

昨夜はじめてのセックスをしたあとも、斗真に抱かれてバスルームに向かった。けれど、その時はシャワーで軽く流しただけで、ただひたすらに疲れ果てて早々に寝てしまったのだ。

いったい、いつの間にオーダーし準備してくれたのか、バスタブは真っ白な泡でいっぱいになっている。

昨夜は濃厚な薔薇《ばら》の香り。

今朝は、すっきりとした石鹸の香りだ。

「いい香り……」

思わず、うっとりしてしまったが、ここはベッドルームよりも窓が近く明るさも増している。

床に下ろされるなりバスローブを脱がされ、抱きしめられて唇にキスをされる。

「と、斗真さんっ……」

「芽衣は、ここに座ってじっとしてるだけでいいから」

バスルームの窓辺には、腰かけられるくらいのスペースがある。背面に大型の鏡が配されたそこに座らされ、斗真が芽衣の前に片膝を立てて腰を下ろした。

「芽衣……朝日を浴びて、余計可愛く見えるな。……いや、可愛いというよりも、綺麗だ」

まったく躊躇《ちゅうちょ》する事なく、そう言われ、額《ひたい》にキスをされた。可愛いならまだしも、綺麗だと言われた事など生まれてはじめてだ。

（またそんな事を、サラッと口にするんだから——）

斗真は正直でいると言ってくれたが、さすがにリップサービスでは？

「そんなふうに言ってくれるの、斗真さんだけですよ」

「当たり前だ。芽衣のこんな姿を知っているのは僕だけだからな」

意味ありげな視線を投げかけられ、芽衣は赤くなって顔を伏せた。

「斗真さん……私……本当に綺麗ですか？」

思い切ってそう訊《たず》ねると、斗真が芽衣を正面から見つめながら微笑む。

「本当だ。芽衣は疑り深いんだな」

「だって、どう見てもそうじゃないから……たとえば、私が小島樹里さんみたいな容姿だったらわかりますけど……」

「どうしてそこで小島樹里が出てくるんだ？」

「だってこの間、樹里さんの事をすごく褒《ほ》めてたし、彼女ならお嫁さんにしたい芸能人ナンバーワンになっても不思議じゃないって——」

「芽衣」

優しく名前を呼ばれると同時に、唇がぴったりと重なる。明るい場所で見る斗真の目は、吸い込まれそうなほど神秘的だ。

「ん、ん……っ……ぷわっ……」

キスが終わり、両方の手で顔を包まれる。斗真の指が、芽衣の頬を摘まみ、まるで弾力を調べるかのようにムニムニと捏《こ》ね始めた。

「彼女は大多数の人が認める美人だ。僕もそれは認める、という意味で言っただけで、僕自身が彼女をナンバーワンだと思っているわけじゃない」

「でも、斗真さんは彼女の肌質を褒《ほ》めてましたよね。それって、実際に触った事があるからじゃないんですか？　……つまり……彼女とも——」

「彼女ともセックスをした、と言いたいのか？　答えは〝ノー〟だ。これでも研究者だから、肌質なんて見ただけで、大体はわかる。僕にしてみれば、彼女よりも芽衣のほうがはるかに魅力的だ。どちらかを選べと言われたら、僕は迷わず芽衣を選ぶ」

きっぱりとそう言われて、思わず顔がにやけた。それを見て、斗真が声を上げて笑い出した。

「その顔……今まで見た中で、一番の変顔だな」

「と、とうまひゃんが、ほっぺひゃを摘まんでうからでひょ！」

頬を摘ままれているから、うまく発話できない。

芽衣が怒ると、彼はいっそう大きく笑い声を上げた。手を離し、間近でじっと見つめる。

「美の基準ほど曖昧《あいまい》なものはない。僕にとって芽衣の身体は、ボッティチェッリが描いたヴィーナスみたいに美しいよ」

ボッティチェッリのヴィーナスは美しい。今の価値観からすると少々ぽっちゃり気味なのは否《いな》めないが、感じ方は人それぞれだ。

「芽衣は可愛くて綺麗だ。僕が言うんだから間違いない。芽衣は、もっと自信を持っていいよ」

明るい陽を浴びた彼の顔は、到底嘘をついているとは思えない。

たとえ、斗真の美の基準が大幅にずれていようと、彼がそう言ってくれるなら素直に喜べばいいのだ。

「ありがとうございます！　私も、もう少し自分の身体を好きになれるようにします。……なんて――んっ……」

唇にキスをされ、右胸を掌《てのひら》で捏《こ》ねるように揉まれる。指先で弄《いじ》られた胸の先は、もう硬くしこって濃い桜色に染まっている。

「芽衣……もしかして、やきもちを焼いたのか？」

「そ……そんなんじゃ……あっ……あ――」

彼の左手が芽衣の太ももの内側に移動する。そして、すぐに割れた花房の間に指を当て、関節で花芽を左右に嬲《なぶ》り始めた。

「ひぁっ！　あ、あああんっ！」

そこから眉間を貫くような強い快楽を感じて、芽衣は鏡面に背中を押し付けるようにして上体を反《そ》らした。

「正直に言うんだ。僕が小島樹里とセックスしたんじゃないかと思って、妬いたんだろう？」

「……は……はい……」

「素直なのはいい事だ」

斗真が満足そうな顔で、ニンマリする。

「身体は見た目だけじゃなく、感度も重要だ。芽衣は、その点では特に優れている。濡れやすいし、啼《な》き声もいい。芽衣……今もトロトロに濡れてるな……どうしてかな？」

花芽を愛撫《あいぶ》していた彼の指が、蜜窟の入り口に移った。

「……ふ……」

ゆっくりと唇が合わさり、舌で閉じた口を開かされる。

口蓋《こうがい》を舌先でなぞられ、全身がぶるりと震えた。あたかも、身体の中を愛撫《あいぶ》されているみたいに、呼吸が荒くなり、肌が熱くざわめいてくる。

斗真との甘い時間に酔いながらも、肌を刺す明るい陽光が芽衣に、今が儚《はかな》い夢のような時間である事を思い出させた。

この状況は、特別にセッティングされたシチュエーションだ――

言ってみれば、仕事の一環であり、斗真と見合い相手のデートの予行練習にすぎない。けれど、どうしても彼を想う気持ちが、理性的な考えを押しのけようとする。本来であれば、自分はきちんと立場をわきまえて、適切な言動を取るべきだ。

今を大切にしたいという気持ちはあるが、斗真に負担をかけてはならない。

見つめてくる瞳に吸い込まれそうになり、芽衣は背中を鏡に押し付けるようにして顔をできる限り遠ざけた。

「あの……斗真さん。私が、はじめてだったとか、ぜんぜん気にしないでくださいね。もともと私が無理にお願いしたんですから、責任とか弄《もてあそ》ぶとか、そんなふうに考えてくださらなくていいので――」

せっかくの甘いムードに水を差すような事を言っていると、わかっている。しかし、彼の好意に甘えすぎてはいけないのだ。

芽衣を見る斗真の目が、何度か瞬《まばた》きをした。彼は何かしら考えるような表情をして、おもむろに口を開いた。

「そうはいかない。確かに僕はデートの予行練習をしたいと言って、芽衣に応じてもらった。だが、スケジュールは実際に芽衣のために組んだものだし、それを一緒に楽しむうちに芽衣に惹かれてベッドインした。当然、後悔なんかしてないし、芽衣との関係については、今後の事も含めてきちんと考えていきたいと思ってる」

思いがけない申し出に、芽衣は心が弾むのを止める事ができなくなる。

「そんなふうに言ってもらえて、すごく嬉しいです」

思わず本音を言い、斗真を熱く見つめた。

彼は心底真面目で優しい人だ。きっと、今の言葉も本気で言っているのだろう。

でも、だからこそ、彼にそうさせてはいけない——

自分は本来ここに居るべき存在ではないし、斗真を想うなら、どんな形であろうと彼の負担になってはならないのだ。けれど、そう思うと同時に、今の時間が終わるまでの間に、彼を目一杯感じ、触れてもらいたいと思う。

「僕も芽衣が朝っぱらから、こんなに反応してくれて嬉しいよ」

「え？　あっ……、ぁんっ！」

斗真の指が蜜窟の中に浅く入り、昨夜の記憶をまざまざとそこに蘇《よみがえ》らせた。

芽衣は、たまらずに声を上げ、身体を仰《の》け反《ぞ》らせる。

身体を正面から抱え上げられ、そのまま斗真とともにバスタブの中に入った。彼の腰に跨《またが》る恰好で向かい合わせになり、唇にキスをされる。

「ん、……ふ……」

湯面を覆《おお》う泡を背中に塗られ、そのまま腰や双臀を捏《こ》ねるように揉まれた。

「ひっ……あ……と、斗真さんっ……。身体……洗ってくれるって言ったのに……ああんっ！」

「洗ってるだろう？」

斗真が芽衣を洗いながら、脚を大きく開いた。彼の膝の上に乗っている芽衣の腰が、湯の中で浮き上がる。

その間に斗真が芽衣の全身に掌《てのひら》を這《は》わせ、とりわけ敏感な部分を執拗《しつよう》に洗い上げる。

「やぁんっ……あ、泡……ヌ……ヌルヌルする……くすぐったい……ぁんっ！ああん！」

「芽衣……今の、すごくいやらしく聞こえるな。純情だと思っていたけど、案外、男を煽《あお》る術《すべ》に長《た》けていたりするのかもな――」

耳朶《じだ》を食《は》まれながらそう言われ、かろうじて保っている理性が飛びそうになる。

「そんなわけ、ないじゃないですかっ……」

「そうか？　現に僕は、芽衣に煽《あお》られっぱなしなんだがな」

下から上目遣いに見つめられ、脳味噌が蕩《とろ》けた。

禁じられた恋だとわかっていながら、一緒にいればいるほど斗真への気持ちが高まっていく。罪悪感に囚《とら》われながらも、芽衣は今の時間を手放す事ができずにいた。

諦めなければならないのに、一秒でも長く斗真を感じていたいと思ってしまう。

「斗真さん……」

芽衣は胸に秘めた万感の想いを込めて、斗真の名前を呼んだ。

「芽衣――」

斗真が、芽衣を強く抱き寄せて唇にキスをした。

今だけは、彼と二人きりでいる幸せに浸《ひた》っていたい――

芽衣はそう思いながら、彼の背中に腕を絡みつかせるのだった。


六月に入り、芽衣は日々の雑用の合間を縫って、斗真に関する記事をまとめ始めている。

取材は、彼の協力もありすべて終了した。

その結果、予定していたひと月より早く、斗真との業務上の関わりがなくなってしまった。

（それ以前に、斗真……ううん、副社長は最近出張続きだし）

斗真と週末をともに過ごしてから、今日で十日が過ぎた。

あれ以来、何度か取材の件で副社長室を訪ね、短時間ではあるものの話をした。けれど、いずれの時も黒川室長が一緒だったたし、二人きりにはなっていない。

今となっては、あの二日間は夢だったようにも思える。

数日前まで残っていたキスマークもきれいさっぱり消えてしまい、残っているのは頭の中の記憶だけ。

（あ～あ……。誰か、頭の中の記憶をプリントアウトする方法を発明してくれないかな。そうすれば、覚えている事、ぜんぶアルバムに残しておけるのに……）

パソコンのファイルを開き、データとして取り込んだ斗真の写真を表示させた。取材中に撮った画像は百枚近くあり、その他に会議の様子を収めた動画や、インタビューの音声データもある。

それらを、ひとつひとつ開いては必要に応じて加工し記事に入れていく。

集中して進める事、数時間。

気がつけばランチタイムが過ぎてしまっており、芽衣は相田に促《うなが》されて遅い昼食を取るべく席を立った。

手にしたポーチの中には、財布と一緒にスマートフォンが入っている。しかし、いつもそこにぶら下がっていたペンギンのぬいぐるみは、もうない。

いったいどこで落としてしまったのか、気がつくとなくなっていた。

（大切にしてたのになぁ……）

最近の気持ちのアップダウンの激しさにため息を吐きながら、芽衣はエレベーターホールまで歩き、ふと思い立って外階段のドアを開けた。

てっきり誰もいないと思っていたそこには、すでに先客がおり何事かブツブツ文句を言っている。

気づかれないうちにドアを閉めようとしたら、ちょうど同じタイミングで先客がこちらを振り返った。

「えっ、黒川室長。どうしたんですか、こんなところで」

そこにいたのは黒川であり、若干疲れたような表情を浮かべている。

「おや、佐藤さんじゃないですか。いや……別にどうもしませんよ。ただ、ちょっと息抜きをしに」

黒川が、若干バツの悪そうな様子で微笑みを浮かべる。

芽衣は一歩下がって、黒川に道を譲った。

「佐藤さんこそ、どうしてここに？　まさか、この階段で下まで行くつもりですか？」

黒川が閉めたばかりのドアを指した。外階段は非常用だから当然使える。けれど、建物の中にも非常階段があり、こちらは外観上の飾り的役割がメインなのだ。

「いいえ。私も、ちょっと息抜きをしようと思って」

「もしかして、これからランチですか？　息抜きのできる隠れ家的ないい店を知ってますから、よければ一緒にどうです？　おごりますよ」

いつも穏やかな黒川の笑みに、心がホッと和《なご》んだ。

「いいんですか？　じゃあ、お言葉に甘えて、ご一緒させてください」

黒川に連れられて建物の外に出た。歩いて五分程度の距離にあるそこは、かなり歴史がありそうな小さな喫茶店だ。

「こんなところに喫茶店があるなんて、知りませんでした」

「でしょう？　看板もありませんしね」

黒川曰《いわ》く、「ころね」というその店は知る人ぞ知る隠れ家のようなところで、あえて看板を出していないのだという。

「そうなんですか。私なんかが来ても大丈夫ですか？」

「もちろんです。佐藤さんなら、と思ってご招待したんです。それに、あの『悩める者の階段』を使っている人は、漏れなく私の仲間ですから」

「『悩める者の階段』って、もしかしてあの外階段の事ですか？」

「そうです。あの外階段は、私にとって息抜きというか、いろいろと行き詰まった時の避難所みたいな場所なんですよ」

店の中に入り席に着くと、初老の店主と黒川が挨拶《あいさつ》を交わす。

「佐藤さん、ここのオムライスは絶品ですよ」

「ほんとですか？　うわぁ、私、オムライスが大好きなんです」

芽衣が顔を輝かせると、黒川も嬉しそうに目を細めた。

「私もです。オムライスは、日本人のソウルフードですからね。少なくとも、私はそうだと思ってます。知ってますか？　オムライスは日本生まれの料理なんですよ」

「そうなんですか？　はじめて知りました」

「では、今日のランチはそれで決まりですね」

彼は、やって来た店主にオーダーしたあと、階段の名前の由来について話してくれた。

それによると、あの階段は社長の優子が自社ビルを建てるにあたり、ぜったいに作りたいとこだわって設置したものであるという。

「社長が昔アメリカにいた時、働いていたビルに同じような外階段があったそうです。いろいろと苦労されている中、溜まった不満をそこで吐き出す事で、ストレスを発散していたそうなんですよ」

「そうだったんですか。じゃあ、あそこで愚痴《ぐち》を言うのは、正しかったんですね」

「ははっ、やっぱり」

つい、ぽろっと階段に行った理由を口にしてしまい、黒川に笑われてしまった。しかし、同時に彼も同じ目的でそこに行ったのだとわかり意外に思う。

間もなくして店主がやって来て、テーブルの上に二人分のオムライスを置いた。それは昔ながらのオムライスで、薄く焼いた卵に形よくチキンライスがくるまれている。

芽衣は、さっそく「いただきます」を言って、スプーンでそれを食べ始めた。

「美味《おい》しい……！　ケチャップ味のご飯って、どうしてこんなに美味《おい》しいんだろう……。それに、このオムライス、なんだか心がホッとします」

「そうでしょう？　ここのオムライスは、私にとって特別なんです。『悩める者の階段』でストレスを発散したあと、この店に来てオムライスを食べる――そうすると、不思議と元気が出て、また頑張ろうと思えるんですよ」

黒川が、そう言ってオムライスを食べ始める。

「黒川室長って、いつも穏やかでニコニコしているイメージがあるんですけど、やっぱり秘書のお仕事っていろいろと大変な事があるんでしょうね」

「そうですね……いろいろあるのは確かです。でも、極力大変だと思わないのがコツというか、そう思っているうちに、本当に大変じゃなくなるんです」

「へえ……？」

「抽象的な言い回しになってしまいますが、これが私の得た真理です。それに大変だと思う時があっても、私は『エゴイスタ』で働けるのが、ありがたくて仕方ないんですよ。そういった気持ちが強いと、大変だと思う事すら忘れてしまうんです」

そう語る黒川の表情には、見ているこちらがつられるほど嬉しそうな笑みが浮かんでいる。

芽衣はそんな彼の様子をポカンとして見つめたあと、クスリと笑い声を漏らした。

「私、自分をかなりポジティブな人間だと思ってましたけど、黒川室長の足元にも及ばないです。最近は落ち込んだりする事もあって、ちょっとネガティブになってましたけど、黒川室長のおかげで元気が出ました」

「それはよかった」

芽衣が笑うのを見て、黒川も目を細くしてにっこりする。

「それに、お話を聞いて『エゴイスタ』で働けるありがたさを改めて感じました。今の立ち位置にいられて、本当によかったなって思います」

斗真の取材を通じて、彼との距離が縮まり、一時的ではあるが極めて親密な関係になった。

到底手の届かない遠い存在である斗真と、一瞬でも深く関わる事ができたのだ。それはとても幸せな事だし、たとえ結ばれなくても、いい思い出としてずっと心に残り続けるだろう。

(もちろん、すごく寂しいし、しばらくは辛いだろうけど……)

芽衣は微笑みつつも、深くため息を吐いた。

「佐藤さんは表情が豊かだから、実にわかりやすい」

「え?」

黒川が芽衣を窺いながら、気遣わしげな表情を浮かべる。どうやら無意識に、さまざまな感情を顔に出していたようだ。

「佐藤さんのお悩みの元凶は副社長ですね? 違いますか?」

「え! どうして、わかったんですか?」

ズバリと指摘され、芽衣は思わず椅子から立ち上がった。カウンターの向こうにいる店主が顔を上げたので、あわててまた腰を下ろす。

「最近、佐藤さんを見かけると、今ひとつ元気がないようだったので。それに、その画像——とてもいい写真ですね」

黒川が指したのは、芽衣がテーブルの上に置いていたスマートフォンであり、待ち受け画像として表示されているのは、斗真のポートレートだ。

「あっ! こ、これは、そのっ……さ、さっき記事を書いている時に作ったもので——」

話す声がひっくり返り、明らかに挙動不審になる。

芽衣がしどろもどろになっていると、黒川が感慨深そうに頷いた。

「隠さなくてもいいですよ。口外はしませんし、佐藤さんの気持ちはよくわかります。なんせ、二人とも『悩める者の階段』の住人ですから」

黒川がテーブルに置いていた自身のスマートフォンを、芽衣のほうに滑らせてきた。

画面を一目見た芽衣は、驚いて目を見開く。

「こ、これ……社長ですよね？　でも、ずいぶん前の写真みたい……」

表示されているのは、若い頃と思《おぼ》しき優子の画像だ。彼女はやや斜め前を向いており、優しい顔で笑っている。

「そうです。もう二十七年前になりますね」

「二十七年！　だけど、さすが社長ですね。昔も今も変わらずに綺麗で。……あの、もしかして、黒川さん、社長の事を……？」

「好きですよ。もうずっと……何十年来の想い人です」

黒川が優子の画像を見つめながら、いっそう優しい笑みを浮かべる。

ここまではっきりと言われて、驚きを通り越して清々《すがすが》しさを感じた。

芽衣はにこやかに頷き、それ以上深掘りするのをやめる。

「社長って、いつも微笑んでいるイメージがありますけど、こんなふうに白い歯を見せて笑われているのは、はじめて見ます。この画像は、本当に心から笑ってるって感じですね」

「さすが佐藤さん、鋭いですね。社長は二十七年前までは、本当に心から笑う事ができていた。でも、ある時を境に、心からは笑えなくなってしまったんです。この画像に写っている社長が、何を見てこれほど幸せそうに笑っているかわかりますか？」

黒川がスマートフォンの縁を、そっとなぞる。

「当時まだ小学校低学年だった副社長です。これは離婚前の、おそらく社長が一番幸せを感じていた時代の、とっておきの一枚なんですよ」

「副社長を……社長は副社長を見て、こんな心からの笑顔になっていらっしゃるんですね。そういえば、普段あんなに仏頂面《ぶっちょうづら》をしてる副社長も、笑うとこんなふうに両方の眉が下がって、優しい顔になりますよね」

芽衣が自分の眉を指で押し下げて見せると、黒川が驚いたような声を上げる。

「佐藤さん、副社長が笑うのを見たんですか？　こう、両方の眉をへの字にした――」

黒川が、芽衣に倣《なら》って自分の眉尻を押し下げた。

「そうそう、確かにへの字でした。私も、最初見た時はビックリしました。あれは、私のお腹が最悪のタイミングで鳴った時で――」

芽衣が差し支えない範囲でその時の事を話すと、黒川は細い目を見開いて驚愕《きょうがく》の表情を浮かべた。

「……さすが佐藤さんですね。社長が、あなたを取材担当に選んだのは大正解だったようだ。いやぁ、感服しました」

テーブルの向こうから手を差し伸べられ、芽衣は黒川と握手をした。手を離しにっこりと微笑み合う。

「私、副社長には、いつも楽しそうに笑っていてほしいです……だけど、私の役割はもう終わりですから……」

ふいに寂しさが募り、うまく笑えなくなった。それを見た黒川が、芽衣を励《はげ》ますように若干声を高くする。

「佐藤さんはまだ若い。可能性は無限大だし、諦めるのは時期尚早《じきしょうそう》です。心配いりません。きっとまた、チャンスがくると思いますよ」

「でも副社長は、もうじき『高見沢製薬』のご令嬢とお見合いをされますよね。社長も乗り気だと聞いています……。あ、考えるとまたちょっと辛くなっちゃいそうです。ふふっ」

芽衣は強《し》いて笑い声を上げ、強張《こわば》りそうになる表情筋を緩めた。そして、食べかけのオムライスを口いっぱいに頬張り、その美味《おい》しさに笑顔を復活させる。

「美味《おい》しいものって、いいですね。私、これからは少しお料理を頑張ってみようかな……。いつか、本当に想い合える人に、美味《おい》しい料理を食べてもらえるように……。ちょっと落ち込む事があっても、一緒にご飯を食べて〝美味《おい》しいね〟って笑い合えるように――」

「では、是非オムライスを練習してみてください。オムライスは、なんといっても日本人の――」

「〝ソウルフード〟ですもんね」

「ははっ、そうです」

二人の声がシンクロし、黒川が声を上げて笑った。芽衣も同じように笑い声を上げる。

「きっと、そんな幸せな日が来ますよ。私は、そう願っています」

「ありがとうございます」

その相手が斗真ではない事は、わかっている。

けれど、せめて夢だけは見させてほしい――芽衣は切なさを感じながら、微笑む斗真の顔を思い浮かべるのだった。

◇　◇　◇

週半ばの夜、斗真は仕事を終えて一人車を走らせて帰途についた。

カーステレオからは好みの音楽が流れており、渋滞もなく車はスムーズに前進し続けている。

仕事は順調だし、ビジネスに関しては何も言う事はない。しかし、以前とは違い、どんなに忙しい日々を送っていても、ふとした時に今まで感じた事がない寂寥《せきりょう》感に囚《とら》われる。

理由は言うまでもなく芽衣だ。

彼女とは週末をともに過ごしたのを最後に、二人きりで話す機会がないまま今日まできた。

取材が終わった今、思った以上に芽衣と直接関わる機会がない。あれから何度か記事の件で連絡をもらったが、ただそれだけ。

芽衣の事は大いに気になるが、何かと忙しく時間に追われ、気がつけば一日が終わっている。

黒川にそれとなく芽衣の様子を訊《たず》ねてみたが、記事を書き上げるためにほぼ一日中デスクに齧《かじ》りついているらしい。

一方、自分はといえば、日を追うごとに芽衣の存在が大きくなり、仕事を終えると同時に彼女の事ばかり考えてしまっている。

こんな事なら、もっと取材に時間をかけるべきだった……。

（いや、そういう問題じゃない）

要は、これから二人のプライベートな関係をどうするか、だ。

芽衣と顔を合わせてから、ひと月経つ。

彼女を知るにつれ無自覚に惹かれていき、デートの予行練習にかこつけて二人きりの時間を満喫した。

ロストヴァージンを持ちかけられ、それをきっかけに完全に箍《たが》が外れたように思う。「女性恐怖症」などなかったように芽衣に溺《おぼ》れ、いまだかつてないほど心身ともに彼女を求めた。

芽衣こそが大切な存在であり、決して手放してはいけない特別な女性だと自覚した。

自分としては、芽衣との関係を深めていきたい。

そう決心しているし、気持ちは伝えたつもりだが、果たして彼女のほうはどうだろう？

『私が、はじめてだったとか、ぜんぜん気にしないでくださいね。もともと私が無理にお願いしたんですから、責任とか弄《もてあそ》ぶとか、そんなふうに考えてくださらなくていいので――』

この言葉の真意は？

まるで、二人の間に線引きをするような彼女の言葉が気になる。

芽衣に限って、気持ちがない相手とベッドをともにするはずがないし、多少なりとも想いがあっての行為だったと思う。だとしたら、何が彼女にそう言わせたのか……

（僕のせいだ）

今でこそ芽衣との事を真剣に考えているが、はじめは仕事上の関係に終始すると思っていた。彼女に冷たい態度で接し、いかにも迷惑だと言わんばかりの言動ばかりだった。

そして、その延長線上で芽衣にデートの予行練習をしてくれるよう依頼し、遅ればせながら彼女への想いを自覚したのだ。

考えてみれば実に不誠実だし、芽衣が自分との関係を深めるのを躊躇《ちゅうちょ》してもおかしくない。

問題がわかったなら、できるだけ早くきちんとした対処の仕方を考え、行動に移すべきだ。

とにかく芽衣が安心できるように、言葉だけでなく態度で自分の真意を示さなければならない。

まずは、見合い話をきっぱりと断り、芽衣との将来に向けて基盤固めをする。それから、彼女に指摘された会社における自分の態度を改め、上に立つ者として部下との関係改善を図るのだ。

彼女に恋人として認めてもらうためには、早々にそれらを行わなければならない。

芽衣に指摘された点については、すでに少しずつではあるが実行に移していた。

具体的には、部下とのコミュニケーションを積極的に取るようにし、これまで無駄だと一蹴《いっしゅう》してきた時間について再考した。

不毛だと思っていた会議での話し合いも、彼らとの関係がよくなるにつれて活性化し、結果的に時間の短縮にも繋がっている。自分でやったほうが何倍も速いとわかっている仕事も、あえて部下に回してみたら、思いがけない人材発掘に繋がった。

今なら、これまでの自分がいかにワンマンで高圧的だったか、よくわかる。これからは、過去の自分を反面教師に、部下の資質を百パーセント引き出せる上司になれるよう努力し続けるつもりだ。

(こんなふうに思えるようになったのも、すべて芽衣のおかげだな)

彼女と関わらなければ、おそらく自分は一生いけ好かない鬼上司のままでいた事だろう。そう考えると、身震いがする。やはり自分には彼女が必要不可欠だ。

斗真は改めてそう思い、芽衣の顔を思い浮かべた。

「ん?」

赤信号で止まった時、ふと助手席の足元に水色の丸いものが転がっているのが見えた。もしやと思い、頃合いを見計らって路肩に停車する。手を伸ばして拾い上げてみると、思ったとおり、それは芽衣のスマートフォンについていたペンギンのぬいぐるみだ。

「……お前、また落っことされたのか? 災難だな」

一度目に落ちた時、気をつけてしっかりと金具を止めたつもりだったが、パーツが古いせいか緩んでしまったのかもしれない。

(芽衣……。ペンギンを失くして、落ち込んでるだろうな)

そう思うと、矢も盾もたまらなくなった。

信号が青になり、しばらくの間まっすぐに車を走らせる。右折すべき大通りを左折し、目的地を自宅から芽衣のアパートに変更した。

車は順調に進み、それからおよそ十五分後に芽衣のアパートに到着する。

しかし、窓を見ると、すでに部屋の灯りは消えていた。時刻を確認すると、あと少しで日付が変わろうとしている。

考えてみれば、仕事を終えたのはかなり遅い時間だった。それなのに、何も考えず、思いついたままこんなところまで車を走らせるとは――

(馬鹿か……。いったい、いつからこんな阿呆になったんだ?)

斗真はペンギンのぬいぐるみを弄《もてあそ》びながら、芽衣の部屋の窓を見上げた。

ペンギンのぬいぐるみは、どうにか押し込めば郵便受けに入らないでもない。けれど、もし何かあって本当に失くなりでもしたら、取り返しがつかなくなる。

斗真は、しばらくの間芽衣の部屋の窓を見つめながら、じっと動かずにいた。それから、ペンギンのぬいぐるみを助手席にしっかりと固定すると、静かに車を発進させたのだった。

◇　◇　◇

六月中旬の金曜日、「エゴイスタ」本社に女優の小島樹里が来社した。

「エゴイスタ」の女性用化粧品のイメージキャラクターを務めている彼女は、新しくコマーシャルを撮る事が決まっている。

今日はそのための事前ミーティングがあり、芽衣は出社早々相田に呼ばれ、京本とともにミーティング風景を取材するよう命じられた。

ミーティングには、斗真も参加する予定らしい。

（やった！　斗……副社長に会える！）

二人きりの時間を過ごしたのは、もう二十日近く前だ。斗真に関する記事はすでに書き上がっており、上司への提出も済ませた。

取材を終えた今、斗真との仕事の関わりはすでになくなっており、彼と顔を合わせる機会も皆無だ。けれど、想いは相変わらず強くなる一方だし、ふとした事で彼を思い出してしまう。

だからこそ、今日斗真に会えるとわかり、テンションがマックス状態なのだった。

昼休み前に取材の準備を終え、芽衣は自席に着いて朝駅前で買ってきたクラブサンドを翳《かじ》る。

（やっぱり、副社長が作ってくれたクラブサンドのほうが美味《おい》しいな）

そんな事を思いながらランチを食べ終え、京本とともに六階のミーティングルームに向かった。

およそ三十平方メートルのミーティングルームの真ん中には、コの字型にテーブルと椅子が配され、廊下側の壁は全面ガラス張りだ。

中には、まだ誰もおらず、芽衣は床に据え置きのビデオカメラとマイクのセッティングを済ませ、部屋の後方で待機する。

そのうち、広告宣伝部の女性がお茶を出しにやって来て、その手伝いをした。ほどなくして、開いたままのドアから、広告宣伝部の別のメンバー達が入ってくる。彼らと挨《あい》拶《さつ》を交わした芽衣は、京本とともに位置に着いた。

「京本主任、今日は気合入ってますね」

「当たり前だろう？　あの小島樹里ちゃんが来るんだぞ？　うぉ～緊張する～」

以前から彼女のファンである京本は、ランチタイムの間にネクタイを買いに行き、床屋で髪の毛を整えてもらってきたという。

それに比べて、芽衣は斗真に会える事で胸がいっぱいになり、そういったところにまで気が回らなかった。

せめて前日にわかっていたら、もう少し見栄えをよくできただろうに……

(なぁんて、今さら副社長の前でおしゃれしたって、どうにもならないのに)

『――僕にしてみれば、彼女よりも芽衣のほうがはるかに魅力的だ。どちらかを選べと言われたら、僕は迷わず芽衣を選ぶ』

そう言ってくれた時の斗真の顔が浮かび、胸がキュッと痛んだ。

あの言葉は、この上なく嬉しかったけれど、彼の隣にいるべきなのは自分ではない。

そう思い自ら身を引いたのに、斗真への恋心だけは今も胸の奥に残り続けている。

「小島樹里ちゃんと、うちのイケメン副社長が顔を合わせるんだよな。久しぶりにカメラマンとしての腕が鳴るよ。――そういえば、最近の副社長、性格が丸くなったってもっぱらの評判だよな」

「あ、それ、私も聞いてます。前は挨拶《あいさつ》をしても仏頂面《ぶっちょうづら》で返されるだけだったのに、この頃は違うとか」

「そうなんだよな。俺もつい先日副社長とすれ違った時に挨拶《あいさつ》をしたら、ちょっとだけニコッてしてて『お疲れさま』って返事をしてくれたんだよ。あと、今までギスギスしてた会議中の雰囲気も、かなりいい感じに変わってきたらしいね――」

芽衣自身、それぞれ別部署にいる同期数人からそんな感じの話を聞いている。

きっと斗真は、取材中に芽衣が指摘した問題点の改善を実行してくれているに違いない。

彼の努力が報われ、周囲の印象が良いほうに変わってきている事を心から嬉しく思った。

（副社長、頑張ってるんだなぁ。私も見習わないとダメだよね）

芽衣がそんなふうに思っていると、部屋に斗真が入ってきた。

「お疲れさまです！」

部屋にいる社員がそれぞれに斗真に挨拶《あいさつ》をし、彼もまたそれに返事をする。

視線が彼に釘付けになってしまいそうで、芽衣はあえて斗真から目を逸らし、京本の斜めうしろに控えた。

斗真を目にしたのは、ほんの少しの間だけだ。それなのに、彼が纏《まと》う雰囲気が以前とはまるで違っているのがわかった。圧倒的なオーラを感じるのは変わりないが、全体の印象がずいぶん柔らかくなっている。

（副社長、本当にぜんぜん違うなぁ。すごく素敵……）

芽衣は、久しぶりに見る斗真に改めてときめいた。それと同時に、自分の役割が完全に終わった事を悟り、それを寂しいと思ってしまう。

「お、樹里ちゃんだ」

京本が小さく呟き、構えていた一眼レフカメラを廊下のほうに向けた。そちらを見ると、樹里が中年の男性マネージャーを引き連れて部屋に入ってくるところだった。

「おはようございま〜す！」

部屋に入るなり、樹里がにっこりと微笑んで挨拶《あいさつ》をする。彼女は、それからすぐに斗真のそばにいき、彼の手を取って嬉しそうな表情を浮かべた。

「塩谷副社長、お元気でしたか？　先日の舞台挨拶《あいさつ》の時は、綺麗なお花をどうもありがとうございました。嬉しくって、舞台袖《そで》に飾らせてもらったんですよ〜」

樹里が斗真の手を握った時、芽衣の眉間がピクピクと震えた。

そのまま深い縦皺《たてじわ》が寄りそうになり、芽衣は素早く指でそこをほぐした。

「皆さん、今日はよろしくお願いしま〜す。篠崎《しのざき》部長、お久しぶりです〜」

樹里が部屋の前方にいる社員達ひとりひとりに話しかけ、握手をする。

「ほら、出たぞ。樹里ちゃんの得意技。佐藤さん、ちゃんと撮っとけよ」

京本が芽衣に小声で話しかけ、樹里の姿をビデオカメラに収めるよう促《うなが》してきた。

驚いた事に、彼女はそこにいるメンバー全員の名前を把握しているようで、名札を見る事なくそれぞれに話しかけている。

「次、こっちくるぞ」

京本が言ったとおり、樹里が部屋の後方に向かって歩いてくる。

「京本さん、樹里の事、綺麗に取ってくれてますか〜？　言っていただければ、ポーズとか取りますよ」

話しかけられた京本が、デレデレ顔で受け答えをする。彼と話し終えた樹里が、京本の肩ごしに、ひょいと顔を出してビデオカメラのほうを向いた。

「こちら、はじめましての佐藤さんですよね」

まさか、この中で一番下っ端の自分の名前まで知っているとは……

芽衣はあわててビデオカメラの横に立ち、ぺこりと頭を下げた。

「はい、はじめまして。広報部の佐藤と申します！」

「あら、元気いいですねっ。小島樹里です。今後とも、よろしくお願いしま〜す」

芽衣の手を取って、樹里がにっこりする。

その笑顔は文句なしに綺麗で、握ってくる掌《てのひら》もふわふわだ。

挨拶《あいさつ》を終えた樹里が、部屋の前方に戻っていく。

特に好きな芸能人はいない芽衣だが、今の樹里には驚かされた。あんなに丁寧な対応をされて、彼女のファンにならない人はいないのではないだろうか？

「徹底したファンサービスと神対応。さすがだなぁ、樹里ちゃん」

京本が感心したような声を漏らし、芽衣も納得して頷く。

（大人気の女優さんなのに、すごいなぁ。それに、小顔だし本当に綺麗……）

芽衣はビデオカメラを回しながら、レンズ越しにミーティング風景を見守る。話題は新しく撮る予定のコマーシャルの構成についてだ。

彼女の相手役は、まだ決まっておらず現在も検討と交渉を続けている。

あれこれと候補の名前が上がる中、樹里がふいに席を立って何事か思いついたようにパンと手を叩いた。

「私、いい事思いつきました。相手役は、俳優とかモデルより、塩谷副社長がいいなって思うんですけど、ダメですか～？　塩谷副社長相手なら、私、実際にキスしてもいいですよ～」

コマーシャルの演出コンテはもうでき上がっており、その中で樹里は相手役の男性と唇を寄せ合うシーンがある。

「そのほうがインパクト強くないですか？」

樹里が座っている斗真に近づき、急に屈《かが》み込むようにして彼の頬にキスをした。

「じゅ、樹里ちゃんっ！」

彼女のマネージャーが、大あわてで席を立って樹里を席に連れ戻した。

「私、本気で言ってますよ」

周りにいる全員が目を丸くする中、樹里が本気とも冗談ともとれるような口ぶりで、そう言った。

芽衣もそれを見て唖然としたまま、モニター越しに斗真を見た。

てっきり不機嫌になるかと思いきや、斗真は意外にもさほど表情を変えず、よく見ると口元に薄っすらと笑みを浮かべている。

「それはどうも。ですが、やはり相手役は樹里さんにふさわしい、プロフェッショナルでないとファンが納得しないでしょう。篠崎部長、今後は国内だけでなく、海外の男性モデルや俳優を検討してみてはどうです？」

斗真が隣に座る広告宣伝部長に、そう提案する。

「そうですね……。となると、人によっては制作費が――」

「間違いないと判断できる人なら、製作費はある程度増やして構いません。重要なのは、いかに消費者にインパクトを与え、購買意欲を掻き立てるかです」

話は演出コンテの見直しにも及び、ミーティングは白熱する。樹里も先ほどまでとは打って変わった真剣な表情で、飛び交う意見に耳を傾けていた。

その間、斗真は主に聞き役に回っており、時折絶妙なタイミングでそれまでの話をまとめたり、必要に応じて新たに意見を出したりしている。

一度だけ時刻を確認するかのように時計を見たが、以前とは違い無理に話し合いを終わらせるつもりはないようだ。

「――では、相手役については、当該のモデル事務所にさっそく問い合わせをしてみるという事で進めましょう」

進行役の広告宣伝部主任が、話を締めくくった。

「それでは、よろしくお願いいたします」

斗真がいつになく丁寧に、一同に向かって礼をする。ミーティングは滞《とどこお》りなく終了し、メンバーはそれぞれに部屋をあとにした。

芽衣は京本と機材の片づけをし、彼が退室したあとも部屋に残り、出したお茶の後片づけをする。

それが済むと、もといた椅子に座り直し、しばらくの間モニターを覗き込んでいた。

再生しているのは、樹里が斗真の頬にキスをした部分だ。

芽衣は何度となくそのシーンを再生し、回を重ねるごとに胸の痛みが増すのを実感する。

久しぶりに会った彼は、以前にも増して輝いており、目が離せないくらい素敵な男性になっていた。けれど、もはや斗真と親しく話す機会などないし、今後仕事で関わる予定もない。

たとえ社内ですれ違う事があっても、他の社員同様、挨拶《あいさつ》を交わすだけだろう。

それが、たまらなく切ない。

一時の夢を見たのだと気持ちを割り切れたらいいのだが、まだ当分の間はそうできそうもなかった。

（いつまでもクヨクヨしてちゃいけないってわかってるんだけどな……）

斗真は着実にランクアップしているのに、自分ときたらいつまでも叶わない恋に心を囚《とら》われている。こうして立ち止まったままでいると、斗真がますます遠くなっていくような気がした。

芽衣は荷物を持つと、ミーティングルームを出てエレベーターホールに向かった。

途中すれ違った総務部の女性社員二人と挨拶《あいさつ》を交わし、廊下を歩き続ける。

「それにしても、樹里ちゃん美人だし、ほんと可愛かったよねぇ。あれなら、副社長も車で送り甲斐があるよね。美男美女のツーショットなんて、目の保養だわ〜」

（えっ？）

遠ざかっていく二人の話し声を耳にして、芽衣はハタと歩く足を止めた。

「副社長って彼女いないのかな？　もしかして、樹里ちゃんと——なんて可能性あったりして？」

「それ、あり得るかも。そうなったら話題性抜群だよね〜」

声がミーティングルームの中に消えた。

芽衣は廊下に立ち尽くしたまま、動けずにいる。

（車で送るって……マネージャーさんは？　ツーショットっていう事は、副社長と樹里さんの二人きり？）

芽衣はあれこれと考えを巡《めぐ》らせながら、のろのろと廊下を歩き出した。

二人だけで車に乗り込むなんて、斗真の「女性恐怖症」は完治したという事だろうか？

（治ったのなら、それはすごくいい事だよね。人間嫌いも解消されつつあるみたいだし、ほんと、よかった。……もう完全に私の出る幕なんか、なくなっちゃったな……）

エレベーターホールに到着し、操作盤の前で立ち止まる。もはや「悩める者の階段」に向かう元気すら出ない。

それでも今は仕事中であり、落ち込んでいる場合ではなかった。

（しっかりしなさい、芽衣！）

芽衣は自分を叱り飛ばすと、無理矢理口角を上げて、誰もいないエレベーターに一人乗り込むのだった。

◇　◇　◇

「まったく、治ってない……。予想はついてたがな」

自宅で、湯船に浸《つ》かりながら、斗真はため息まじりに呟いた。

帰宅したのは一時間ほど前で、ここ何年間で一番の疲労を感じている。

昼間、広告宣伝部とのミーティングを終え、是非にと頼まれて車で小島樹里を彼女の自宅まで送った。

自社のイメージキャラクターを務めてもらってはいるが、外見がいかにも女性らしくグラマラスな樹里は、斗真が最も苦手とするタイプだ。しかも、彼女自身、それを躊躇《ちゅうちょ》なく武器にし臆する事がない。

ミーティングルームで頬にキスをされた時はどうにか平静を装《よそお》えたものの、車の中でもベタベタ触られ全身に鳥肌が立った。車を降りて荷物をトランクから下ろした時など、うしろからバレーボールみたいな胸をゴリゴリと押し付けられて、危うく怒鳴りつけそうになってしまった。

（すんでのところで踏み止《とど》まれたのは、多少なりとも「女性恐怖症」が改善したおかげなのか？）

自分の感覚でも「女性恐怖症」に改善の兆候は見られる。だが、それが女性に対する耐性ができたからなのか、人に対して寛容かつ我慢強くあろうと努力しているからなのか、定かではない。

「……芽衣……」

ミーティングルームには取材をするために広報部の芽衣も同席していた。彼女は同僚の京本とともに部屋の後方に陣取り、終始話し合いの様子をビデオカメラに収めていた。

同じ部屋にいたのは、およそ一時間。仕事中なので、話すチャンスもなければ、そばに行く事もできなかった。

せっかく久しぶりに顔を見られたのに、あれでは距離が遠すぎる。せめて、もう少し近くにいてくれたら、多少なりとも彼女の存在を感じられただろうに……

斗真はバスタブの縁に背中を預け、深いため息を吐いた。そして、湯面に浮かぶペンギンのぬいぐるみをたぐり寄せて掌《てのひら》で包み込む。

先日、助手席の下でそれを見つけた。いったいいつからそこにいたのか、ペンギンは少々汚れており、洗ってから返そうと洗面台に置いていたのだ。

当初は、すぐに芽衣に返すつもりだった。

しかし、彼女との接点がなくなった今、このペンギンだけが二人を繋ぐ唯一のものであるように思えた。

それもあって、ぐずぐずと返すのを先延ばしにしていたが、ようやくさっきバスルームに持ち込んだ。

(丸い目に笑った口元。このペンギン、なんとなく芽衣に似てる。いや、そっくりじゃないか?)

一度そう思うと、もうそうとしか思えなくなる。

かなり丁寧に洗ったおかげで、ペンギンは見違えるように綺麗になった。あとは、乾かして芽衣に返すだけだが、そのタイミングが掴めない。

我ながら何をもたついているのだと思うが、今ひとつ芽衣の気持ちが掴めないせいか、連絡するのを躊躇《ちゅうちょ》してしまう。

（それに引き換え、黒川のやつ……。芽衣を「ころね」に連れて行ってオムライスをご馳走しただと？　抜け駆けのようなマネをしやがって……）

つい先日、黒川は芽衣をランチに誘い、「ころね」で二人仲良くオムライスを食べたそうだ。

黒川曰《いわ》く、芽衣はオムライスが大好きで、嬉しそうにそれを食べていたらしい。

（きっと、ニコニコしながら口いっぱいに頬張っていたんだろうな）

芽衣が美味《おい》しそうに食べている顔が目に浮かび、自然と顔が綻《ほころ》ぶ。

（オムライスか……。久々に、作ってみるかな）

斗真にとってのオムライスは、子供の時の思い出の料理だ。

かつて、まだ家族が形を成していた頃、母はよく斗真にオムライスを作ってくれた。

彼女は結婚する前、オムライスを目当てに「ころね」に通い詰めており、その甲斐あって店のマスターからレシピを伝授されたそうだ。

斗真は母が作るオムライスが好きだったし、「ころね」に連れて行ってもらった事もあった。

今でも、たまに食べたくなると「ころね」に行く。

一度関係が破綻《はたん》した母と、再度繋がりを持てたのは嬉しい。だが、かつてのような親子関係に戻れているかといえば、そうとは言えないのが現状だった。

現に、今も「社長」としか呼べずにいる。

本当はもっと歩み寄るべきなのだろう。しかし、こればかりは思うようにはいかなかった。

(向こうは、事あるごとに近づこうとしてくれている……。それは充分わかっているんだが……)

おそらく「高見沢製薬」の令嬢との見合い話も、その一環なのだと思う。

会社の今後を考えれば、今回の縁談はこれ以上ないほど理想的なものだ。後継者である自分は、当然受け入れてしかるべきなのかもしれない。

だが、心に芽衣がいる今、それだけはどうしてもできなかった。

そう判断したから、斗真はすぐに、社長室へ行き見合いの件をきっぱりと断ったのだ。

ここまで来たら、もう後戻りはできないし、するつもりもない。

今後はこれまで以上に仕事に励《はげ》み、「エゴイスタ」の将来を担うにふさわしいと認められるよう努力をするのみだ。

(そうすれば、芽衣も安心して僕のところに来てくれるはずだ。そうじゃなきゃいけない……。いや、ぜったいにそうしてみせる)

ともに過ごした二日間で、二人は嘘偽りのない気持ちを共有した。かくなる上は、一日でも早く芽衣と話し、彼女に自分の想いをきちんと伝え二人で歩む将来を確固たるものにするのみだ。

その時を迎えるにあたり、準備万端に整える必要がある。

斗真は、湯の上を漂《ただよ》っているペンギンを掌《てのひら》に載せて、その顔をじっと見つめた。そして、これからすべき事をしっかりと頭に思い浮かべつつ、ペンギンに向かってにっこりと微笑みかけるのだった。

◇　◇　◇

六月も下旬になり、ここのところずっと雨続きだ。

そのせいか、気分は鬱々《うつうつ》として晴れず、気がつけばため息ばかりついている。

「今日も雨か～。洗濯物も乾かないし、いろいろとイヤになっちゃうよね～」

土曜日の朝、芽衣は自宅アパートのリビングで、膝を抱えながら独り言を言う。

それでも会社にいる時は、なんとか笑顔でいるようにしている。その反動で、自宅に帰り着くとテンションはダダ下がりで、休日ともなると身体を動かすのも億劫《おっくう》になっていた。

しかも、今日は斗真が「高見沢製薬」の令嬢と見合いデートをする日だ。

（副社長、真面目だもんね。きっと、予行練習どおり完璧なエスコートをして……）

芽衣は時計を見て、今の時刻を確認した。

時計の針は、午前八時半を指している。自分との予行練習では午前九時に斗真がアパートまで迎えに来てくれた。

もし、斗真が芽衣と練習をしたとおりのデートコースを辿《たど》るなら、そろそろ彼女の自宅に到着する頃だろう。

芽衣は自分達が辿《たど》ったデートコースを頭の中に思い浮かべる。

車に乗り、互いに下の名前で呼び合う。斗真が作ったクラブサンドとカフェオレをいただきながらのドライブ。手を繋いで美術館を巡《めぐ》ったあとは、ヘリコプターで空を散歩し、ホテルのスイートルームでディナーを食べて――

「ちょっ……待って……？」

芽衣は握り拳《こぶし》を作りながら、やにわに立ち上がった。手はワナワナと震え、頭の中にいろいろな考えが浮かび収拾がつかなくなる。

これまで、今日の日の事を考えなかったわけではない。けれど、決して愉快な事ではないので、極力深掘りするのを避けていた。

「お、落ち着いて、芽衣」

声に出して自分にそう言い聞かせつつ、ゆっくりと深呼吸をする。

そうだ。

あれは、単なる予行練習にすぎない。

当然、まったく同じデートコースとは限らないし、勝手な妄想は自分を苦しめるだけだ。

しかし、一向に心は落ち着かず、ざわめきは止まらなかった。

友人を誘ってショッピングにでも出かけようと思ったが、あいにく皆、他の予定が入っていた。

見たい映画もないし、そもそも一人で出かける気にもならない。

(こういう時は、仕事をしよう。でもその前に、まずは腹ごしらえをしないと)

もうじきお昼だ。

キッチンに向かいながら、何を食べようかと考える。

冷蔵庫を開けて中をチェックしている時、ふと黒川と食べたオムライスを思い出した。

「そうだ、オムライスを作ろう」

元気が出ない時には、美味《おい》しいものを食べて気持ちを盛り上げるに限る。

芽衣は必要なものを調理台の上に載せると、オムライス作りに取り掛かった。

「えっと……まずは、ごはんをレンチンで温めてから炒める。チキンはないからソーセージで代用して、と――」

スマートフォンで作り方を見ながら、そのとおりに調理をする。

目指すは「ころね」のオムライスだ。最近はやりのふわとろオムライスもいいが、やはりスタンダードな薄焼き卵でケチャップライスを包んだものを作りたい。

とはいえ、最近になってようやくまともに自炊をするようになった芽衣だ。

手順どおり分量どおりに調理したはずが、なぜかケチャップが多すぎてごはんがべたついてしまった。その上卵はフライパンに貼り付いて、どうやっても剥《は》がれてくれない。

結局、オムライスとは似ても似つかない、ケチャップ味のいり卵チャーハンになってしまった。

「見た目より味だよね。……まあ、さすがにこれをオムライスと言うには無理があるけど」

カレー皿に盛ったチャーハンをテーブルにセットし、スプーンと麦茶入りのコップを添えた。

それを写真に収めようと、スマートフォンを構える。

もとからそんな習慣があるわけではないが、せっかく料理に興味を持ったのだからと、作ったものを自分用に記録しておく事にしたのだ。

カメラに収めたあと、「いただきます」を言って食べ始める。

「ん～、味はまあまあって感じかな？　やっぱりケチャップ味のごはんってそれだけでホッとするなぁ」

オムライスを食べながら、芽衣は斗真と過ごした日々を思い返す。

それは、ひと月にも満たない短い間だったが、本当に思い出深く貴重な時間だった。

叶わない恋だったけれど、斗真を好きになり、彼と一夜をともにした事は、まったく後悔していない。むしろ心から感謝しているし、あの夜の記憶は生涯忘れる事はないだろう。

芽衣はスプーンを持つ手を止めて、我知らずにっこりした。

一緒にいる間に知った、斗真の真面目さや仕事に対する真摯《しんし》な思い——何度も感じた彼の優しさや、ふとした時に見せたとびきり素敵な笑顔などなど——

オムライスを食べ終えて片づけを済ませると、芽衣はテーブルの上でノートパソコンを開いた。

ファイルを開き、「塩谷斗真副社長密着取材」の文書データを開く。

書き上げた社内報の記事は、一度上司に提出し、あとは細かな修正を加えるのみになっている。

社内報の記事には、斗真の知られざる魅力をすべて盛り込んだつもりだ。きっとそれを読めば、皆彼の本当の人柄を知り、認識を新たにしてくれるに違いない。

記事は、言ってみれば斗真へのラブレターだ。

彼はきっと、この先もっと人間的に成長し、日本のみならず世界に名を馳《は》せるスーパービジネスパーソンになるに違いない。

芽衣は彼の輝かしい未来を思いながら、微笑みを浮かべた。けれど、すぐに頬が強張《こわば》り、沈んだ表情に取って代わる。

「副社長……」

記事に掲載した斗真の画像を見つめながら、芽衣は深いため息を吐く。

斗真への恋心は今もなお胸を熱くし続けているけれど、二人の繋がりはすでに過去のものだ。

あの二日間で、互いの気持ちを確かめ合えたと思う。だが、やはりどう考えても二人は結ばれる運命になかった。

彼が気持ちを向けてくれた事は、心の底から嬉しい。しかし、立場の違いや容姿の差など、斗真と自分とでは何もかもが違い過ぎる。

斗真と出会い、親しく付き合えた事は何ものにも代えがたい宝物だ。それでも、彼の後継者としての未来を考えれば、身を引くよりほかなかった。

(もともと社長から、副社長に恋をするなって釘を刺されてたし、私なんかがそばにいても、なんの役にも立たないものね……)

記事を読み直しながら、必要な修正を加える。そうしながらも、心は斗真を恋慕し、息をするたびに胸がチクチクと痛んだ。

（副社長、好きです……。本当に、大好き……）

今までにないくらい集中して仕事をし、突然、ふっと気持ちが途切れた。

午前零時をピークに、突然すべての思考が停止したみたいだ。

それでも、どうにか最後に記事をすべて見直し、あとはもう部長決裁をもらうだけの段階にまで仕上げた。

気がつけば午前一時を回っている。

出来上がった記事を会社のクラウドストレージ上にアップし、ロックをかけて仕事を終えた。

パソコンを閉じた芽衣は、達成感を味わいながら、ゆったりとベッドの縁にもたれかかる。

「やり遂《と》げた……。もう、限界……」

休日を丸一日仕事に費やし、すでに眠気はマックス状態に達している。

芽衣は立て続けに欠伸《あくび》をして、酷使し続けた目を閉じた。

そのままズルズルとベッドの上によじ登ると、芽衣は真っ暗で底のない穴のような眠りに身を投じるのだった。

翌日の日曜日、芽衣は目覚まし時計の音で目を覚ました。

今日は以前から実家に帰る予定になっており、地元の友達と会う約束をしている。

あいにく祖父母は旅行中で不在だが、久しぶりに母親の美味《おい》しい手料理を堪能するつもりだ。

（ついでに、オムライスの作り方を教わろうかな）

準備をし、アパートを出て電車に乗る。

少し早い時間だからか車内はさほど混んでおらず、車両の端に一番近い座席を確保できた。

バッグを膝の上に抱え一息ついた時、自宅にスマートフォンを忘れてきた事に気づいた。

けれど、今から取りに帰ると約束の時刻に間に合わなくなってしまう。

（一日くらい、なくてもいいか）

芽衣はスマートフォンなしの休日を選び、のんびりと車窓からの風景を眺めた。

今日は天気が良く、空には雲ひとつない。

背中に温かな陽光を感じながら、芽衣は遥《はる》か上空から実家を見た時の事を思い出す。

人生初のヘリコプターの旅は、斗真の操縦によるものだった。彼と一緒に見た景色は、今も目蓋《まぶた》の裏にはっきりと残っている。

あの日、斗真は芽衣を完璧にエスコートしてくれたし、彼と過ごす間にいくつもの「はじめて」を経験した。

(何もかも素敵だったなぁ……。きっと、一生忘れないし、忘れられない……)

煌《きら》びやかな夜景に、美味《おい》しいディナー。

薔薇《ばら》色のカクテルに、めくるめく濃密な一夜――

(私、副社長に二度、抱かれたんだよね……)

一度目はベッドで。

二度目はバスルームで。

芽衣は目を閉じ、座席の背もたれにもたれかかった。電車の揺れに身を任せていると、朝日が差し込むバスルームの光景が浮かぶ。

あの時は、斗真がバスタブの縁にもたれ、自分は彼と対面になって膝の上に乗っていた。何度となく繰り返されるキスと、甘く優しい愛撫《あいぶ》。

溢《あふ》れ出る蜜は湯の中でもぬらぬらとぬめり、挿入の甘い衝撃はヘリコプターで上空を飛んだ時よりも高く突き抜け――そこまで想像した時、急に座席がドスンと揺れた。

驚いて目を開けると、すぐ隣に恰幅のいい中年女性が座っている。

「あら、ごめんね。起こしちゃった?」

「い、いいえ！　目を閉じていただけですから、平気です」

芽衣は首を横に振りながら、愛想笑いを浮かべた。

朝っぱらから、斗真とのセックスを思い出すなんて――

万が一、それが表情に出ていたら、どうしよう？

幸い周りの人は、誰一人芽衣を気にしている様子はない。

（よかったぁ……って、私ったら何考えてるのよっ！）

芽衣は恥じ入って、唇を固く結んだ。

その後、電車を乗り換えて実家の最寄り駅に到着する。そのまま地元の友達三人と少し早めのランチを食べ、場所を変えて二時間ばかりお喋《しゃべ》りをした。

「芽衣、なんだか雰囲気が変わったね。ちょっと垢抜《あかぬ》けたっていうか」

「ほんとだ。さては、男だな～？」

「わぁ～、ついに芽衣に男ができたかぁ！」

三人の友達は、一人はもう結婚して子供がおり、残りの二人は彼氏持ちだ。

彼女らに根掘り葉掘り聞かれ、相手が誰か明かさないままロストヴァージンを果たした事実だけをかいつまんで話した。

「じゃあ、もうこのまま結婚にまっしぐらでいいんじゃない？」

「そ、そういうんじゃなくて……いろいろあって、彼とはうまくいかないっていうか……」

「ふぅん。まあ、いろいろあってこその恋愛だよね。でも、芽衣のはじめての相手が、いい人そうでよかったよ」

友達の一人がそう言い、他の二人も同意して頷く。

「いい人そう？　なんでそう思うの？」

芽衣が聞くと、三人の中で一番恋愛経験豊富な友達が含み笑いをする。

「だって、その人の事を話す芽衣の顔、すごく嬉しそうだもの。うまくいかないって言ってる割にはニコニコ顔だし、その人の事、よっぽど好きなんだなぁって思ったから」

「そうかな。……ふふっ、実はそうなんだ。その人、ちょっと気難しいけど、すごくいい人なの。尊敬できるし、関わる事ができて本当に幸せだったなって。それに、もっと自分に自信を持っていいって、私に言ってくれたんだよね」

『芽衣は可愛くて綺麗だ。僕が言うんだから間違いない。芽衣は、もっと自信を持っていいよ』

今すぐに前向きになるのはなかなか難しいけれど、斗真の言葉は事あるごとに芽衣を励《はげ》まし、背中を押してくれている。

あれから自分なりにファッションに気を遣うようになったし、ポッコリお腹を引き締めるべく自宅でストレッチも始めた。

個人的な関係はなくなっても、会社での関わりは続く。今後また仕事を通して顔を合わせる時がくるかもしれないし、その時のために少しでも綺麗になっておきたいと思う。

「芽衣がそんなふうに思えるようになっただけでも、その人と付き合った事には価値があるよ」

「いったい、どんな人なの？　一度お目にかかりたいよねぇ」

皆がさらに話を聞きたがったところで時間切れになり、また近々会おうと約束して解散する。

それからすぐに、駅から徒歩二十分の実家に向かった。

歩きながら斗真の事を思い出し、切なくなって歩く足が止まる。

彼は、この先もずっと想い続けるだろう大切な人だ。結ばれないとわかっているのに、諦める事ができない自分はなんて往生際《おうじょうぎわ》が悪いのだろう。

（それほど素敵な人だったんだもの。未練がましくなるのも無理ないよね）

これからも、こんなふうに何度となく彼を思い出し、心が揺れるに違いない。けれど、どんなに胸が痛んでも、斗真に出会い通じ合えた時の幸せを思えば、きっと乗り越えられる――

今だって、彼の笑顔を思い出すだけで、目尻が下がり口元が綻《ほころ》ぶ。

芽衣は再び歩き出し、にっこりと微笑んだまま、実家の玄関の扉を開けた。

「ただいま～」

元気よく声を張り上げ、靴を脱いで廊下を歩き出す。

すると「おかえり」の声とともに母親と妹の舞華がリビングの入り口から顔を出した。

そして、何やら一大事といった表情で芽衣を手招きする。

「芽衣、早くっ！」

母親に急《せ》かされ、芽衣はよくわからないまま大急ぎでリビングに向かった。

「な、何っ？　どうしたの？」

部屋に入るなり目の前に迫る二人に、芽衣は目をパチクリさせる。

「どうしたのじゃないわよ。お姉ちゃん、今日スマホは？」

「ああ、家に忘れてきちゃって――」

「そんな事だろうと思った！　あんた、いったい何をしでかしたの？」

「へ？　いきなり何？　別に、何もしでかしてなんかないわよ」

心配顔の母親に訊《たず》ねられ、芽衣はわけがわからず怪訝《けげん》な表情を浮かべた。

母親が言うには、朝から実家に複数の電話がかかってきて、それがすべて「エゴイスタ」の関係者からだったようだ。

「ほんとに～？　何かとんでもないポカをやったんじゃないの？」

「ポカ？　……ない……と、思うけど……」

舞華に詰め寄られ、急に自信がなくなってきた。

「ほら、これ。電話をかけてきた人の名前と電話番号と時間。あんた、早く連絡してあげなさいよ」

母親が、芽衣にメモ用紙を渡してきた。

それからすぐに来客があり、母親がキッチンからいなくなる。

芽衣は、首を捻《ひね》りながら渡されたメモに目を通した。

電話をかけてきたのは、黒川を最初に、斗真、社長の優子、さらに同期社員と相田など広報部のメンバー全員だ。

よく見ると、中でもダントツに回数が多いのが斗真だった。

「えっ⁉ 何事っ？ 副社長に社長まで……私、何をしちゃったの？」

一瞬で血の気が引き、パニックになる。

「は？ 副社長に社長って……普通、会社のトップが平社員の実家に電話とかする？ とにかく、電話してみなさいって。そうしなきゃ、何がなんだか状況がわからないでしょ！」

家の電話は玄関からすぐの場所にある。覗いてみると、母親はまだそこで訪ねてきた隣人と話し込んでおり、動く様子はない。

「ほら、これ使って」

リビングに戻ると、舞華が自分のスマートフォンを貸してくれた。

なんにせよ、広報部のメンバー全員からかかってきたという事は、部署の仕事に関わる事だろう。

芽衣は狼狽《うろた》えつつも、真っ先に直属の上司である相田に連絡した。

すると、すぐに電話に出てくれた彼が、いつもより甲高い声で話してくる。

『アップされてたよ、佐藤さんが書いた副社長の密着取材の記事！　朝一で上がってたんだ！　社内報、ウェブ版のほう！』

「えっ⁉　き、記事が？」

『そうなんだ。見たんだけど、記事は今日の午前八時にアップされるようにタイマー設定がしてあったよ――』

相田が言うには、記事は時間どおりアップされ、「エゴイスタ」の全社員が閲覧可能な状態になっていたらしい。

どうやら、芽衣は昨夜記事を書き上げて個人のフォルダーに下書き保存したつもりが、間違って予約投稿ボタンを押してしまったようだ。

「ちょっ……あの……き、記事って、もしかして、ぜんぶですか？」

『ああ、そうだよ。記事は、ブラッシュアップされていたね。あれを読めば、副社長の好感度は間違いなく爆上がりするだろう。笑顔の写真もいいし、実に読み応《ごた》えのある内容だった。それはいいんだが――』

そこから先は、言われなくてもわかった。

芽衣は、昨夜記事を書きながら、斗真へのやるせない想いを募《つの》らせていた。そして、その行き場のない気持ちを思いつくままに記事の最後に書き込み、そうする事でなんとか気持ちを鎮《しず》めていたのだ。

斗真への想いの丈《たけ》を綴《つづ》ったそこには、記事には書けなかった彼への恋心が詰まっている――

つまり、それを読んだ人には漏れなく芽衣の胸の内がわかり、その相手が斗真である事もバレバレの内容になっているのだ。

「ふ、ふくしゃちょ……き、記事……」

耳の奥でキーンと音がして、血の気が一滴残らず引いていくのがわかる。

体温が一気に氷点下にまで落ちて、立っている場所がガラガラと崩れるような錯覚に陥《おちい》った。

いったい、どうしてこんな事になってしまったのだろう？

芽衣は、昨夜寝る前の事を思い出そうとした。けれど、睡魔に襲われて朦朧《もうろう》としていたせいか、まるで思い出す事ができない。

『――もしもしっ？　佐藤さんっ、それでね――』

現在、記事は部内の全情報を管理している相田がロックをかけて閲覧不可になっているとの事。けれど、彼に連絡がいくまでの間に、すでに多くの社員が記事を読んでおり、ウェブ版社内報始まって以来の閲覧数を叩き出しているのだとか。

芽衣はその場に突っ立ったまま、相田による分析を聞いた。しかし、自分の告白文を多くの社員に見られてしまったという事実に、思考が完全にストップしてしまった。

『まぁ、とにかく、そういう事だから……。明日、社長室に説明をしに行こう』

相田との通話を終え、芽衣はガックリとその場にへたり込んだ。

（……終わった……）

事もあろうに、斗真への想いを全社員に向けて発信してしまった……。

しかも、本人がそれを見ているだけでなく、社長までが閲覧済みなのだ。

そういえば、何年か前にもウェブ版の社内報で操作ミスをした事があったのを思い出す。あの時、大いに反省して自分を戒《いまし》めたが、今回はそれだけでは済まないだろう。

「お姉ちゃん、大丈夫？」

舞華が芽衣の横に寄り添って、そう訊《たず》ねてくる。

芽衣は力なく首を横に振って、深いため息を吐いた。

自分を信頼し、仕事を任せてくれた彼女を裏切るような真似をしてしまった。

（明日、どんな顔をして社長に会えばいいの？）

『間違っても恋をしちゃダメよ。これは、あくまでも任務である事を忘れないで』

事前にそう言われていたにもかかわらず、彼に恋をしてしまったばかりか、それをうっかりとはいえ、こんな形で暴露してしまうなんて……

斗真同様、仕事には人一倍厳しい優子だ。こんな事になってしまった以上、クビは免《まぬが》れないのではないだろうか。

身体から力が抜け、芽衣は近くにある壁にぐったりともたれかかった。

(何もかも終わった……私の『エゴイスタ』での社員生命も、終わっちゃうかも……)

芽衣がその場から動けずにいると、隣人と話していた母がリビングに戻ってきた。

「今、塩谷さんって方がまた電話くれたわよ。芽衣と代わりますって言ったんだけど、今からここに来て直接お話しさせていただきますって」

そう言いながら、母が受話器を置くジェスチャーをする。

「は?」

耳を疑った芽衣は、思わず腰を浮かせた。

「聞こえたでしょ。塩谷さんって、一番多く電話をくれた人よね」

母の言葉に、舞華がすぐ横から芽衣の顔を覗き込んでくる。

「ねえ、前に言ってた、お姉ちゃんが好きになったっていう先輩社員って、その塩谷さんって人なんじゃないの?」

舞華が芽衣の腕を肘でトンと突《つつ》いてくる。

ふいを突かれた芽衣は、そのまま床に横倒しになった。しかしすぐに身を起こし、勢いよく床から立ち上がる。

「ふ……副社長がここに？　ど、ど、どうしよう……。どこか、隠れるとこっ……」

芽衣は顔を引き攣《つ》らせて、リビングの中をキョロキョロと見回した。

「はあ？　副社長って――塩谷さんって、副社長なの？」

舞華がしゃがんだ体勢で芽衣を見上げてきた。

「ええっ？　あらやだっ……なんでそんな偉い人が、わざわざうちに――お茶、お茶の用意をしないと――」

母親が、あわてた様子でキッチンに走っていく。

（直接話すって、何を？　ここに来るって、今はどこにいるの？）

思いきり動揺している芽衣は、そわそわと足を動かして床を踏み鳴らした。

斗真は昨日、「高見沢製薬」の令嬢と見合いをしたばかりだ。一社員である自分は、彼の輝かしい未来を応援し、「エゴイスタ」の更なる発展を願う立場にいる。それなのに、このタイミングで、とんでもない失敗をやらかしてしまった。

もう斗真に合わせる顔がないし、できる事なら地球の裏側まで逃げ出したい気分だ。彼には心からの謝罪をしなければならないし、そうするつもりだ。だが、今はまだ面と向かって話す勇気がないし、どう謝っていいかわからなかった。

「と……とりあえず、逃げよう！」

そう決心すると、芽衣は取るものもとりあえずリビングを離れた。

あとどのくらい逃げる時間が残っているだろう？

とにかく一刻も早くここを出なければ——

廊下を駆け抜け、大急ぎで靴を履いて玄関の外に出る。

すると、ちょうど家の前に到着した斗真が、こちらに向かって歩いてくるところだった。

「芽衣！」

「わっ！　ふ、副っ……す、すみませんっ！」

二人の間の距離は、僅《わず》か三メートルほどだ。

芽衣は、玄関横の壁に身体を押し付けるようにして庭に逃げた。

「芽衣！」

「すみません！　ごめんなさい！　許してくださいっ！」

逃げながら繰り返し謝り、家の裏手に回った。追いかけてくる声を振り切り、そのまま正面の道路を目指した。

家の壁伝いに隣家との間の狭いスペースを駆け抜け、あと少しで玄関の横に出る——

なんとか逃げ切れると思った時、うしろにいるはずの斗真がいきなり芽衣の目の前に立ちはだかった。

「捕まえた！」

「きゃああっ！」

手首を握られ上からじっと見つめられる。絶体絶命の危機を迎えているのに、久々に斗真の顔を見て、ふにゃりと頬が緩む。

「もう逃げられないぞ、芽衣」

手を引かれ、再び玄関の前に出た。その間も、彼は芽衣が転ばないよう身体を支え、足元に気をつけてくれている。

やっぱり、好き――

好きな人から、逃げられるはずがない。

覚悟を決めると、芽衣は改めて斗真に謝罪した。

「あの……ウェブ版の社内報の件……本当に、すみませんでした。記事以外の余計な事まで載せてしまって、副社長にご迷惑をおかけしてしまいました……」

芽衣は消え入るような声で、斗真に頭を下げた。さすがに彼の顔をまともに見ていられず、じっと足元を見つめる。

その顎《あご》をついと伸びてきた指先にすくわれ、斗真と正面から目が合った。

「どうした？　いつもの芽衣なら、もっと大声を張り上げて『すみませんっ！』って言うはずだろ？」

ニッと微笑まれ、思わず瞳が潤《うる》んできた。

「す……すみませんっ！」

反射的に出した声が、大きすぎた。

眉を吊り上げる斗真を見て、芽衣はあたふたする。

「さすがに、今のはうるさいな。ちょっと口を塞がせてもらうぞ」

「はいっ……え？　んっ……ん――」

目前に斗真の顔が迫り、唇が重なる。すぐにキスが終わり、それと同時に手首も解放された。

「ウェブ版の社内報の件なら、謝らなくていい。どのみちあとは相田部長の決裁をもらうだけの状態だったんだろう？　違うか？」

突然のキスに呆けていた芽衣は、目をパチクリとさせるだけで精一杯だ。

「……で……でも、余計なものが……」

「余計なもの？　ああ、芽衣渾身《こんしん》のラブレターの事か？　あれには、正直参ったよ……。見事に心臓を撃ち抜かれた。もっとも、もうとっくに好きだったけどね」

斗真が芽衣に一歩近づき、両方の手を手の中に包み込む。

そのまま優しく見つめられ、いよいよ涙が込み上げてくる。

「芽衣――君が好きだ。僕には芽衣以外の女性なんて、考えられない」

「……え……っ……？」

口から掠《かす》れた声が出ると同時に、足元が急におぼつかなくなって、よろけた。

さらに一歩前に出た斗真に支えられ、彼の腕の中に包み込まれる。

「い……今、なんて……？」

「ふっ……二度も言わせるなんて、芽衣は欲張りだな。いいよ、何度でも言う。僕は芽衣が好きだ。芽衣とずっと一緒にいたいと思うし、ぜったいに手放したくないと思ってる」

まさか、彼からそんな言葉を聞けるなんて……

芽衣は信じられないといった表情を浮かべ、斗真を見つめ返した。

「なんて顔をしてるんだ？　言っておくが、これは夢じゃなく現実だ。なんなら、ちょっとほっぺたをつねってみようか？」

斗真の手が伸びてきて、芽衣の左の頬をそっと摘まんだ。

「い……痛くない……」

芽衣が今にも泣きそうな声でそう言うと、斗真がクシャッと顔に皺《しわ》を寄せて笑った。

「仕方ないな。もう少し強くつねるぞ。――ほら」

「痛っ！　痛い……痛いですぅ」

芽衣は目に涙を浮かべながら、半笑いになる。

「あ……でも、お見合いは……」

「予行練習に付き合ってもらっておいてなんだが、結局見合いはしなかった。社長には、きちんと了承を得たし、先方にも説明してこの話はなかった事にしてもらったんだ」

彼は見合い相手に対して自分には好きな人がいて、彼女以外の女性と付き合う事など考えられないと打ち明けたのだそうだ。

「もともと親同士が勝手に決めた話だったし、彼女にも、どうやら意中の人がいるみたいだった。だから、見合いの件については何も心配はいらない」

斗真が、芽衣の頭のてっぺんにキスをする。その優しい感触に、芽衣はようやくホッとして彼の胸にそっと寄りかかった。

「芽衣と出会って、はじめて人を好きになる気持ちがわかった。日に日に想いが強くなるし、どうしたら芽衣を僕のものにできるか、考えに考えたよ」

その結果、彼は見合い話をきっぱりと断り、芽衣のアドバイスに従って他者への態度を改め、部下が歩み寄りやすい上司になる努力を本格的に始めた。

斗真の評判が格段によくなったのは耳にしていたが、やはり彼はそれ相応の努力をしていたのだ。

「周りの雰囲気がずいぶんよくなってきたし、部下の仕事に対するモチベーションもアップした。ぜんぶ、芽衣のおかげだ。ありがとう、芽衣。心から感謝するよ」

「私も……。私も、副社長と出会って、はじめて本当の恋を知りました。私こそ、いろいろと感謝してます」

話す声が、徐々に涙声になる。

「芽衣」

名前を呼ばれ、芽衣は零れそうになる涙を堪《こら》えながら顔を上げた。

「そう言ってくれて、嬉しいよ。芽衣……大好きだ。記事を見て芽衣が僕と同じ気持ちだと知り、居てもたってもいられなくなって、こうして芽衣を捕まえに来たんだ」

抱き寄せていた芽衣の身体を離すと、斗真がおもむろに一歩下がりその場に片膝をついた。

そして、芽衣を下から見つめながら、右手を差し出す。上を向けた掌《てのひら》に載っているのは、失くしたと思っていたペンギンのぬいぐるみだ。

「僕にとって、芽衣は唯一無二の人だ。心の底からお願いする——僕と結婚を前提として、付き合ってくれないか？」

芽衣の瞳に、にっこりと微笑みを浮かべている斗真の顔が映った。

恋焦《こ》がれ、諦めようとしてどうしてもそうできなかった愛しい人が、自分に向かって手を差し伸べてくれている。

童話の中の魔法使いだって、これほど素敵な奇跡は起こせないだろう。

芽衣は感動で胸をいっぱいにしながら、一歩前に出た。そして、ペンギンを持つ斗真の手を両方の掌《てのひら》で包んだ。

「はいっ！　……はいっ！　こちらこそ、よろしくお願いいたしますっ！」

斗真の顔が溢《あふ》れる涙で見えなくなる。

芽衣は泣きじゃくりながら、跪《ひざまず》く彼の肩に抱きついた。

すると、いつの間にかすぐそばまで来ていた母親と舞華、そのうしろに集まって来ていた近所の人達が一斉に拍手をする。

「おめでとう～！」

「芽衣ちゃん、よかったねぇ！」

家族と近隣の人達の祝福の声が飛び交う中、抱きつかれてバランスを崩した斗真が地面に仰向けになって倒れた。

「ちょっと、お姉ちゃん！　何やってんのよ！」

「あらあら、スーツが汚れちゃうわよ！　芽衣、早くどいてあげなさい！」

母親と舞華にどやしつけられ、芽衣は目を瞬《またた》かせて涙を振り払った。

「す、すみませんっ……ご、ごめんなさい！」

謝りながら起き上がろうとする芽衣の背中を、斗真がギュッと抱きしめてくる。そして、芽衣にしか聞こえないくらい小さな声で、耳元に囁《ささや》いてきた。

「はじめてセックスした時も、芽衣はこんなふうに僕をベッドに押し倒したよな」

「ひぃっ！　なっ……な、何を急にっ……。は、早く起きましょう！」

芽衣はジタバタしつつ起き上がり、寝ころんだままの彼の腕を取った。そのまま引き起こそうとしたところ、斗真がひらりと起き上がって周りの人々ににっこりと微笑みかける。

「お騒がせして、すみませんでした」

優雅にお辞儀をする斗真を見て、またしても拍手が沸き起こる。これ以上ここにいたら、ますます周囲がヒートアップしそうだ。

芽衣は鳴り止まない拍手に恐縮しながら、斗真の背中を押した。そして、見送ってくれる人達に手を振りつつ、そそくさと家の中に入るのだった。


翌朝、芽衣は目覚ましが鳴ると同時に飛び起き、ベッドの上で正座した。

（おはよう、芽衣。昨日の事は夢じゃない。それだけは、確かだからね）

昨日、斗真に車で送ってもらう際、こう言われた――

『朝起きたら、「昨日の事は夢じゃない。それだけは確かだ」って自分に言い聞かせてごらん』

それは、プロポーズを受けたあと、芽衣が何度も頬をつねっていたのに気づいていたからだろう。

（副社長って、本当に優しいな……）

彼は何気ない芽衣の表情や行動を気に留め、適切な助言をくれたり導いてくれたりする。

そういう時の斗真は、まるでプリンセスを護《まも》るナイトみたいだ。彼ほど眉目秀麗で紳士的な男性を、芽衣は見た事がない。

自分は、なんて幸せ者なのだろう！

芽衣は昨日の出来事を思い出し、ひとりニヤニヤする。

けれど、その笑顔が、だんだんと消えて硬い表情になった。理由は言うまでもなくウェブ版社内報の件だ。

気分は秒単位でアップダウンを繰り返し、一向に定まらない。

しかし、すべては自分が起こしたミスであり、責任は自分にある。今日は、かなりハードな一日になるに違いない。

相田とは昨日のうちに電話で打ち合わせを済ませている。出社したあと、芽衣は彼とともに社長室に行って心から謝罪するつもりだ。

芽衣は覚悟を決めて、出勤の準備に取り掛かった。だが、何をしていても落ち着かず、朝食もろくに喉を通らない。

「はぁ……怖い……手、震えてるよ……」

メイクをする手を止めて、芽衣は緊張で顔を強張《こわば》らせる。

斗真は何も心配はいらないと言ってくれた。彼は事前にプロポーズの件を優子に報告し、芽衣がスマートフォンを自宅に置き忘れたために連絡が遅れた事なども話してくれている。

しかし、やはり恐怖心は拭えない。芽衣の失態は、ウェブ版社内報の記事を無断でアップしてしまった事だけではないのだ。

いくら斗真がとりなしてくれても、優子は許してくれないかもしれない。

『間違っても恋をしちゃダメよ。これは、あくまでも任務である事を忘れないで』

芽衣は優子からの特命を引き受けるにあたり、彼女から言われた事を頭の中に思い浮かべた。

その大前提を忘れていたわけではない。

けれど、結果的に芽衣はその約束を反故《ほご》にし、斗真に恋をしてしまったのだ。それだけならまだしも、彼のプロポーズを受けて想いを貫こうとしている。

広報部社員として詫びるだけではなく、芽衣個人としても深く謝罪しなければ申し訳が立たなかった。

斗真は「エゴイスタ」の未来の社長であり、彼女の一人息子だ。

いくら彼から事前に話を聞いているとはいえ、果たして優子は芽衣を受け入れてくれるだろうか？

芽衣は、以前黒川に見せてもらった優子の写真を思い出した。

（あの写真の社長、本当に嬉しそうに笑ってたよね……）

彼女にとって、斗真は何ものにも代えがたい宝物のような存在なのだろう。だとしたら、優子が二人の仲をすんなりと認めてくれるとは思えない。

そもそも二人は立場もスペックも違いすぎる。せめて自分がもっと優秀なビジネスパーソンであったなら……

だが、現実の芽衣は平凡な庶民であり、特別な能力など何ひとつ持たない一社員でしかない。

斗真ほど優秀で、すべてにおいて完璧な男性のパートナーとしては、明らかに力不足だ。

（やっぱり、認めてもらえるはずないよね……）

芽衣は鏡から視線を下げた。そして、持っていた「ロージィ・ローズ」のルージュをきつく握りしめる。そして、思いつめた顔をしながら、ルージュを持った拳《こぶし》をじっと見つめた。

斗真は優子の宝物であると同時に、芽衣が心から想う人だ。

彼のような人は、この先世界中のどこを探しても見つからないだろう。

彼なしの人生なんて考えられないし、芽衣はもう斗真を深く愛してしまっている。

「副社長が好き――この想いだけは、誰にも止められない……。認められないなら、認めてもらえるように努力すればいいじゃない！」

芽衣は、拳《こぶし》を天井に向かって力強く突き上げた。

たとえ天と地ほどの差があっても、斗真を想う気持ちだけは自信がある。何があってもこれだけは確かだし、ぜったいに手放せない。

「そうだよ……。グズグズ悩んでばかりいるなんて時間の無駄でしょ。よし、頑張ろう！副社長にふさわしい女性を目指して、邁進《まいしん》あるのみ！」

鏡の中の自分に力強く頷き、気持ちを新たにする。

危機的状況に陥《おちい》った今、芽衣は本来の前向きな性格を取り戻した。

（だけど、まずは社長に心からお詫びしなきゃ）

芽衣は自分を鼓舞《こぶ》し、出勤の準備を整えた。駅への道を歩きながら、今日一日が無事に終わる事を祈る。

いつもよりも三十分早く会社に着き、エレベーターホールをスルーして非常口のドアを目指した。

ドアを開け、念のため上を見て誰もいない事を確認する。

ノンストップで非常階段を上《のぼ》り、四階に到着した。さすがに息が切れて、呼吸が整うまで踊り場の外枠に掴まってしゃがみ込む。

（あぁ……ドキドキする……「悩める者の階段」さん。ぜんぶうまくいくように、力を貸してちょうだい！）

芽衣は目を閉じて、強くそう念じた。少々虫がよすぎる願い事だと思うものの、今は藁《わら》にもすがりたい気分だ。

芽衣は非常階段のドアを開け、背筋を伸ばしてフロアに入った。

早い時間だからか、いつもより人は少ない。しかしまったく無人というわけではないし、早出の社員も数人いる。

「おはようございま～す！」

すれ違う時はにこやかに笑って、目は細い三日月形に固定する。そうすれば視界が最小限で済むし、人とまともに目が合う心配がない。なおかつ腰を低くして、足早に自席に向かう。

それでも、背中にチクチクとした視線を感じるし、ヒソヒソと話す声も聞こえる。それもこれも、自分がウェブ版社内報を間違ってアップしてしまったせいだ。

「あ、佐藤さん！」

ようやく広報部の入り口に辿《たど》り着いた時、待ち構えていた様子の相田がパーティションの内側から飛び出してきた。

「わっ！　相田部長、お、おはようございます！　今回は、本当にすみませんでした！」

「はい、おはよう！　早く早く！　副社長がお待ちかねだよ」

「えっ⁉　ふ、副社長が？」

相田に追い立てられるようにして自分の席まで歩くと、斗真が椅子に座りながらデスクに頬杖をついている。

「副社長っ……おはようございます！」

「おはよう、佐藤さん。待ってたよ。本当は、車で自宅まで迎えに行こうと思ったんだが、それだとかえって人目を引くと思ったものだから」

斗真が椅子から立ち上がりながら、そう話した。

確かにこのタイミングで二人揃って出社すれば、余計注目を浴びる事になるだろう。

「そ、それで、今朝はどうしてここへ……？」

「相田部長がついているとはいえ、さすがに君一人を敵地に向かわせるのは忍びなくてね」

「て、敵地……」

自然と肩が窄《すぼ》まり、みぞおちのあたりがキュッとなる。

目の前の斗真はいつも以上に落ち着いており、どっしりと構えている。それが頼もしく見えて、芽衣はほんの少しだけ気持ちが楽になるのを感じた。

「じゃあ、さっそくだが社長室に行こうか。相田部長もよろしいですか」

相田が頷き、二人に先んじて歩き出す。

「えっ……社長は、もう出社していらっしゃるんですか？」

「ああ、もうとっくに出社してる」

「そ、そうなんですか？」

もっと早く来るべきだった——

芽衣は悔やんだが、もう遅い。

いつもよりだいぶ早く出社するほど、怒り心頭という事だろうか？　そう思うと指先が震えて表情が強張《こわば》ってくる。

「ガチガチに緊張してますって顔をしてるぞ。いつもの変顔はどうした？　こういう時にこそ使う、君の必殺技だろう？」

歩き出した斗真が、正面を向いたまままそう話しかけてくる。

「しました。でも、今はこれが精一杯で——」

「そうか。じゃあ、何か表情筋がほぐれるような事をしようか。何がいいかな……始業時間前とはいえここは会社だし、あまり破廉恥《はれんち》な事はできないよな……」

斗真が薄く微笑み、芽衣に向かってやけに意味ありげな視線を送ってくる。

芽衣はあわてて首を横に振って彼の提案を辞退した。

「副社長、その様子だともうすっかり『女性恐怖症』は治ったみたいですね？」

芽衣が小声で訊《たず》ねると、斗真が小さく首を横に振った。

「いや、改善はしているが治ってはいないな。だが、君に対してだけは、症状がまったく出ない。知ってのとおり、二人きりだと淫《みだ》らな事ばかり考えてしまうしね」

「み、淫《みだ》らって——」

一瞬、びっくりするほど煽情《せんじょう》的な視線を送られ、芽衣は顔を赤くして目を丸くする。

「なっ……何を言ってらっしゃるんですか！　ここは会社です。そういう問題発言は、ひ、控えていただかないと——」

芽衣は相田に聞かれないよう、極力声を低くして斗真に苦情を言った。しかし、彼はニンマリと笑うだけで、まるで反省している様子はない。

「鼻の穴が膨らんで、すごく可愛いよ。それに、いい感じに表情筋がほぐれたみたいで、何よりだ」

歩きながらじっと見つめられ、顔の熱が胸元まで下りてきた。

少し前まで眉間に縦皺《たてじわ》が定番だった斗真が、今やセクシーオーラ全開で冗談を言うまでになっている。

その破壊力たるや、気を抜けば腰が抜けそうになるほどだ。

「なんなら、もっとほぐしてやろうか？」

低い声で囁《ささや》かれ、思わずよろめいて廊下の壁にぶつかってしまった。

「け、結構ですっ！　もう充分ほぐれましたから！」

音を聞いて振り向いた相田を追い、芽衣は歩く足を速めた。一足早くエレベーターホールに行きつき、斗真と目を合わせないままエレベーターに乗り込み七階を目指す。

さすがに、三人とも無言だし、ほぐれたばかりの表情が早々に強張《こわば》ってくる。

二人を従えて社長室の前まで進んだ斗真が、芽衣のほうを振り返る。

「行くぞ。……そんなに緊張しなくても大丈夫だ」

「……は、はい……」

「いざとなったら、僕が佐藤さんの盾になる。これから先も、ずっとね――」

それからすぐに斗真がドアをノックし、中から優子の「どうぞ」という声が聞こえてきた。

斗真に続いて相田が中に入り、芽衣がそれに続く。

尊敬する女性を、これ以上失望させてはならない。

芽衣は顔を上げ、まっすぐに前を見ながら社長室の中に入った。

「朝早くから、ご苦労さま」

正面の執務デスクに座っていた優子が、おもむろに立ち上がって応接セットのほうに歩いていく。

その顔にはいつもの微笑みはなく、まったくの無表情だ。

「こちらへ」

優子に掌《てのひら》でソファを示され、斗真がデスクから近い二人掛けの椅子に座った。優子がその隣に腰を下ろし、芽衣は相田とともにその前の席に着く。

張り詰めた空気が流れる中、優子が小さく咳払いをした。

それをきっかけに、相田が重々しい声で謝罪を口にする。

「この度は、こちらの手違いでウェブ版社内報に未完成記事を配信してしまい、誠に申し訳ありませんでした」

相田が座りながら深々と頭を下げ、芽衣は彼よりもさらに平身低頭して謝罪した。

「本当に申し訳ありませんでした。すべて私の不注意が引き起こしたミスです」

心を込めてそう口にしたあと、芽衣はおそるおそる顔を上げた。そして、神妙な面持《おもも》ちで優子の顔をまっすぐに見つめる。

「――当該の記事は削除し、現在は謝罪文に差し替えてあります。しかし、すでに多数の社員が記事の閲覧をしておりまして、ウェブ版社内報始まって以来の数になりました。今後は社長と副社長のご意見を伺った上で、記事を再アップするかどうか決めたいと思っております」

相田が前に座る二人に、記事のコピーを差し出した。

「閲覧した社員の反応は、どんな感じなのかしら？」

「概《おおむ》ね好評で、すでに社員の間で話題になっているようです。今朝チェックしたところ、記事に関する質問メールが殺到しておりまして――」

そのほとんどが、なぜ記事が閲覧できなくなっているのか、再アップはあるのかという問い合わせだった。

「そうですか。なんにせよ、反応があるのはいい事だわ」

優子がコピーを手に取り、ほんの少し微笑みを浮かべた。

「はい。記事の内容に関しても、皆かなり好意的です」

「大いに結構だわ。アップされた記事は、私もじっくりと見させてもらいました。副社長の密着取材は成功だったと言えると思うわ。あれを読めば、多くの社員が副社長を身近に感じられるようになるでしょうね」

ページを捲《めく》っていた優子が、コピーを膝に載せて居住まいを正した。

「佐藤さん、ご苦労さまだったわね。いろいろと大変だったでしょうけど、この記事には私を含め、皆が知らなかった副社長の一面が生き生きと書かれていたわ」

「あ……ありがとうございます……！」

厳しく叱責《しっせき》されるのを覚悟していた。

思いがけない褒《ほ》め言葉をもらって、ほんの少しだけ緊張が緩む。けれど、ここで調子に乗ってはいけない。

芽衣は、それまで以上に表情を引き締め、背筋をピンと伸ばした。

「記事はしかるべき修正をしたあと、予定どおりアップしてもらって構いません。副社長、それでいいかしら？」

優子が斗真を見てそう訊《たず》ねた。

「はい、異存ありません」

「結構。では、相田部長、あとはよろしく頼みます」

優子が軽く礼をし、芽衣はまた少しホッとしながら相田とともに改めて深々と頭を下げた。


とりあえず、謝罪と報告は終わった——

芽衣は席を立ち、相田とともに部屋の入り口に向かおうとした。

「佐藤さん、ちょっとだけ残ってもらっていいかしら？」

優子に呼び止められ、歩き始めた足がピタリと止まる。

「……はい」

芽衣は返事をして、相田と視線を交わしたのちに再度ソファに腰を下ろした。

相田と入れ替わり黒川が部屋に入ってきて芽衣の隣に座る。

「佐藤さん、いろいろと大変でしたね」

黒川が穏やかな声で芽衣に話しかけてくる。

「はい。あの……改めてお詫びいたします。何度もご連絡いただいたのに、応答できず本当に申し訳ありませんでした」

「おやおや……佐藤さん、そんなに謝らないでください。私も副社長から事情は伺っていますから」

「そうよ。もう少し肩の力を抜いてちょうだい」

「は……はい」

優子に促《うなが》され、芽衣はおずおずと顔を上げて正面を見た。チラリと横を見ると、斗真が気遣わしそうな顔をして、こちらをじっと見つめている。

「社長、今回の一連の出来事について、私個人としても深くお詫びいたします。私……社長との約束を守る事ができませんでした」

芽衣がそう言って唇をきつく結ぶと、優子がほんの少し身を乗り出してきた。

「佐藤さん……もしかして、私との約束があったから、余計に副社長の事を意識してしまったんじゃない？」

優子が芽衣の真意を探るように、じっと目を見つめてくる。

芽衣は彼女を見つめ返しながら、必死に自分の心を探った。

「……ど、どうでしょう……。正直、よくわかりません……。でも、常に頭の中に社長の言葉があったのは確かです。副社長に恋をしちゃいけない……ぜったいにダメだって、事あるごとにそう思っていました」

芽衣がしどろもどろになってそう答えると、優子がゆっくりと頷く。

「でも、どうしても気持ちが傾いてしまって……。ストップをかけようとするのに、そうするたびに余計想いが募《つの》ってしまって――本当に、申し訳ありませんでした！」

芽衣はテーブルに頭をぶつける勢いで上体を前に倒し謝罪を口にした。

そのまま顔を上げられずにいると、突然頭の上で高らかに手を叩く音が聞こえてくる。

「やっぱり！　男女の間ってそういうものよね。禁じられると、いっそう燃え上がるの。まるでロミオとジュリエットみたいに――」

急に弾むような声を出した優子に驚き、芽衣はそのままの姿勢で顔を上げた。

「……へ？」

見ると優子は、さっきまでとは打って変わった明るい表情を浮かべている。

「ほらね、黒川室長。私の言ったとおりだったでしょう？」

「そうですね。お見事です、社長」

優子が嬉しそうな顔で微笑み、黒川もそれを見てにっこりする。

芽衣はわけがわからないまま、そろそろと上体を起こした。

「社長、佐藤さんがびっくりしてるじゃないですか。早く説明をしてあげてください」

斗真に言われ、優子が頷いて芽衣を見た。そして、いたわるような目をして芽衣に微笑みかける。

「佐藤さん、驚かせてごめんなさいね。はじめて佐藤さんを『悩める者の階段』で見かけて以来、ずっとあなたの人となりを観察させてもらったわ。明るくて元気で、とても頑張り屋だとわかって、あなたなら副社長を変えてくれるかもって思ったのよ」

「えっ……『悩める者の階段』？」

優子は頷き、はじめてそこで芽衣を見た時の事を話してくれた。

それは、芽衣が「エゴイスタ」に入社して一年ほど経った頃——やっとひとところの業務を覚えて、ウェブ版社内報の仕事を一部任されるようになった時の事だ。

当時、芽衣は先輩社員から預かったデータを記事にする作業をしていた。しかし、ある時操作ミスをしてしまい、データを全消去してしまうという失態を犯した。

反省しきりの芽衣は、その日の昼休みにはじめて外階段に出た。そして、自身のマヌケっぷりを声に出して、長々と嘆いていたのだ。

「き、聞いてらしたんですか？」

よもや、聞かれているとは思わなかった。

芽衣は恥ずかしさのあまり、思いきり表情を引き攣《つ》らせた。

「かなり大声だったから、この部屋の——ほら、あの窓を開けてたら聞こえてきたの」

優子が指したところには、換気のための小さな出窓がある。そこはちょうど外階段の真横だった。

「階段からは、ちょうど手すりの死角になって見えないでしょう？　黒川室長から『悩める者の階段』の話は聞いてるわよね？　だから、佐藤さんの声を聞いた時、ああ、この子も仲間になったんだなって。あなたの嘆きを聞いて、若い頃の自分を思い出したりしてたの」

優子は普段からその窓を少し開けており、芽衣の愚痴《ぐち》や悩みは、漏れなく彼女の耳に届いていたようだ。

周りを見ると、皆芽衣を見ている。

芽衣はそれぞれの顔に視線を移したあと、小さな声で訊《たず》ねた。

「皆さん、もしかして『悩める者の階段』の利用者ですか？」

「そのようだな」

斗真が頷きながら、そう答えた。

「ここに居る全員がそうだと知っているのは、私と黒川室長だけだったの。副社長には昨日の騒動のあとで話したわ。そのついでに、私の企《たくら》みについても打ち明けたの」

優子がチラリと斗真のほうを見たあと、芽衣に視線を戻した。

「企《たくら》み……ですか？」

「私は、あなたの素直で明るい性格に目をつけたの。そして、副社長の分厚い殻を破るために、二人を引き合わせる事を思いついた――」

彼女は以前斗真が自分についての特集記事を打診された時、それを秒で却下した事を黒川から聞かされていた。そして、自分の思いつきを実現させるべく、社長命令という免罪符を与え、芽衣に今回の仕事を任せたのだ。

「そして、あえてあなたに副社長に恋をするなと釘を刺す事で、かえって彼を意識するように仕向けた、というわけなの」

果たして二人の出会いは優子の目論見《もくろみ》どおりのハレーションを起こし、それぞれがいい方向にシフトチェンジし始めた。

「二人が顔を合わせてからの変化は、黒川室長から逐一《ちくいち》報告をもらっていたわ」

優子が黒川のほうを見ると、彼は彼女のあとを引き継いで話し始める。

「特に、副社長の変化は顕著《けんちょ》でした。佐藤さんに好意を持ち始めると同時に、だんだんと表情も態度も柔らかになって。佐藤さんは探りを入れるまでもなく顔に『副社長が好きです』と書いてありましたし――」

「わっ……そ、そんな……わわっ……」

芽衣が自分の頬を掌《てのひら》でこすると、斜め前で斗真がぷっと噴き出した。

見合いの件は、双方の社長が互いの子供がいつまでたっても結婚をする気配がないため、一度試しに会わせてみようという軽いものだったらしい。そして結果的に、それもまた二人の仲を深めるひとつの好材料になったというわけだ。

「まあ、つまりは、すべてがベストの方向に進んだという事です。そうですね、社長？」

「そうね。佐藤さん、あなたは本当にいい仕事をしてくれたわ。おかげで全社員に副社長の隠れた魅力を知らせることができたし、彼を身近に感じてもらえそうよ。取材は大成功ね。それに、私からの特命についても期待以上の成果を上げてくれたわ」

優子が言い、斗真と芽衣を交互に見る。

「あなた達二人は、私が思っていた以上のストーリーを描いてくれたわ。私のお膳立てなんか、必要なかったんじゃないかと思うくらいよ」

優子が嬉しそうに顔を綻《ほころ》ばせると、斗真がその横で小さく肩をすくめた。

「やれやれ……まさか、社長がそんな事を企《たくら》んでいたとは、昨日話を聞くまで気がつきませんでしたよ。だけど、佐藤さんと出会うきっかけを作ってくれた事には心から感謝します。彼女は僕にとって宝物みたいに大切な存在ですから」

「素敵ね」

優子が斗真と芽衣を交互に見ながら、小さく拍手をする。それに続き、黒川がひときわ大きな音で手を打ち鳴らした。

部屋の中は、もうすっかり和《なご》やかな雰囲気に変わっている。

芽衣は周りの様子を窺いながら、おずおずと口を開いた。

「あの……という事は、私はクビじゃないって事でしょうか……？」

芽衣が訊《たず》ねると、それぞれが顔を見合わせて同時に笑い声を上げた。

「もちろんよ。佐藤さんのそういうところ、好きだわ。これからも副社長をよろしくね」

優子が芽衣を見て、にっこりする。

芽衣は今度こそ肩の力を抜いて、強張《こわば》っていた表情を緩めた。

「はいっ！　社長、黒川室長……そして、副社長。いろいろとお騒がせして申し訳ありませんでした！　そして、どうもありがとうございます！」

芽衣は、ソファから立ち上がって皆に向かって礼をした。

顔を上げると同時に、自然と涙が溢《あふ》れてくる。

「ふふ……私、最近涙もろくて――」

芽衣が笑うと、周りにいる全員がそれぞれにハンカチを差し出してくれた。

芽衣はそのぜんぶをありがたく受け取り、涙を拭いながら明るい笑い声を上げるのだった。


斗真への告白文がウェブ版社内報でフライング公開されてからというもの、芽衣は「エゴイスタ」内で、すっかり有名人になってしまった。

文章の中には、詳細ではないにしろ見合いの予行練習で立ち寄った場所や食べたものについての記述もあった。取材の一環という形をとっていたにせよ、二人きりで休日を過ごした事は明らかだ。

冷徹で近寄りがたい雰囲気があるものの、相手は業界内外に知られるほどのハイスペックイケメンの斗真だ。

彼に憧れていた女性は想像以上に多かったようで、あれ以来広報部宛てに結構な数の苦情メールが届いた。

『いくら取材とはいえ、やり過ぎではないでしょうか？』

『女を武器にして、上司に迫るなんて最低です』

特に本社内では、あからさまに芽衣に対して批判的な目を向ける女性社員が少なくなかった。

斗真はその事を知るや否《いな》や、各部署の責任者に二人が婚約している事を正式に通達した。

そして、告白文に書かれていた行動については、すべて自分が段取りをしたものであり、芽衣はただそれに従っただけであると断言したのだ。

そうする事で、彼は芽衣には一切非はないとし、批判の矛先《ほこさき》が自分に向くように仕向けた。

そのおかげで、芽衣は斗真の婚約者として認識され、あからさまな誹謗中傷はなくなった。

斗真との関係はオープンになったが、今のところ普段の生活に大きな変化はない。

彼は相変わらず公私ともに多忙で、仕事上の接点もない今、何日も会えない状態が続いている。

少しでも会って話したい――そう思うけれど、週末も出張などの予定が詰まっているようで、連絡を取りたくても、つい遠慮してしまう。

（婚約者なんだから、もっとどっしりと構えてないと）

そうでなければ、副社長の妻は務まらない――そんな気負いもあって、芽衣は連絡したい気持ちをぐっと抑え込み、寂しくてもやせ我慢を重ねていた。

そんな中、今月の社内報が配布された。

表紙は「エゴイスタ」副社長の塩谷斗真であり、目玉は芽衣が書き上げた彼の特集記事だ。

改めてウェブにアップされた記事は全社員の注目を浴び、みるみるうちに最高閲覧数を更新した。

順次送られてくるアンケートによると、記事を読んだものは漏れなく斗真に対するイメージを一新させ、彼をより身近に感じられるようになったみたいだ。

「佐藤さん、初の大仕事の大成功おめでとう」

「記事もいいけど、カメラマンとしての腕前もなかなかのものだよ」

相田をはじめ、広報部の面々は皆芽衣の頑張りを認め、褒《ほ》めてくれた。

はじめての取材は戸惑う事も多かったがいい経験になったし、間違いなく広報部員としての自信にも繋がった。

「ありがとうございます！　これからも精進《しょうじん》しますので、どうぞよろしくお願いいたします！」

いささか大きな声を出しすぎたのか、相田が大袈裟《おおげさ》に耳を押さえた。

芽衣は笑いながら首をすくめると、改めて仕事に対する意欲が高まっていくのを感じるのだった。


その週の土曜日、芽衣は斗真に誘われて、彼とともに週末を過ごす事になった。

『昼前に車で迎えに行く。あとは、会ってから決めよう。会えるのを楽しみにしてるよ』

その気持ちは芽衣も一緒だったたし、彼がそう言ってくれるのが心から嬉しかった。

（二人きりで会うのって、ほんと久しぶり！　何を着て行こう？　うわぁ～もう、ウキウキするっ！）

斗真に会えると思うと、嬉しすぎてじっとしていられない。

何せ、今回は予行練習ではなく正真正銘のデートなのだ。

当日の今日は、朝少し早く起きて、いつもより念入りに肌のケアをする。

「ロージィ・ローズ」のフェイスパックをして、メイクを済ませたあと、丁寧に櫛（くし）で梳（と）かした髪の毛に同シリーズのフェイスオイルをサッと塗る。

「これ、髪の毛にちょっとだけつけるといい感じに香ってくれるんだよね」

むろん、日焼け対策も忘れない。

もともと色白が唯一の自慢だった芽衣だ。

以前、斗真に「色白」と言われた時から、いっそう美白には気をつけるようになっていた。

(そろそろ来る頃かな?)

婚約者として付き合うようになって以来、もう服装やヘアスタイルに関しては、好きにしてもいいと言われている。

今日の服装は、夏らしい白のカットソーと水色の花柄のフレアスカート。それに先日買ったばかりのバックリボン付きのつば広帽子をかぶり、いそいそとアパートの前に急いだ。

「芽衣」

アパートの敷地を出るなり、車の横に立っている斗真に手を振られた。彼のそばには、二人の若い女性が立っており、何やらスマートフォンを弄《いじ》りながら話し込んでいる。

「えっと……こちらの方々は……?」

芽衣が斗真に近づくと、女性達はあからさまに怪訝《けげん》な顔をする。

「道に迷ったんだそうだ。芽衣、この近くに図書館はあるか？」

「ああ、それなら――」

芽衣が女性達に図書館までの道順を教えると、二人はわかりやすく不満そうな顔をしながら礼を言って去っていった。

その背中を見送ったあと、芽衣はくるりと斗真に向き直る。

「副社長、逆ナンされてましたね？」

芽衣が聞くと、斗真が愉快そうに笑った。

「いや、ただ道を聞かれただけだ。方向音痴だから、地図アプリを見ても辿《たど》り着けないとかで」

「へえ……その割には、やけに嬉しそうですけど……」

「嬉しいのは、芽衣がいかにも不機嫌そうな顔で近づいてきたからだ。ほら、顔に『やきもちを焼いてます』って書いてあるぞ」

額《ひたい》をチョンと突かれ、芽衣は反射的に頬を膨らませて赤面した。

婚約したとはいえ、斗真は相変わらず女性から熱い視線を受け続けている。今のように街で声を掛けられる事が増えたようだし、むしろ以前よりもモテているのではないかと思う。

小島樹里に至っては斗真が芽衣と婚約したと知った上で、公然と「人のものって、妙に欲しくなっちゃうのよね」と、トンデモ発言をしていると聞いた。

「ほら、またほっぺたが膨らんでる。わかりやすいって、いいよな。僕も芽衣をもっと見習わないと」

見つめてくる斗真の目が、細くなる。

「え？」

芽衣が首を傾げながら彼の顔を見ていると、微笑む唇の隙間からチロリと舌先が覗いた。

「なっ……なんですか、その顔は……。まだ午前中なのに、エ、エ、エロすぎますよ！」

じりじりと距離を詰められ、芽衣は車を背にして立ち往生《おうじょう》する。

「そうか？　わかりやすくていいだろ？」

助手席のドアを開けてくれた斗真に礼を言い、芽衣はそそくさとシートに腰かけた。

シートベルトの留め金部分を弄《いじ》っていると、運転席に回ってきた斗真がカチリとそれを留めてくれた。

「ありがとうござ――ん、んっ……」

顔を上げた唇に軽くキスをされ、一瞬で骨抜きにされる。

唇が離れ、斗真が白い歯を見せて笑った。その笑顔が眩《まぶ》しすぎて、視線が釘付けになってしまう。

「わかりやすく見惚れてくれてありがとう。芽衣といるだけで気分がいいし、本当に楽しいよ。ところで、何か髪の毛につけてるか？」

斗真がクンと鼻を鳴らし、ほんの少し考え込むような顔をする。

「この香りは『ロージィ・ローズ』のフェイスオイルだな？」

「はい、当たりです。私、たまにですけど、あのオイルを香水代わりに身体や髪の毛につけてるんですよ」

「なるほど。……『ロージィ・ローズ』にはヘアケアのラインナップがなかったな。今度企画会議にかけてみよう」

斗真が言い、芽衣は喜んで手を叩いた。

「ほんとですか？『ロージィ・ローズ』の愛用者として、とても嬉しいです！　あ……ついでに、日焼け止めクリームもあったらいいなって」

「ふむ……わかった。それも考えてみる。しかし、そういうアイデアを、なぜ今まで出さなかったんだ？」

「だって、私は広報部員だし……」

「部署なんか関係ない。うちには『社内提案制度』があるだろう？」

「あ、そういえばそうですね。総務部宛ての文書に、そういうのがありました」

芽衣が思い出したようにそう言うと、斗真が渋い顔をする。

「どうやら、まともに機能してないようだな……。今度、相田部長に頼んで、社内報で大々的に宣伝してもらう事にしよう」

そう呟く斗真の横顔はカメオの男性像のように美麗だ。

芽衣は、ついポカンと口を開けたまま彼の顔に見入った。

「ほら、いつまでも口を開けてると虫が入るぞ」

顎《あご》を指で持ち上げられ、歯がカチンと鳴る。

「虫って……そりゃ、たまに飛び込んできたりしますけど――」

「は？　本当にそんな漫画みたいな事が起きるのか？　是非見てみたいから、今度、そうなったらすぐに教えてくれ」

真顔でそんな事を言われ、芽衣は唇を尖らせる。

「そんなの、いつそうなるかわからないから無理ですっ」

「そうか。じゃあ、いつそうなってもいいように、一緒に住むっていうのはどうだ？」

「い、一緒に？　私と副社長がですか？」

唐突な同棲への誘いを受け、芽衣は固まったまま目を大きく見開いた。一瞬で頭の中に妄想が広がり、表情筋が弛緩《しかん》する。

「そうだ。婚約してるんだし、別に問題ないだろう？　――ふっ……そのデレデレ顔は、賛成と解釈して差し支えないよな？」

「べ、別にデレデレしてなんか……もう！　いちいち表情を読まないでくださいっ！」

プイと横を向いたものの、そんな顔になっているのは自分が一番わかっている。

斗真と公認の仲になってからというもの、芽衣は毎日朝起きると、それが夢ではない事を確かめずにはいられない。

しかし、確認しようにも、音声データやツーショット写真があるわけでもなく、ましてや念書を書いたわけでもなかった。

むろん、プロポーズの言葉は一言一句覚えているし、いつでも脳内で再生可能だ。

けれど、できれば目で見て、耳で聞ける証拠のようなものが欲しいし、チャンスがあればそれをゲットしたいと思っていた。

だが、彼と同棲できるなら、もうそんな心配から解放される。

何せ、朝起きたら同じ屋根の下に斗真がいるのだ。これ以上の証拠はない。それに、これまでのように寂しい思いをしなくて済むし、寝顔だって見放題だ。

「芽衣、もう出発するぞ？　忘れ物はないだろうな？」

肩を指でトントンと叩かれ、ハッとして我に返る。

「は、はいっ。大丈夫です！」

車が発進し、久しぶりに二人きりになった。こんな時を待ち望んでいたはずなのに、いざそうなってみるとやけに気恥ずかしい。

それでも、やはり一緒にいられるのは、この上なく嬉しいし歌い出したいくらい心が弾んでいた。

途中、昼食用の食材などを買うためにスーパーマーケットに立ち寄る。

「何か食べたいものはあるか？」

訊《たず》ねられ、芽衣は頭に浮かんだメニューを提案する。

「オムライスはどうですか？　私、少し前から料理の練習を始めたんです。まだ、ぜんぜんうまくできないんですけど、今はオムライスを練習してるんです」

「ほう……オムライスか。いいね。練習しているからには、当然僕に作って食べさせてくれるんだろうね？」

「えっ？　でも、まだぜんぜん上手にできないんです。理想は黒川室長に連れて行ってもらった『ころね』のオムライスなんですけど……」

「ああ、黒川から聞いてるよ。一緒に『ころね』でランチをしたんだってね。確か、ちょうど芽衣に会いたくても会えない時期だったよな。そんな時に、僕を差し置いて黒川とオムライスを食べに行ったとは……」

売り場を巡《めぐ》りながら、斗真がわざとらしく眉間に皺《しわ》を寄せる。

「あ、あれはたまたまランチの時間が同じだったってだけで……。それに、黒川室長は、副社長との事で落ち込んでいる私を、いろいろと励《はげ》ましてくださったんですよ」

芽衣はその時の事を斗真に話しながら、しみじみと彼の顔を見た。

「あの頃は、副社長との未来なんか望めないと思ってたので……。でも、黒川室長は諦めるのは時期尚早《じきしょうそう》だって言ってくれたんです」

「そうか。彼は、なんだかんだ面倒見がいいからな」

「はい。私もそう思います」

斗真が芽衣の肩を抱き、ふと昔を思い出すような表情をした。

「黒川は昔、僕の父の秘書をしていたんだ。父は昔からワンマンで、休日でも部下を呼びつけてプライベートな用事を言いつけていた。中でも黒川は、一番よく家に来ていたな。その頃にはもう夫婦仲がかなりギクシャクしていたし、離婚する時も黒川がいろいろと奔走してくれたと聞いている」

しかし、彼はその後会社を退職し、優子を追って渡米してしまった。

「両親が離婚して一年も経たない時だったから、正直すごくショックだったし、見捨てられたように感じた」

だが、黒川はその後も事あるごとに斗真に連絡をし、時折会いに来てくれたのだという。

「黒川は、僕のところに来るたびに『ころね』に連れて行ってオムライスをご馳走してくれた。それを食べながら、いつかまた――なんて考えたりしてね」

芽衣は斗真の胸の内を察して、黙ったまま深く頷いた。彼は口には出さないが、ずっと心の中で母を思っていたのだろう。

「彼がいなかったら、僕は『エゴイスタ』には入社していないし、社長との縁も切れていたと思う。実のところ、黒川にはいろいろな意味で頭が上がらないんだ」

思っていた以上に深い三人の繋がりを聞かされ、芽衣は歩きながら斗真の横顔を見つめた。

「副社長って、プライベートでも社長の事を役職で呼びますよね。それって、何か理由でもあるんですか？」

「いや……別に理由はないかな。ただ、再会した時はもう『エゴイスタ』の社長だったし、習慣でそう呼んでるだけだ」

どうやら明確な理由はないようだが、おそらく今さら恥ずかしくて呼べない、という事らしい。

「だったら、そろそろプライベートでは〝お母さん〟って呼んだらいいんじゃないですか？　親子なんだし……そのほうが、きっと社長も喜びますよ」

「しかし、向こうだって僕の事を〝副社長〟としか呼ばないぞ」

斗真はそう言ったが、再会したての頃は、ちゃんと下の名前で呼んでいたようだ。

「それは、副社長が役職でしか呼ばないからじゃないですか？　それに、私に取材の件を依頼してくださった時、社長は副社長の事を〝斗真〟って呼んでいらっしゃいましたよ」

芽衣がその時の話をすると、斗真が意外そうな顔をする。けれど、決して嫌がっているわけではなく、むしろ嬉しそうだ。

「一度、試しに呼んでみたらどうですか？」

そう提案すると、斗真は考え込むような顔をしたあとニヤリと笑った。

「だったら、芽衣も僕の事を〝副社長〟じゃなくて、下の名前で呼んでくれ。そうしてくれたら、僕も社長の呼び方を変えるよう努力するよ」

デートの予行練習の時は、その気になって〝斗真さん〟と呼んでいた。しかし、その役割を終えてからは、彼への想いを封印しようとした事もあり、名前では呼べなくなっていたのだ。

「わかりました。約束ですよ」

斗真と軽く指切りげんまんをすると、芽衣は照れて唇の端を噛んだ。

「ああ、約束だ」

斗真が芽衣の唇を指先で、ちょんと突《つっ》いた。

買い物を終え、再び車に乗って彼のマンションに向かった。到着し駐車場に入ろうとした時、ふいに前の道路に停まっていた車のドアが開き、中から優子が手を振るのが見えた。

「え？　しゃ、社長っ？　黒川室長も！」

「は？　二人して、こんなところで何やってるんだ？」

どうやら二人は、たまたまこの近くであったビジネスセミナーに参加しており、終了後に突然、斗真宅に立ち寄ってみようという話になったようだ。

「連絡もなしに来るなんて、留守だったらどうするつもりだったんですか？」

「あら。だって、昨日黒川室長が副社長に週末の予定を聞いた時、家でのんびり過ごすって言ったって聞いてたから」

優子が答えるのを聞いて、斗真が黒川をじろりと睨《にら》みつけた。しかし、当の黒川は、あらぬほうを向いて知らん顔を決め込んでいる。

斗真は、仕方がないといった顔で二人を自宅に招き入れた。

「以前、一度だけ仕事の件で、ここにお邪魔した事があったわね。あれは、なんの時だったかしら？」

優子が黒川と話している間、芽衣は斗真とともに買い込んだものを冷蔵庫にしまった。

「まるで、ランチタイムを目指してやってきたかのようなタイミングですね」

「そうよ。せっかくだから、ランチを一緒にしようと思ったの」

「僕の『のんびり過ごす』っていう計画の邪魔をしに来たというわけですか」

「二人の恋のキューピッドに向かって、そんな邪険な態度をとっていいのかしら？　安心して。このあとも予定があるから、長居はしないわ」

いつもこんな感じなのか、黒川は二人のそばでニコニコと笑っている。

母子のやり取りを聞きながら、芽衣は一人ハラハラしつつ事の成り行きを見守った。

「そのつもりで食材も買ってきたの。ほら、卵とベーコンに、ケチャップ——久しぶりに、オムライスを作ろうと思って」

優子がキッチンの中央にある作業台に、買って来たものを並べた。

「奇遇ですね。実は僕達も、オムライスを作って食べようと思っていたところでした」

「あら、気が合うわね」

オムライスは母子にとって特別なメニューだ。二人は少しの間顔を見合わせ、同時に微笑みを浮かべた。

「でも、キッチンに四人もいるとさすがに作りにくいわよね」

優子の提案により、じゃんけんで負けた者二人がオムライスを作る事になった。勝負は綺麗にグーとパーに分かれ、結果的に男性二人がオムライス作りを担当する事に決まる。

「佐藤さん、私達は邪魔にならないようにベランダに出ましょうか」

優子に誘われ、芽衣は彼女とともに広々としたベランダに出た。そこは十畳ほどのスペースになっており、頭上には日よけ用のルーフが設置されている。

芽衣は優子とともに、その下にある籐製《とうせい》の長椅子に腰かけ、薄雲が掛かる空を見上げた。

いったい、何を話せばいいのやら——

芽衣は頭を悩ませたが、緊張しているせいか、何ひとつ思い浮かばない。そうこうしているうちに、優子が先に口を開いた。

「実は今日ここに来たのは、オムライスを一緒に食べる他に目的があっての事なの。今日なら佐藤さんも一緒だろうし、ランチをしながらもう少し親子の距離を縮められたらいいと思って」

彼女は息子の結婚話が出たのを機に、もう少し斗真との関係をよくしたいと願っているようだ。

そして、それを優子に提案したのは黒川であるらしい。

「いきなり来て二人の時間を邪魔する事になってしまって、ごめんなさいね」

「いいえ。ちょうどさっき、副社長とそんな事を話していたところでしたし、グッドタイミングです」

芽衣がスーパーマーケットで話した親子間の呼び方の話をすると、優子が嬉しそうに口元を綻《ほころ》ばせた。

「そうなのね。ありがとう、佐藤さん。あなたがいてくれて、とても心強いわ。……斗真の父親と離婚が決まった時、私は斗真を置いていかざるを得なかった。仕方がなかったとはいえ、斗真には本当に可哀想な事をしてしまったと思ってるの」

優子が静かな声でそう語り、当時を思い出したかのように寂しげな顔をする。

「彼が『人間嫌い』や『女性恐怖症』になったのも、もとはといえば私達の夫婦関係がうまくいかなかったせいだわ。まだ小さかった斗真が、どんな気持ちだったかと思うと……」

優子がやや俯《うつむ》き、何度か瞬《まばた》きをする。母としての優子の姿を見て、芽衣はなんとしても母子の繋がりを復活させなければと強く思った。

「社長、大丈夫です！　きっと、これからもっといい関係になりますよ。斗真さん、社長とオムライスを食べられるのを、内心ではすごく喜んでいると思います」

芽衣がそう断言すると、優子の表情が明るくなる。

「そうだと嬉しいわ。――ところで、黒川室長から聞いたけど、佐藤さんのスマートフォンの待ち受けは、副社長なんですって？　もしよかったら、見せてもらえないかしら？」

「はい、もちろんです！」

芽衣は膝に載せたバッグからスマートフォンを取り出し、待ち受け画像を表示させてから優子に手渡した。それを見るなり、優子は眉尻を下げてにっこりする。

「いい写真ね。前に勇み足でアップした社内報に載っていた画像も、とてもよかったわ。副社長が、あんな顔をして笑っているのを見るのは、子供の時以来よ」

「画面の左上にあるアイコンをタップすると、副社長の画像が入っているファイルが開きます。どうぞご覧になってください。よかったら、そこにある副社長の画像を転送しましょうか？」

「本当に？　是非お願いするわ」

優子がスマートフォンを握りしめながら、嬉しそうな声を上げた。

「佐藤さん、あなたが副社長のそばにいてくれて、本当によかった。それと、今はプライベートなんだから、もっとフランクに話してくれていいのよ。それに〝社長〟じゃなくて、できれば下の名前で呼んでほしいわ。もちろん強制じゃないし、もしよかったら……だけど」

遠慮がちにそう言った優子が、窺うような表情を向けてきた。

「はい、ありがとうございます。では、そうさせていただ……いえ、させてもらいますね。私の事も、〝芽衣〟と呼んでください」

優子が微笑みながら頷き、芽衣も笑顔で肩の力を抜く。

「優子さん、せっかくこうして休日に顔を合わせた事だし、どうせなら優子さんと斗真さんもプライベートではお互いを名前で呼んでみたらどうですか？　お互い同じタイミングでそうすれば気も楽だし、呼びやすいと思いますよ」

少々差し出がましかったか――

そう思ったが、優子は頷きながら小首を傾げた。

「そうね……。そうしてみようかしら？」

「是非そうしてください！　きっとうまくいきます。実はさっき、副社長と約束したんです」

芽衣は、さっき車の中で交わした斗真との約束の件を話した。

「そうなの……。じゃあ、大丈夫かしら……」

優子が不安そうな顔をするが、芽衣は拳《こぶし》をグッと固めて「大丈夫です」と返した。

そこまで話したところで、キッチンのほうからオムライスが出来上がったと声がかかる。

芽衣は、優子と連れ立ってダイニングテーブルに移動した。

テーブルの上には、白い皿に載せられた四人分のオムライスの他に、白薔薇《ばら》を飾った花瓶が置かれている。

「あら、素敵なテーブルセットね」

優子がパチンと掌《てのひら》を打ち鳴らし、芽衣も感嘆の声を上げる。

「苦労してセッティングしたんだ。芽衣、こっちに来て、よく見てくれるかな？」

斗真に呼ばれ、芽衣はいそいそと彼のそばに行った。

見ると、オムライスの皿のそばに小さな四角い箱が置いてある。

「これは……？」

芽衣は、そう訊《たず》ねながら斗真の顔を見た。彼は芽衣を見つめながら、にっこりしたあと、優子と黒川を近くに呼び寄せた。

「この間は急だったから、間に合わなくてペンギンのぬいぐるみに代理を務めてもらったけど——」

斗真がそう言いながら小箱を取り上げて芽衣に手渡してくれた。促《うなが》されてリボンを解き、箱を開ける。

「わ……素敵……！」

中に入っていたのは、細いプラチナのリングだ。真ん中には大ぶりのダイヤモンドが据えられており、その左右には大きさの違う石が並んでいる。

「芽衣に似合うリングを見つけるのに、少し時間がかかってしまった。遅くなって悪かったね」

彼は納得がいくリングを求めて、週末ともなると国内外を問わず、あちこち飛び回っていたようだ。そのせいもあり、なかなか思うように会えなかったのだ、と。

「この場に居合わせた二人も、ちゃんと見届けてください。——今から芽衣にもう一度、きちんとプロポーズをします」

斗真はそう宣言すると、右手で箱からリングを取り出し、芽衣に左手を差し出した。

「愛してるよ、芽衣。前は結婚を前提に付き合ってほしいと言ったけど、訂正する。芽衣――僕と結婚してください」

芽衣は大きく目を見開き、斗真の顔をじっと見つめた。そして、くしゃりと破顔して、彼の手の上に左手をのせた。

「はいっ……。私も、斗真さんを愛してます。すごく、すごく……心から愛してます――」

芽衣の左手の薬指に指輪を嵌《は》めると、斗真が背中をそっと抱き寄せてくる。芽衣は彼の胸に額《ひたい》を預け、込み上げてくる喜びを噛み締めた。

「二人とも、おめでとう」

「おめでとうございます」

見守ってくれている優子と黒川が、大きく拍手する。

二人の祝福を受けながら、芽衣は顔を上げて斗真と見つめ合った。

「遠慮せずに、もっとイチャついてもいいんですよ」

黒川が言い、優子と顔を見合わせて含み笑いをする。斗真は二人を見て、即座に首を横に振った。

「いいえ。お二人が帰ってから、ゆっくりそうさせてもらいます」

黒川が肩をすくめ、にこやかな顔で頷く。

「ですよね。大丈夫ですよ、オムライスをいただいたら、すぐにお暇《いとま》しますので」

「そうよ。午後三時から劇場にお芝居を見に行く事になってるの。芽衣さん、よかったら今度ご一緒しましょう。――斗真も」

芽衣の背中に置いた斗真の指先が、ピクリと震える。

彼はチラリと芽衣を見下ろしたあと、口元に優しい笑みを浮かべた。

「ええ、母さん。そのうちに」

芽衣は心の中で拳《こぶし》を作り、密かにガッツポーズをする。

「……ふふっ、なあに、その返事。いかにも、気が進まないって感じね」

優子が、白い歯を見せてにっこりと笑った。その声は若干震えているが、顔は本当に嬉しそうだ。

（あっ！　優子さんが、昔みたいに笑った――）

咄嗟《とっさ》に黒川を見ると、彼もそれに気がついたようで、芽衣を見て晴れやかな笑みを浮かべた。

「さあ、冷めないうちにオムライスをいただきましょう！」

芽衣は嬉しくて、つい大声を張り上げてしまった。

斗真に「うるさい」と注意されるかと思い、芽衣は咄嗟《とっさ》に首をすくめる。

しかし、彼はそうせずに、芽衣をもう一度腕の中に抱き寄せ、額《ひたい》にそっとキスをくれたのだった。

その日の夜、芽衣は斗真の自宅で過ごすはじめての夜を迎えた。

時刻は、午後九時。

ついさっき風呂から出た芽衣は、ベランダのソファに腰かけて寛《くつろ》いでいる。

先に入浴するよう言ってくれた斗真は、芽衣と入れ替わりにバスルームに向かった。

(わぁ、ここ都会のど真ん中なのに、ちょっとだけ星が見える)

静かだし、夕涼みにはちょうどいい。

「ああ、幸せ……」

芽衣はパジャマの胸元を押さえ、目をキラキラさせながら空を見上げた。

そして、にっこりと微笑みながら、指で自分の頬をつねった。

「痛っ！　……ふふっ、夢じゃない」

痛いのに、嬉しくて余計笑顔になる。この家で一緒に住むようになれば、もう頬をつねる事もなくなるだろう。

「芽衣」

背後から声をかけられ、芽衣はくるりとうしろを振り返った。見ると芽衣と同じチョコレート色のパジャマを着た斗真が、髪の毛を拭きながらこちらに歩いてくる。

「ちょっ……」

芽衣は再度正面に向き直り、目をパチクリさせた。斗真がびっくりするほどの美男なのは、もう充分すぎるほどわかっている。けれど、今のようにふいを突かれると、はじめて会った時みたいにドキドキが止まらなくなるのだ。

「ほら、冷えたフルーツを持ってきたよ」

斗真が外出した際に買った数種類のフルーツを切って持ってきてくれた。芽衣は色鮮やかに盛られたフルーツを見て頬を綻《ほころ》ばせた。

「うわぁ、美味《おい》しそう！　甘いものは別腹って言いますけど、新鮮なフルーツもそうですね。じゃ、さっそくいただきます」

芽衣は桃をフォークで刺して口に入れた。

「ん～、おいひ……。はぁ……こんな美味《おい》しい桃、食べたのはじめてです」

芽衣の隣に座った斗真が、ふっと笑い声を漏らした。

「そうやって喜んでくれるから、いろいろとしてあげたくなるんだよな。ところで、さっき自分の頬をつねっていたけど、虫にでも刺されたのか？」

斗真が芽衣の頬に顔を近づけてきた。

「ち、違いますよ。ああやって、この幸せが夢じゃないか確認していたんです」

芽衣が照れながらそう言うと、斗真が蕩《とろ》けるような笑みを浮かべる。

「そうか。芽衣は、今幸せだと思ってくれてるんだな？」

「もちろんです！　好きな人とこんなふうに過ごせるなんて、幸せに決まってますよ！」

「正直、僕と付き合う事で、芽衣には苦労を強《し》いる事になるんじゃないかと思った。だが、どうしても芽衣だけは手放したくない。全身全霊をかけて芽衣を守ると誓うから、ずっと一緒にいてくれるね？」

「はい。頼まれなくても、一緒にいますよ！」

「ありがとう、芽衣」

きつく抱きしめられ、いっそう幸せを実感する。この幸せが続くなら、どんな苦労だって乗り越えられると思う。

「黒川室長が言ってました。大変だと思う時があっても、ありがたいと思う気持ちのほうが強いと、大変だと思う事すら忘れてしまう、って。私、斗真さんと一緒にいられるだけで、ありがたくて天にも昇る気分なんです。だから、何があっても平気ですよ」

「芽衣……」

斗真が芽衣を抱き寄せ、そっと唇を重ねる。

優しく髪の毛を撫でられ、芽衣はうっとりと目を閉じて彼に全身を預けた。

「……ん？　これはなんだ？」

斗真が芽衣の胸元のポケットから、隠し持っていたレコーダーを取り出した。

「え？　あっ……そ、それはその……斗真さんとのラブラブな会話を録って、あとで聞けるようにできたらいいなって……」

芽衣はこれまでに二人の仲を確認できるような、写真や音声などのデータがない事を話した。

すると、レコーダーをしげしげと眺めていた斗真が、愉快そうに笑い出した。

「なるほど、言われてみればそうだな。じゃあ、これから残そうか。ただし、ぜったいに外部流出はご法度《はっと》だぞ――」

彼はそう言うなり腰を上げ、立ち上がりざまに芽衣を肩にヒョイと担《かつ》いだ。

「きゃああっ！　きゃああ～！」

身体がくの字になり、芽衣は脚をバタバタさせてあわてふためく。

「こら、暴れると落っこちるぞ」

ペチンと軽く掌《てのひら》で尻を叩かれ、そこをクルクルと捏《こ》ねるように撫で回される。

「やぁんっ！」

いきなりの親密なボディタッチに、芽衣は思わず甘い声を上げた。

「また、そうやって煽《あお》る」

「あ、煽《あお》ってなんかいませんから！　そんな余裕、ありませんっ！」

「その余裕のなさに、煽《あお》られてるんだが？」

ベッドルームに連れ込まれ、キングサイズのベッドに押し倒される。斗真がレコーダーをベッドサイドのテーブルに置き、録音ボタンを押した。

「さて……芽衣はどんな感じのデータを残したいのかな？」

斗真が芽衣の腰を挟んで膝立ちになった。パジャマの前を開き、盛り上がった胸筋と割れた腹筋があらわになる。

芽衣は、目の前の光景に見入りながらも、かろうじて首を横に振った。

「そっ、そんなの、し……知りませんっ……」

「ふぅん？　録音してるからって、急に澄ました声を出して……。はじめての時、いきなり僕のものを咥《くわ》えたのは誰だったかな？」

「わぁああっ！　わわっ……そ、それは秘密です！　それ、録音しちゃいけないやつですから！」

芽衣はレコーダーに手を伸ばした。しかし、すぐに斗真に抱き止められ、ベッドの上にうつ伏せに押さえ込まれる。そして、抵抗する間もなく腰を引き上げられて、パジャマの下とショーツを剥《は》ぎ取られた。

「やっ……と、斗真さんっ……！」

あられもない姿になり、芽衣は咄嗟《とっさ》に腰を落とそうとした。けれど、斗真の腕にしっかりと抱え込まれており、どうする事もできない。

「手を合わせて指を組んで。次に、肘を立てて……そう、そのほうが楽だろう？」

言われたとおりにすると、確かにうつぶせた姿勢より呼吸が楽になった。けれど、自然と肩の位置が腰よりも低くなり、パジャマの裾《すそ》が顔のほうにずり下がってくる。

それを阻止しようにも、指を組んでいるから、うまく上体を起こす事ができない。あたふたしているうちに前ボタンを外され、脱げたパジャマが肘まできた。

「芽衣、かなりセクシーな恰好だね。下着がショーツだけなんて、ずいぶん用意がいいんだな」

「そ、そういうわけじゃ……」

着替え用のブラジャーは持ってきた。けれど、胸が高鳴りっぱなしだからか、窮屈《きゅうくつ》に感じてつけるのをやめてしまったのだ。しかし、言い訳をしようにも、どう言えばいいかわからない。

思案しているうちに、うしろから両方の乳房をまさぐられ、背中にキスをされる。

「やぁんっ……あ……」

思わず声が出たが、すぐにレコーダーがあるのを思い出して無理矢理口を噤《つぐ》む。それに気がついた斗真が、わざと芽衣の秘裂に屹立《きつりつ》の先をこすりつけてきた。そこはもうたっぷりとした湿り気を帯びており、今にも切っ先が蜜窟の中に沈みそうだ。

「いい濡れ具合だ」

耳元で囁《ささや》かれ、脚の間がヒクヒクと震える。微かな水音が立ち、恥ずかしくて頬が焼けた。

淫《みだ》らな音が立たないように、芽衣はもじもじと脚を動かしてみた。けれど、バランスがとれず、腰をくねらせるだけに終わる。

「芽衣……今のは、すごくいやらしい動きだな」

「わ……わざとそうしたんじゃありませんっ……！　それに、こんな恰好、恥ずかしいです……」

芽衣は小さな声で、斗真に訴えかけた。しかし、彼は聞こえないのか返事をしないまま芽衣の背中に掌《てのひら》を這《は》わせている。

「芽衣、少し痩せたか？　いや……引き締まったのかな？」

「……ま、毎日ストレッチをするようになったので……」

「ああ、なるほど。だけど、あまり本格的には鍛《きた》えてほしくないな。僕は芽衣の白くてふわふわな身体が気に入ってる。芽衣は、さっき食べた桃よりもジューシーで、甘い――」

斗真の掌《てのひら》が芽衣の双臀を撫で、右の尻肉にそっとかぶりついた。

「ひぁっ……！」

芽衣は肩ごしにうしろを振り返った。斗真と目が合い、全身が熱くなる。

「ここにいると、よく聞こえるよ」

何が、とは問えないまま、斗真の指が芽衣の秘裂の中をグチュグチュと掻き混ぜる。

大きな声が出そうになり、芽衣は懸命に口を閉じた。

「どうした？　声を聞かせてくれないのか？　自分でレコーダーを持ち込んでおいて、まさか録音されるのが恥ずかしいと言うんじゃないだろうね？」

斗真の指が花芽を捉《とら》え、先端の周りをクルクルと撫で始める。そこが、熱く強張《こわば》ってますます敏感になっていく。これ以上、強く弄《いじ》られたら、声を我慢できそうにない。

「やっ……ん、ん……」

込み上げてくる快楽に耐え、声を抑えようとすればするほど、背中が反《そ》り返る。別の指が蜜窟の入り口をそろそろとなぞった。

期待で胸がいっぱいになり、口を閉じていられなくなる。

「はぁ……ん、……と……斗真さ……」

快楽に息が荒くなり、立てた肘がグラグラする。

芽衣は姿勢を保っていられなくなり、組んでいた指を解いてベッドの上にぱったりと上体を伏せた。

体勢がいくらか安定したものの、もはや逃げ出す力など残っていない。斗真が芽衣の両方の太ももをそれぞれの腕に抱え、グッと引き寄せる。たった今指で弄《いじ》られていた場所を舐《な》め上げられ、自分でも信じられないような甘えた声が漏れた。

「ひゃあああんっ！　あんっ……あ、あ……」

斗真の舌が太ももの裏側をチロチロとくすぐる。さっきとは違うほうの尻肉を、やんわりと齧《かじ》られて上体が跳ねた。息は荒くなる一方だし、気がつけば挿れてもらえないもどかしさで、唇が思いきり尖っていた。

その顔をヒョイと覗き込まれ、ニンマリと微笑まれる。

「いい顔だね。撮っておきたいから、スマホを持ってきていいかな？」

「ダ、ダメですっ……ぜったいに、ダメッ……」

芽衣は息も絶え絶えになりながら、首を横に振った。

「じゃあ、声だけでも録っておかないとな。芽衣、いい加減焦《じ》れてるだろ？〝挿れて〟って言ってごらん。そうしたら、すぐに言う事を聞いてあげるよ」

片方の手で胸元を抱き込まれ、乳房を緩く揉まれる。

「言わないと、今夜はもうこれで終わりだ。このまま大人しく朝までグッスリか、芽衣の一番深いところまで挿れるか、ふたつにひとつだ。さあ、どっちにする？」

ものすごく意地が悪い。

まるで、以前の冷淡な斗真が戻ってきたみたいだ。けれど、その冷たさの中には、甘く淫《みだ》らな愛情がこもっており、到底抗《あらが》う事などできなかった。

「い……挿れて……ください……。お願い……」

「もっと、大きな声で。そうじゃなきゃ、レコーダーが声を拾えないよ」

「い……意地悪っ……」

「ふむ……そうかもしれないな。だけど、芽衣とこうしていると、甘やかしたくなるのと同じくらい、どうしても意地悪をしたくなるんだ。さあ、どうする？　言うとおりにしたら、芽衣が『もう、やめて』って言いたくなるほど満たしてあげられるんだが――」

その口ぶりと、こちらを見つめる流し目にやられ、芽衣は即座に降参した。

「挿れてくださいっ……！　挿れてったら、挿れてくださいっ！」

焦《じ》れすぎて、芽衣は膝を立てたままの足先をベッドの上でバタバタさせた。腰がゆらゆらと揺れ、無意識に唇を尖らせる。我ながら駄々っ子みたいだが、そうせずにはいられないほど、斗真を欲していたのだ。

「よくできました。芽衣はやっぱり素直ないい子だね。ご褒美《ほうび》に、たっぷりと可愛がってあげるよ――といっても、僕も、いい加減限界だったけどな」

身体をくるりと反転させられ、両方の膝をそれぞれの腕の内側に抱え込まれる。濡れた秘裂が屹立《きつりつ》に寄り添い、少し動くたびにこすれて身体が熱く疼《うず》く。

斗真がベッドサイドから避妊具の小袋を取り上げた。そして、それを軽く振りながら芽衣に問いかけてくる。

「結婚するんだから、もうこれはいらないかな？」

訊《たず》ねられ、芽衣は頬を真っ赤に染めながら、こっくりと頷いた。

彼は小袋をベッドの外に放り投げると、にっこりと微笑みながら芽衣の唇にキスをした。

「芽衣……僕は、これまで自分の子供が欲しいと思った事も、誰かに産んでほしいと思った事もなかった。でも、芽衣と愛し合うようになってからは、考えが百八十度変わったよ」

芽衣は何度も頷きながら、斗真の肩に腕を回した。

「私もです。斗真さんとこんなふうになるまで、自分が子供を産むとか考えた事もありませんでした。でも今は、斗真さんとの子供が欲しいです。家族を……斗真さんと一緒に、家族を作りたいです」

「じゃあ、そうしようか――」

「あっ……あああああっ！」

見つめ合ったまま蜜窟に深々と屹立《きつりつ》を埋め込まれ、ゆっくりと腰を振られる。さんざん待ち望んだ末の挿入は、身体全体から蜜が溢《あふ》れそうなほどの快楽だった。

「あ……気持ち……い……いっ……」

自然とそんな言葉が零れ、芽衣は甘いため息を吐きながら斗真の背中にしがみついた。

身体の奥で、彼の屹立《きつりつ》がいっそう硬く強張《こわば》るのを感じる。だんだんと挿入が深くなり、隘路《あいろ》が悦《よろこ》びに震えた。

「芽衣……芽衣……」

名前を呼ばれるたびに抽送《ちゅうそう》が速くなり、目の前にキラキラとした光の粒が散る。

芽衣はじっとしていられなくなり、両脚を斗真の腰に回して、彼にぶら下がるような恰好になった。すると、急にズシンと響くような愉悦《ゆえつ》が蜜窟の奥に生まれ一気に昇り詰めそうになる。

「あっ！　……んっ、あんっ！　斗真さんっ……そ、そこ……あああ——」

花芽がキュンキュンして、今までにないほど息が上がる。

芽衣は顎《あご》を上向け、いっそう強く斗真の身体にしがみついた。

「芽衣、もうイきたそうな顔してるな……？」

斗真が腰の動きを緩め、そう訊《たず》ねてくる。

「……ん……で……でも——」

本当は、イッてしまいたい。けれど、はじまったばかりなのに、もう終わるなんてもったいなさすぎる。

芽衣は唇を噛みしめ、断固として首を横に振った。その顔を見た斗真が、微笑みながら唇を合わせてくる。

「そんなに我慢しなくてもいいよ。セックスは、一晩に一回って決まってるわけじゃないだろう？」

「あ……そっか……。別に、一回で終わらなくても、いいんですよね」

芽衣は、キスに濡れた唇をポカンと開けて、ふにゃりと笑った。

「ふっ……それでこそ、芽衣だ。愛してるよ……何度でもイかせてあげるから、安心してイけばいい――」

背中から抱えるようにして肩を固定され、繰り返し抉《えぐ》るように中を突かれる。

芽衣はたちまち愉悦《ゆえつ》の波に呑み込まれ、天地がわからなくなった。

「斗……真さ……あっ、あ……ふぁあああっ……！」

「芽衣……っ……！」

蜜窟がビクビクと収縮すると同時に、奥を突く強張《こわば》りが最奥《さいおう》をグッと押し広げた。行き止まりだったはずの隘路《あいろ》の先が開き、たっぷりとした斗真の精を嬉々《きき》として受け入れているのがわかる。

「あ……あぁ……」

絶頂の余波に呑み込まれ、芽衣は彼の腕の中で繰り返し身体を跳ねさせた。

愛する人と心身ともに交われるなんて、これ以上の幸せはどこを探したってないに決まっている。

芽衣は、なおも彼にしがみついていたが、とうとう力尽きて手足がベッドの上に落ちてしまう。

「あっ……」

芽衣が切なげな声を出すと、斗真が上から顔を覗き込んできた。

「芽衣は僕の事を甘やかし上手だと言ったけど、それ以前に芽衣が甘え上手なんだ。そんな目で見られたら、頼まれる前にいろいろとしてあげたくなる」

彼は芽衣を抱いたまま身体を反転させた。上下が逆転し、芽衣の伏せた身体が、仰向けになった斗真の上に、ぴったりと重なる。

「あ……甘え上手？　自分の事、そんなふうに思った事なんかありま――あんっ！」

ふいに腰を動かされ、芽衣は斗真の上で仰《の》け反《ぞ》るようにして声を上げた。さっき爆《は》ぜたばかりなのに、屹立《きつりつ》はもう硬く強張《こわば》って芽衣を内側から圧迫してくる。

「ふむ……自覚なしの甘え上手か。そういうのが一番質《たち》が悪いっていうのが、今よくわかったよ」

「た……悪っ……あっ……あ、あっ……あんっ！」

芽衣は息を弾ませながら顔を上げ、斗真を見た。できる事なら少し上に移動して彼にキスしたい。

しかし、そうすると屹立《きつりつ》が蜜窟から抜けそうだ。仕方なく断念すると、斗真がそれを察知したかのように上体をもたげ、唇を合わせてくる。

「芽衣は、相変わらず思ってる事がぜんぶ顔に出るな。今の顔、すごくいいよ……。表情の意味は、『もっとちゃんとキスをして、このまま二回目のセックスをしたい。せっかくだから、騎乗位で抱かれてみたい』――ってところかな？」

「き、騎乗……そ、そ、そんな事思ってませんっ！」

即座に否定したが、斗真はニヤリと笑うなり芽衣の太ももに手を添え、ゆるゆると腰を揺すり始める。

芽衣はたちまち目を潤《うる》ませ、しどけなく緩んだ口元を震わせた。両肩をそっと押し上げられ、斗真の胸板に手をつく恰好で彼の腰に馬乗りになる。

斗真に誘導されて腰を揺すると、すぐに得も言われぬ快楽が湧き起こった。

下腹を突き上げる切っ先が、まるで熱く燃える矢じりみたいだ。蜜窟の前壁を抉《えぐ》るように愛《め》でられ、芽衣は彼の手に支えられながら身を捩《よじ》り、嬌声《きょうせい》を上げた。

「ふぁっ……あっ……あ、斗真……さんっ……」

愛する人に穿《うが》たれる幸せに浸《ひた》りながら、芽衣は掠《かす》れた声で彼の名前を呼び続けた。何度となく押し寄せてくる愉悦《ゆえつ》のせいで、身体が宙に浮いたような感覚に陥《おちい》る。

「……芽衣、愛してるよ……。愛おしすぎて、どうにかなりそうだ――」

そう耳元で囁《ささや》かれると同時に、挿入したまま斗真が自分の位置を変えた。

「あっ……！　ああああんっ！」

蜜窟の中をぐるりと抉《えぐ》られ、芽衣はたまらずに啼《な》き声を上げる。気がつけば上体をベッドに伏せた姿勢で、腰を高く引き上げられていた。喘《あえ》ぎながらうしろを振り返ると同時に、斗真がゆるゆると腰を振り始める。

「ぁ……あああんっ！　斗真さん……あっ！　あああ――」

彼の右手が花芽の頂《いただき》を捉《とら》え、左手が右の乳房をやわやわと愛撫《あいぶ》する。

もはや、身体中感じていないところなどないほどの悦楽《えつらく》に囚《とら》われ、芽衣は我もなく嬌《きょう》声《せい》を上げ続けた。

いったい、何度達しただろう？

気づけば、芽衣は斗真の胸に頭を預け、ぐったりと横になっていた。

「芽衣、大丈夫か？　ちょっと無理をさせてしまったかな？」

斗真の優しい声が聞こえ、芽衣は顔を上げて彼を見た。

「いいえ……。すごく、幸せで……嬉しかったです」

にっこりと微笑んだ唇に、斗真がキスをくれた。

「そうか。僕も同じだ。芽衣、愛してるよ。ほら、眠いんだろう？　このまま抱いていてあげるから、ゆっくりお休み」

斗真にそう言われ、芽衣はかろうじて頷いて目を閉じた。そして、たっぷりと愛された余韻に浸《ひた》りながら、すやすやと寝息を立てるのだった。

八月も終わりに近づき、芽衣は来月の社内報の記事をまとめるのに大忙しだった。

それというのも、斗真の特集記事をきっかけに、毎号見開き二ページ分のスペースを任されるようになったからだ。

記事の題材には、今のところまったく困っていない。

というのも取材依頼が殺到しているからなのだ。

『広報部の佐藤さんに取材されると、玉の輿《こし》に乗れる』

そんな噂が流れ始めたのは、件《くだん》の社内報が発行されてしばらく経った頃だった。

最初、同期社員からその噂を聞かされた時には、いったいどこからそんな話が出たのかと首を捻《ひね》ったものだ。

しかし、そのおかげで芽衣へのやっかみは綺麗さっぱりなくなり、むしろ引っ張りだこの状態になっていた。

噂の真偽はともかく、ようやく落ち着いた日々が送れるようになり、一安心といったところだ。

結婚式の日取りはまだ未定だが、今月の半ばには斗真のマンションへ引っ越し、年内には籍を入れたいと思っている。

週央のある晩、芽衣がのんびりリビングでファッション誌を眺めていると、廊下の向こうから斗真の呼ぶ声が聞こえてきた。

「芽衣、ちょっとおいで」

「はぁい、今行きます」

芽衣は、読みかけの雑誌をソファの上に置き、急ぎ足で彼の書斎に向かった。部屋に着くなり、椅子に座っている斗真が自分の膝をポンポンと叩く。

芽衣は、いそいそと彼のそばに駆け寄り、膝の上にのって顔を上に向けた。

「ふむ……」

斗真が芽衣の頬を指で摘まみ、そっと引っ張る。そのまま目を閉じて考え込み、「うーん」と唸《うな》り声を上げた。

きっと、また新しい商品についてのアイデアを絞り出しているに違いない。

芽衣はそう思いながら、彼の膝の上でおとなしくしている。

「よし、決めた。やはりピーチだ。今度開発するラインナップのコンセプトは〝桃〟に決めた」

「うわぁ、〝桃〟ですか！　すごく楽しみです。それが出たら、〝薔薇《ばら》〟と〝桃〟を使い分けようかな」

ウキウキした声を上げる芽衣に、斗真が目を開けてにっこりした。

「芽衣の肌がアイデアの源《みなもと》だし、なんならイメージキャラクターに推薦してやろうか？」

「け、結構です！　一般人の私にそんな大役、務まるわけがないです！」

芽衣が大袈裟《おおげさ》に首を横に振ると、斗真が愉快そうな笑い声を上げる。

「いや、真面目な話、芽衣のような一般の女性がイメージキャラクターになったほうが、商品のコンセプトに合っているような気がするんだ」

斗真の表情が、ビジネスの時のそれに変わる。その凛々《りり》しい顔を目《ま》の当たりにして、つい顔がにやけてしまう。

「――そうだ。キャッチコピーは『齧《かじ》りたくなる肌』っていうのは、どうだ？　コマーシャルの映像も、そんな感じで作って。そうすると、なおさら芽衣のイメージにぴったりなんだがな……。イメージキャラクターを務めなくても、せめて肌のアップの時だけでも」

斗真が芽衣の頬にやんわりと噛みつき、モグモグと咀嚼《そしゃく》する真似をする。

「肌のアップだけなら、できるかも……？　でも私、斗真さん以外に食べられるの、イヤです」

芽衣がプイとそっぽを向くと、斗真が反対側の頬を齧《かじ》ってくる。

「当たり前だ。もし、この話がこのまま進むようなら、芽衣を齧《かじ》る役は僕がやるよ」

「もう、斗真さんばっかり。私だって、たまには齧《かじ》りたいです」

反撃に出ようとした芽衣の唇を、斗真がキスで塞いだ。

たちまち戦意喪失した芽衣は、うっとりと目を閉じて彼の腕に身をゆだねるのだった。

書き下ろし番外編

# 蕩甘《とろあま》ダーリンな副社長と㊙作戦で妊活をしています

斗真の密着取材を依頼されてから七カ月が経過した十二月、芽衣は「佐藤芽衣」から「塩谷芽衣」になった。

式を挙げたのは都内の格式ある老舗《しにせ》ホテルで、出席者は日頃から交流のある親族と親しい友人のみ。ゴージャスでありながらアットホームな雰囲気の中で行われた披露宴は、終始笑いと喜びの涙に満ち溢れていた。

生まれも育ちも生粋《きっすい》の庶民だった自分が、これほどの良縁に恵まれるなんて……夢のようなシンデレラストーリーだが、これは紛れもない現実だ。

斗真は妻である芽衣を心から愛しており、夫婦仲は円満そのもの。仕事も順調で、芽衣が手掛けた記事の評判も良く、ウェブ版の閲覧数も着実に伸びている。

「よしよし、今月もなかなかの閲覧数だな」

結婚して一年が経過した十二月の木曜日、芽衣は右肩上がりのグラフを眺めながら、ニコニコと頬を緩めた。

今月の特集記事は、自社ビルに設置予定の社員食堂について。

テレワークと出勤のハイブリットワークが定着しつつある昨今、社員同士のコミュニケーション不足やチームワークの低下が懸念《けねん》されている。

「エゴイスタ」も例外ではなく、解決策として食堂にフリーのワーキングスペースを作り、社員間の交流を活発化させる計画が進行中だ。

芽衣自身も、今日は自宅でテレワークをしており、一日中家にこもっている。斗真はといえば、先週の木曜日から海外出張に出かけており、ついさっき無事帰国したと連絡があったばかりだ。

同じ屋根の下に住んでいるとはいえ、最近の斗真はますます忙しくしており、出張で家を空《あ》ける事も多い。

連日電話やSNSでやりとりはしているが、彼に会うのは実に一週間ぶりだ。

一人暮らしには慣れているはずなのに、斗真がいない自宅はやけに広く感じる。

週末は妹の舞華が遊びに来てくれたから、かなり気が紛れた。けれど、また一人になった時の寂しさはひとしおだったし、今日は朝から斗真の帰宅が待ち遠しくて仕方がない。

(私って、前からこんなだったっけ？　ううん、ぜったいに違ったよね)

玉の輿《こし》に乗ったとはいえ、芽衣の本質は何ひとつ変わっていない。

ただ、結婚してからというもの、芽衣は自分でもそうとわかるほどの寂しがり屋になってしまった。

その原因は十中八九斗真であり、彼の妻に対する愛情の注ぎ方が人並み以上だからに他ならない。

(だって、斗真さんが優しすぎるんだもの……。ものすごく甘やかしてくれるから、ついそれに慣れちゃって、長く離れていると落ち着かないんだよね)

彼は妻が喜ぶ顔が見たいと言い、芽衣が喜びそうなものを見つけてはプレゼントしてくれる。出張に行けば必ずその土地の美味《おい》しいものを持ち帰り、舌鼓《したつづみ》を打つ芽衣を見て喜んでいる。

このままでは、ぜったいに太る！

そう思って食べ過ぎないよう注意していたが、極上のスイーツや地域限定の特産品の魅力には抗《あらが》いがたく、気が付けば四キロも太ってしまっていた。

しかし、そんな誘惑に負け続ける日々も、もう終わりだ。

もはや食欲は二の次、三の次――

場合によっては、体重増加を防ぐために、お土産《みやげ》禁止令を敷く必要がある。

終業時刻を迎え、芽衣は確固たる決意を胸にノートパソコンを閉じて椅子から立ち上がった。

二階にある自室に向かい、壁際の棚に置かれたラタン製の収納ボックスの前で立ち止まる。そこに入っている小箱のふたを開け、白色のスティックを取り出して、じっとそれを眺めた。

柔らかなフォルムをしたスティックの正体は、三日前に駅前の薬局で買い求めた妊娠検査薬だ。

夫婦はかねてから子供を望んでおり、日頃からありとあらゆる方法で妊活に励《はげ》んでいた。しかし、毎月期待しては裏切られる。

ブライダルチェックは済ませており、双方とも検査結果には何の問題もなかった。ならば、どうして妊娠しないのだろう？

芽衣が密かに悩み始めていた矢先に、月のものが遅れている事に気づいた。

ちょうど斗真は出張中で、不在だ。

芽衣は過度な期待はよくないと思いつつ薬局に走り、念のため二日待って、今朝起きぬけに検査薬を試してみた。

ドキドキしながら待ち時間を過ごしたあと、恐る恐る判定窓を見た。すると、嬉しい事に赤い線が二本くっきりと浮かび上がっていたのだ。

「やったぁ！」

思わず出た声は、我ながら耳を覆《おお》いたくなるほどうるさかった。けれど、それだけ嬉しかったたし、本当はすぐにでも斗真に連絡をして妊娠の事実を伝えたかったくらいだ。

しかし、彼は仕事で不在。どうせ言うなら直接顔を見ながらのほうがいい。

伝えたいのを必死で我慢して、どうにか今日まで持ちこたえた。

セリフはあらかじめ考えてあるし、予行練習もバッチリだ。

あとは彼の帰宅を待ち、タイミングを見計らって妊娠の事実を伝えるだけ――

芽衣は喜ぶ斗真の顔を想像しながら、手の中のスティックをぐっと握りしめた。


「ただいま、芽衣。会いたかったよ――」

間もなくして帰宅した斗真が、玄関で靴を脱ぐなり芽衣を胸に抱き寄せてきた。

案の定、持っていた紙袋の中にはたくさんのお土産《みやげ》らしき箱がぎっしりと詰まっている。

持っていたスティックをしまおうとしたが、あろう事か今日穿いているスカートにはポケットがついていなかった。

自分とした事が、詰めが甘すぎる！

芽衣は大あわてでスティックを持った左手を腰の後ろに回し、にっこりと微笑みを浮かべた。

「お帰りなさい、斗真さん。私もすごく会いたかった――ん、んっ……」

返事を返すなり顎《あご》を指先ですくわれ、唇に長いキスをされる。

口づけたまま身体を横抱きにされて、そのままリビングのソファまで連れていかれた。

ただでさえ一週間ぶりの触れ合いだし、本当はこのまま身をゆだねてしまいたい。

けれど、その前に伝えなければならない事があるし、出張で疲れているであろう夫をねぎらいたいという気持ちもある。

「と……うまさんっ……。ちょっ……と待って——」

芽衣はほんの少しの隙をついて唇を離し、顔を横に背《そむ》けた。そうしながら、スティックを持った左手を座面の外側に逃がす。その間に、交わしたキスが首筋に移り、そこにチュッと吸い付かれる。

「ひゃぁんっ！」

出した声が、やけに艶《つや》っぽい。

そう思ったのは芽衣だけではなかったようで、斗真がゆっくりと舌舐《な》めずりをする。

「待てと言われても、そう長くは待てないよ。それは芽衣だって同じなんじゃないか？」

抱きしめてくる腕の力が強くなり、首筋にかかる息が荒くなる。

カットソーの裾《すそ》から入ってきた彼の手が、下着の上から丁寧に乳房を捏《こ》ね回し始めた。

「そ……それは……」

ソファの上で仰向けに寝かせられ、上からじっと見つめられた。再び降りてきたキスにうっとりしているうちに、ブラジャーのホックが外れ、両方の乳房があらわになる。

見つめ合ったまま先端を舐《な》められ、あられもない声を上げてしまった。

「あっ……ん、んっ……！」

唇に挟まれた乳首が、早々にピンと尖る。硬くなったそれを何度となく舌で弾《はじ》かれ、自然と目が潤《うる》んできた。

空《あ》いているほうの乳房を丁寧に揉まれて、スカートを穿いた膝が、ゆっくりと左右に開いていく。

「芽衣……どうした？　今日はやけに色っぽいな。それに、すごく感じやすい」

「だって、久しぶりだから……」

「確かに。今度からは出張は長くても五日間にするよ。芽衣が隣にいないと落ち着かないし、夜も眠りが浅くなりがちで健康にもよくないからね」

甘い声で囁《ささや》かれて、芽衣は無意識に頷いて賛同する。それほど一人寝の夜は寂しかったし、許されるなら土日をともに過ごすために出張先に飛んでいきたいくらいだった。

「芽衣も僕と同じくらい寂しかったみたいだね。そうならそうと言ってくれたらいいのに――」

スカートの裾《すそ》が太ももの付け根までたくし上げられ、ショーツの腰にかかる斗真の手が、少しずつ下にずり下がっていく。

芽衣は彼の襟元《えりもと》に手を伸ばし、緩んだネクタイを外そうとした。ちょうどその時、斗真が目を大きく見開いて、芽衣の左手を凝視《ぎょうし》する。

「芽衣、これは……?」

ショーツをずらしていた斗真の手が、芽衣の左手首を掴んだ。

「あ」

つい夢中になってしまい、左手にスティックを持っているのを忘れてしまっていた。

そういえば、以前も隠し持っていたレコーダーを斗真に見咎《みとが》められたことがあった。

どうやら自分は、隠し事ができない質《たち》であるらしい――

これではせっかくの妊娠報告が台無しだ。

芽衣が頬を引きつらせていると、斗真がすべてを察したようにぱあっと顔を輝かせた。

「芽衣、赤ちゃんができたのか?」

斗真が満面の笑みを浮かべて、芽衣を見る。

芽衣が頷くと、斗真がみるみる相好《そうごう》を崩し、妻の身体を腕に掻き抱いた。

「ごめんなさい。私ったら、言うタイミングを逃しちゃって――」

「謝る事なんかない。芽衣、嬉しいよ……! 体調はどうだ? 病院にはもう行ったのか? ご両親にはもう報告したのかな?」

矢継《やつ》ぎ早《ばや》に質問をしながら、斗真が芽衣の身体を抱き上げて、自分の膝の上に横抱きにする。

病院にはまだ行っていないし、妊娠を明かしたのは斗真だけだ。

芽衣は質問に答えながら、斗真の胸に頬をすり寄せた。

「体調は悪くないの。だけど、少し前から匂いに敏感になっているみたいで、香りの好みも変わってきてるかもしれなくて」

「そうなのか？」

斗真が芽衣の顔を覗き込み、頬に軽くキスをする。

「そういえば、いつも使っている『ロージィ・ローズ』の香りがしないな。もしかして、香りを受け付けなくなったとか？」

「そこまでじゃないんだけど、今は何も香らないほうが気分がすっきりするの。妊娠したせいだと思うんだけど、それにしたって少し早すぎる気がするし……」

つわりがあるわけではないし、妊娠したとはいえまだ二カ月だ。しかし、今の段階でそうであれば、今後はさらに香りを受け付けなくなる可能性がある。

芽衣が悩ましげな顔をしていると、斗真がまだ膨らんでもいないお腹をそっとさすってきた。

「妊娠は女性の身体とメンタルに多大な影響を及ぼすからね。そうか……よし。こうなったら、早急に無香料の商品の開発に取り掛からないとな。芽衣、愛してるよ。芽衣の肌は僕が守るから、安心してくれ」

かねてから開発中だった「桃」をコンセプトにした商品は、完成に向けて研究を重ねているところだ。実際に販売されるのは桃が旬の時期になる予定で、次の商品開発はそれが終わってからになるだろう。

芽衣がそう言うと、斗真は微笑みながら両方の頬にキスをしてきた。

「無香料の商品に関しては、とりあえず僕が会社に先んじて研究を始めるつもりだ。そうでなきゃ、間に合わないだろう？　大丈夫、ベースはできているから、すぐに完成させてみせる。芽衣、桃の時と同じように、開発に向けていろいろと協力してくれるか？」

「もちろん！　そうと決まれば、さっそく検討してもらいたいものがあるの――」

たとえば、妊娠線を予防するクリームや産後のダメージを軽減するための会陰《えいん》用マッサージオイルなど……。

話しているうちに、妊婦のみならず生まれてくるベビー用の商品にまでアイデアが広がっていった。

「芽衣、すごいな。いっそのこと、商品企画部に転属してもらいたいくらいだよ」

「そんな大袈裟《おおげさ》な……。私はただ、思いついた事を言ってるだけよ」

「その思いつきが大事なんだ。化粧品メーカーとはいえ、今後はもっと視野を広げていく必要があるからね」

斗真が芽衣を見つめながら、キラキラと目を輝かせる。

グローバルな視野を持っている彼の事だ。今後はさらなる海外進出を目指すと同時に、よりきめ細かいニーズに応《こた》え、会社を発展させていく事だろう。

自分の存在がその手助けになるのなら、喜んで協力する。

芽衣がそう言うと、斗真が零れんばかりの笑顔を浮かべながら頬ずりをしてきた。

「ありがとう、芽衣。芽衣は僕の妻であり、創造の源《みなもと》だ。今の気持ちを全力で伝えたいから、ちょっとベッドルームまで付き合ってもらってもいいかな？　それとも、お土産《みやげ》を先に見てからにするか？」

優しく訊《たず》ねられて、芽衣は夢うつつになりながら、ベッドルームがある二階を指さした。

お土産《みやげ》は気になるが、今は一刻も早く斗真と交じり合いたい――

それに、よくよく考えてみればお土産《みやげ》を食べるのを我慢するよりも、適度に嗜《たしな》んで余分に摂《と》ったカロリーは運動で発散すればいいのだ。

もとより、身も心もすでに彼を受け入れる準備は整っている。

芽衣はにこやかな笑みを浮かべると、斗真の首に腕を回して自分からキスをするのだった。

B6判　定価：704円（10%税込）
ISBN 978-4-434-33595-2

手痛い失恋を癒すため、佳乃《よしの》は南の島へ旅行に。そして…そこで出会った名も知らぬ相手と熱く濃密な一夜を経験する。互いに強く惹かれ合うが、行きずりの恋に未来などない…。そう思った佳乃は黙って彼の前から姿を消してしまう。それから五年。佳乃は転職し、とある企業で秘書として働いていた。そんな彼女の前に、新たなCEOとしてあの夜の彼・敦彦《あつひこ》が現れて⁉

B6判　定価：704円（10%税込）　ISBN 978-4-434-28510-3

本書は、2022年1月当社より単行本として刊行されたものに、書き下ろしを加えて文庫化したものです。


この作品に対する皆様のご意見・ご感想をお待ちしております。

おハガキ・お手紙は以下の宛先にお送りください。

【宛先】

〒150-6019 東京都渋谷区恵比寿4-20-3 恵比寿ｶﾞｰﾃﾞﾝﾌﾟﾚｲｽﾀﾜｰ 19F
（株）アルファポリス　書籍感想係

メールフォームでのご意見・ご感想は右のQRコードから、
あるいは以下のワードで検索をかけてください。

アルファポリス　書籍の感想　検索

ご感想はこちらから

エタニティ文庫

# 氷《こおり》の副社長《ふくしゃちょう》に㊙任《まるひにん》務《む》で溺愛《できあい》されています

## 有允《ゆういん》ひろみ

2024年4月15日初版発行

文庫編集－熊澤菜々子・大木 瞳
編集長 －倉持真理
発行者 －梶本雄介
発行所 －株式会社アルファポリス
〒150-6019 東京都渋谷区恵比寿4-20-3 恵比寿ｶﾞｰﾃﾞﾝﾌﾟﾚｲｽﾀﾜｰ19F
TEL 03-6277-1601（営業） 03-6277-1602（編集）
URL https://www.alphapolis.co.jp/
発売元－株式会社星雲社（共同出版社・流通責任出版社）
〒112-0005 東京都文京区水道1-3-30
TEL 03-3868-3275
装丁イラスト－浅島ヨシユキ
装丁デザイン－ansyyqdesign
印刷－中央精版印刷株式会社

価格はカバーに表示されてあります。

落丁乱丁の場合はアルファポリスまでご連絡ください。

送料は小社負担でお取り替えします。


ISBN978-4-434-33729-1 C0193